这22天
走近光明科学城

■ 远 人 邓红丽 等 著

图书在版编目(CIP)数据

这22天:走近光明科学城 / 远人等著. —苏州:苏州大学出版社,2020.5
 ISBN 978-7-5672-3171-9

Ⅰ.①这… Ⅱ.①远… Ⅲ.①新闻报道-作品集-中国-当代②散文集-中国-当代 Ⅳ.①I217.1

中国版本图书馆CIP数据核字(2020)第079467号

书　　名：	这22天——走近光明科学城
著　　者：	远　人　邓红丽　等
责任编辑：	刘诗能
装帧设计：	吴　钰
插画作者：	曾　琪　阳　莉　向子锋　等
出版发行：	苏州大学出版社(Soochow University Press)
社　　址：	苏州市十梓街1号　邮编:215006
印　　装：	苏州工业园区美柯乐制版印务有限责任公司
网　　址：	http://www.sudapress.com
邮购热线：	0512-67480030
销售热线：	0512-65225020
开　　本：	710 mm×1 000 mm　1/16　印张:24　字数:369千
版　　次：	2020年5月第1版
印　　次：	2020年5月第1次印刷
书　　号：	ISBN 978-7-5672-3171-9
定　　价：	89.00元

凡购本社图书发现印装错误,请与本社联系调换。服务热线:0512-65225020

这 22 天（代序）

何奕飞

22 天，在历史的长河中，只是沧海一粟，在人的一生中，也是刹那间。但是，对于光明科学城启动区项目土地整备全部计划签约任务而言，这 22 天创造了土地整备的"科学城速度"和"科学城高度"，为这一综合性国家科学中心建设打下了坚实的基础，这在光明区发展史上，在粤港澳大湾区建设史上，乃至在国家科技发展史上，都具有里程碑式的重大意义。

这 22 天，有太多的不可能变成了可能……

她，一个古稀老人，为什么如此配合支持科学城建设，愿意离开世代居住的家？老人说："这是我家，不是建筑，我希望深圳这个大家与我的小家都变得更好。"

他，家里的顶梁柱，为什么在妻子分娩的前一夜，仍然坚守工作现场，通宵达旦加班？他说："说不累是假的，说开心却是真的，为光明科学城付出无怨无悔。"

为什么凌晨三四点，城市都在酣睡，而科学城现场指挥部依然灯火通明？

为什么过去看似平平无奇的人，在这里都成了冲锋在前、独当一面的猛虎？

为什么有些人会因为排名的暂时落后，觉得拖累团队，心生羞愧而主动道歉？

为什么看似不可能完成的签约任务，仅用 22 天就全部完成，创造了深

圳土地整备新的奇迹？

一次次选择和奋进的背后，是怎样的一种精神与力量、激情与梦想、汗水与担当、信念与情怀？又是一个个怎样的感人故事？

关于"日"的故事。 业主刘先生，科学城启动区土地整备的工作人员都知道他。他是出了名的"插旗业主"，土地整备工作还没正式启动，就在自己的楼上竖起了旗，声称"旗在，楼在，人在"，165天以来，一直不肯配合土地整备工作，不允许进场测绘。第12协商谈判小组自始至终耐心做他的思想工作，多次碰壁也不气馁，最终用真情换来了支持。刘先生虽然在土地整备启动之后的第三天，即2019年3月3日才打开心结，同意工作人员入场测绘，成为整个科学城启动区土地整备项目最后测绘的业主，但3月10日，就签订了补偿协议，创下了从测绘到签约仅用时7日的最快纪录，插旗钉子户摇身变成从测绘到签约用时最短纪录创造者。

关于"时"的故事。 2019年3月1日科学城启动区土地整备工作正式启动签约后，所有26个协商谈判小组都铆足了劲，像离弦之箭，争做第一名。第7协商谈判小组也不例外，为了第一个完成小组签约任务，他们已经连续工作4个日日夜夜了。3月4日晚9点，虽然最后一名未签约业主远在东莞，外面还大雨滂沱，张组长还是决定带领全体组员冒雨前往。到了业主家门口，人家已经休息，又不肯开门，协商谈判小组全体人员一直冒雨在门口等候。精诚所至，金石为开，最终感动了业主，3月4日23点26分，业主终于签约。第7协商谈判小组率先完成了小组全部签约任务，比第二名仅仅提前了8个小时，时不我待，8个小时决出了胜负。

关于"秒"的故事。 早签约，早选房，早受益。业主的选房顺序，完全按照签约顺序确定。为了早选房，业主们都摩拳擦掌、蓄势待发。虽然启动签约日上午9点才正式开始签约，但当日凌晨4点，指挥部外面就陆续有业主在排队等候，工作人员也枕戈待旦，做足准备。3月1日9点整，"首签"竞争开始了。26个协商谈判小组都参与了"首签"的争夺，工作人员争分夺秒，以最快的速度拍照、上传资料，等待电脑系统接收确认"首签"花落谁家。最终结果出人意料，1分钟内就完成了14个签约，其中，第16、17、18协商谈判小组同时在9点0分01秒完成"首签"，3名业主、3个家庭、3份协议并列第一。

这是一群创造故事的人，一群创造时间奇迹的人，回望征程，我的脑海浮现出一张张可爱的笑脸。光明区的群众盼了几十年，终于盼来了光明区的大发展，盼来了光明科学城，那一张张期盼的笑脸，是为了光明区的发展，宁愿舍小家为大家的高尚的笑脸；是光明区干部日夜兼程，开拓进取，汗水中洋溢着灿烂和收获的笑脸。

回望征程，我的脑海浮现出一双双温暖的手，那是光明区群众热情的双手、理解的双手，是干部奋斗的双手、付出的双手。我们没有强拆一栋楼房，每个签约都是群众心甘情愿，完全支持。我们手与手相连，心与心相通。

回望征程，我的脑海浮现出一个个坚实的脚步，那是群众幸福的脚步，是干部勤奋的脚步，抓铁有痕、踏石留印，确保了最终目标的顺利完成。

这是一种信念、一种精神、一种情怀、一种力量，这是科学城土地整备故事！它回响在光明区这片充满希望的土地上，合奏出光明区改革发展的华丽乐章！

目　录
CONTENTS

上篇　梦想的力量

003　梦想的力量（外四篇）／邓红丽
034　光明科学城土地整备的"三个为什么"
　　　与"光明答卷"／黄国焕　戴锦意　庞佳佳
039　解开光明科学城土地整备"红色密码"
　　　／柳　艳　吴治聪　王忠东　林学伟

中篇　热土的献辞

小说卷
051　风水宝地／佘巍巍
080　科学城野史笔记／姚志勇
091　坟／汪小说
097　葡萄熟了／马金玉
103　恋／尧细凤
108　冲出丛林／李思琪

散文卷
121　从泥泞走向美景／贺强松
127　科学城的"奇志大兵"／陈　瑛
133　他们都叫我鸟巢／廖立新

138　光明行 / 胡笑兰

150　一个茁壮成长的孩子 / 陈　华

155　光明的未来更光明 / 李凤琳

159　山水田园科学城 / 黄国焕

162　智慧光明科学城 / 王池光

169　记光明科学城采风之旅 / 刘储来

173　崛起的光明科学城 / 吴延波

177　敢问路在何方 / 胡　杨

诗歌卷

179　我选择在这里仰望太阳 / 李雨融

183　新湖随想 / 黄荣东

185　七月中旬的一夜 / 项建标

187　科学城·未来 / 西　宾

190　在科学城 / 刘　炜

196　光明的光 / 林卫雄

199　2019年6月30日：采风 / 张应芳

201　三联画 / 鲁　子

204　泥泞 / 远　人

207　过去与未来 / 刘英姿

210　为一块土地所作的献辞 / 蒋志武

212　太阳雨 / 颜　波

214　逝去的 / 罗　南

216　科学城，科学城 / 陈才锋

223　科学城掠影 / 李雨欣

225　无芯之痛 / 刘　鸣

227　十年再相逢 / 黄世平

230　乡情 / 赵立梅

232　祈愿 / 舟海韵

235　今天，我再一次仪式感般地仰望 / 文志红

237　我和我的祖国 / 刘海云
240　追梦的翅膀 / 彭彦冰
242　这里是大草原 / 李泽宇
243　一座新城即将诞生 / 刘英武
246　大湾区的光明 / 辛立文
247　采风：七绝和五律 / 冼　菀

下篇　都是追梦人

251　所有的离别都是为了重逢 / 李志东
253　攻坚的22天 / 褚　宏
256　谢谢你，在最好的时光相遇 / 孙娟娟
259　我们都是追梦人 / 唐　爽
262　这份感动流动在光明的记忆中 / 杨　曦
264　心里的致谢 / 谭敦舫
270　青春不老　韶华不负 / 李梦婷
272　塘角山下好风光 / 武玉蕾
278　对着蓝图写担当 / 吴克志
281　从这里，我们向着梦想阔步前进 / 薛振华
283　三代夙愿今朝圆 / 梁国泰
285　红旗组与红旗户 / 冼世雄
288　以诚心换真心　把寒风化暖流 / 张　帆
292　心怀梦想勇敢追　昂首迈入新征程 / 李飞鹏
295　孜孜以求拼搏不息　久久为功追梦不止 / 彭康雄
298　在追梦的路上，我们如此认真 / 贾　扬
301　东方欲晓，莫道追梦早 / 张明诚
303　变土整工作为群众工作 / 陈玲玲
306　难忘的日子 / 周楚顺
309　科学城经历的"一二三" / 郑　宽

- 313　都是追梦人 / 吴柏文
- 316　人生中的一件大事 / 李劲章
- 319　迎难而上、砥砺前行，助力光明新发展 / 张　军
- 322　着眼未来谋发展　党群携手跨时代 / 吴　鹏
- 325　真情服务　坚守原则 / 张敏敬
- 330　不忘初心　共同追梦 / 魏　杰
- 332　为科学城建设努力"奔跑" / 陈润寿
- 335　党建土整齐发力　攻坚奋战科学城 / 张瑞军
- 338　细节决定成败　用心才能如愿 / 郭　磊
- 341　用心才能如愿 / 曾　琳
- 343　不负重托　攻坚克难 / 丘海珍
- 347　以身作则聚战力　真诚服务促签约 / 尹夕阳
- 351　人生旅途中的宝贵经历 / 张建高
- 354　未来会更好 / 周　祚
- 357　怀揣正义　心系光明 / 陈志钧
- 361　真诚服务赢感动　天道酬答有心人 / 麦葵娣
- 364　把群众的事当自家亲戚的事来办 / 杨政璋
- 367　至真至诚光明情 / 邱　苇
- 370　用真心服务赢得信任　靠团结奋斗创造奇迹 / 党开颖
- 372　我是光明的一分子 / 林　鹏

上篇
梦想的力量

梦想的力量（外四篇）
——科学城承载光明人对美好生活的向往

邓红丽

  这是一场漂亮的攻坚战，创下多项"深圳之最"。光明科学城启动区征地拆迁，是全市近年来单体体量最大的土地整备项目，需在复杂建成区内连片整备土地面积达1.82平方千米。经过艰辛努力，光明区创下"22天完成全部527户计划签约任务，28天实现已签约腾空交房"这一令人难以置信的土地整备"科学城速度"，创下又一项"深圳之最"，并由此形成务实高效、富有创新色彩的"光明土地整备模式"。

  在寸土寸金的深圳，面对牵涉上万人利益、历史遗留问题交织、各种矛盾错综复杂的局面，光明科学城土地整备队伍以零上访、零投诉的辉煌战绩，交出了一份堪称完美的答卷。

  在《粤港澳大湾区发展规划纲要》正式颁布实施的大背景下，光明区委区政府通过一系列体制机制创新，以非凡的开拓勇气和责任担当，在大湾区建设的宏伟蓝图上，增添了厚重的"光明注脚"。

  "科学城速度""光明土地整备模式"受到深圳市委、市政府主要领导的高度评价和一致肯定，兄弟区和外省市相关部门闻讯后也纷纷前来"取经"……

  "光明土地整备模式"背后究竟深藏着何种秘籍？经过笔者深入调查走访，拟分五个篇章，多角度、立体式再现光明区那段热火朝天、令人难忘的光辉岁月，并从好方案、好机制、好队伍、好作风、好宣传等侧面深度解码创下"科学城速度"的前前后后。敬请垂注！

>　……
>　科学城项目落在这片土壤
>　像一粒种子生长出希望
>　像一团火焰温暖了心房
>　像一盏灯塔把未来点亮
>　像一抹朝阳带来了发展的曙光
>　……

这是一位光明科学城启动区土地整备干部留下的诗章。这位年轻人将这段难忘的岁月浓缩成一首深情的诗——《追梦的翅膀》，道出了百万光明人对科学城项目的热切期待和殷殷希望……

作为国家战略，光明科学城的建设，是光明区在新时期实现新发展最重要的战略机遇。2019年2月18日正式发布的《粤港澳大湾区发展规划纲要》，明确将打造国家科技创新中心作为粤港澳大湾区建设的核心任务之一，而打造国家科技创新中心的核心是争创综合性国家科学中心。目前，国务院有关文件已明确将以深圳为主建设综合性国家科学中心，光明科学城正是创建综合性国家科学中心的集中承载区。

站在改革开放40周年的历史新起点上，深圳市委、市政府赋予光明区建设世界一流科学城和深圳北部中心的全新定位和光荣使命，光明区站在了全市乃至全省、全国发展的聚光灯下，迎来了历史性的发展机遇期。当前的光明区呈现出三个"前所未有"：上下聚焦、万众瞩目的机遇前所未有，热火朝天、大干快上的局面前所未有，攻无不克、战无不胜的势头前所未有。

2019年5月9日，光明科学城启动区项目土地整备总结表彰大会举行。光明区委书记王宏彬深情表示，"光明科学城启动区土地整备工作中那段火热的、令人难忘的岁月，让我们每天都被感动着。总结好经验好做法，表彰先进树典型，回顾'不为困难找理由，只为成功找方法'的坚定信心、韧劲和情怀，目的就是为了动员党员干部以更高站位、更大决心、更实作风，从这里，再出发"。

光明区委副书记、区长刘胜表示，召开总结表彰大会，是为了进一步

激发光明区干部干事创业活力，重燃改革开放初期的火热激情，不断推动世界一流科学城和深圳北部中心建设。

在这里，期盼"世界一流科学城"崛起

处于深莞交界处的光明区，在人们的既有印象中，曾经是一片农场，发展相对滞后。正因为沉寂太久，光明区上下才更热切地渴望一场从内到外的巨大变革，期待新光明发展腾飞。

近两三年以来，一场由内到外的嬗变，正逐渐颠覆人们对光明区的既有印象。"红坳精神""科学城速度"令人啧啧称奇，地铁6号线、中山大学深圳校区、光明中心区、光明小镇等一批重大项目建设高歌猛进，公园之区、水污染治理、查违拆违等战场捷报频传，光明区处处洋溢着如火如荼的开发建设热情。

光明区委常委、科学城启动区土地整备推进工作组常务副组长何奕飞说："光明的这些成绩是实实在在干出来的。土地整备'科学城速度'的创造只是一个缩影，是全区上下凝聚发展共识的集中体现。"

光明科学城规划总面积99平方千米，以"科学+城市+产业"为发展规划，以"一心两区、绿环萦绕"为空间格局，将打造成世界一流科学城。

蓝图绘就，要想把蓝图变成现实，土地整备是基础。光明科学城启动区项目需整备土地面积达1.82平方千米，需拆除建筑物1205栋，面积达45.03万平方米，是全市近年来单体量最大的土地整备项目。

面对这样一个体量大、群众期待大、谈判压力大、复杂情况多的土地整备项目，光明区广大党员干部，特别是现场指挥部的同志，自项目启动土地整备伊始，坚持"5＋2""白加黑"连续作战，以"啃硬骨头"精神抓攻坚，以"钉钉子"精神抓落实，形成了务实高效的"光明土地整备模式"，为建设世界一流科学城打下了坚实的基础。

在这里，重回改革开放初期的火红年代

驱车沿公常路向东莞方向行驶，到罗仔坑路右转大约 500 米，掩映在几排厂房后的两栋铁皮厂房映入眼帘，这就是光明科学城启动区项目现场指挥部。

铁皮厂房破旧简陋，但光明科学城启动区土地整备的全体参与者激情燃烧，干劲十足。铁皮大棚的墙上印着"从这里，再出发""不为困难找理由，只为成功找方法"的醒目标语，让人过目不忘。指挥部现场挂起作战图，表格量化，责任到人，每日通报，实施排名，"你追我赶、争分夺秒"的氛围浓厚。

在光明科学城土地整备工作中，涌现出一批有担当、有情怀、有实力的干部，他们以实现光明人对美好生活的向往为奋斗目标，用自己坚强的臂膀托举起时代梦想。

光明科学城土地整备工作的广大参与者发自内心想干事、主动干事，有的干部妻子临产前夜还在指挥部挑灯夜战，有的干部为了一户业主签约上门七八十次仍不放弃，有的干部守候到凌晨 5 点与业主签约，有的干部冒雨奔波千里上门谈判，有的干部因签约率稍有落后就辗转难眠……

所有到现场指挥部来调研考察的人，看到这样的工作场景都感慨："在这里，仿佛看到了早年特区人那种风风火火干事创业的闯劲和热情。"

忆起峥嵘岁月，光明科学城启动区项目现场指挥部指挥长李志东感慨万千地说："忘不了现场指挥部彻夜不熄的灯火。还记得启动签约的前一天，同事们通宵达旦，紧锣密鼓地准备着签约资料。"

那天是 2019 年 3 月 1 日，许多工作人员彻夜未眠。进入深夜，指挥部外面万籁俱寂，内部却热火朝天。当日上午 9 点，签约正式启动，现场指挥部所有人都处于"奔跑"状态。指针仅拨动 1 秒，光明科学城启动区项目即完成 3 户签约，首单实现"三箭齐发"。截至 3 月 1 日晚 10 点，签订补偿安置协议 122 份，首日便交出了一份分量十足的成绩单。

3 月 22 日，仅用 22 天，比计划提前 9 天圆满完成 527 户及 115 处墓地的全部计划签约任务；4 月 18 日，比计划提前 7 天圆满完成已签约的全

部腾空交房任务，光明人创造了土地整备"科学城新速度"，擦亮了光明土地整备金字招牌。

在这里，为"新光明腾飞之梦"贡献力量

"大发展的'聚光灯'终于照到了光明，我们一定要抓住这个机遇，让光明实现大发展大跨越。"这是所有光明人的朴素梦想。

"在福田，一间小屋子月租金就超过5000块，而在我们这里，一栋五层高的楼房全部租金都不到5000块。为什么呢？就是因为福田率先发展起来了。"光明科学城项目的被搬迁人胡群就，在福田区和光明区生活多年，她由小及大，以租金为例子谈为何大力配合科学城项目，"现在科学城等大项目落户光明，光明也迎来了发展契机，我们老百姓自然要大力支持和配合"。

在迁坟二组，退而不休的七旬"老生产队长"陈植林非常抢眼，他放弃悠闲的退休生活，主动加入到科学城的土地整备工作中。"在光明几十年了，看着光明从经济落后到快速发展，如今又盼到光明科学城、中山大学深圳校区等重大项目落户，我很开心能为家乡的发展稍尽绵薄之力。"陈植林不仅带头响应迁坟号召，还利用自己熟悉当地风土人情、沟通能力强的优势，推动了迁坟组测绘、申报、确权等工作。

2019年4月3日，光明科学城土地整备项目启动"第一拆"，光明区委书记王宏彬、区长刘胜为10名被搬迁人代表送上感谢信。脸上一直乐呵呵的业主代表林子荣让人印象深刻。70多岁的林子荣20世纪50年代来到光明，一辈子在农场工作。林子荣说："生活，在党和政府的领导下一天比一天好，几十年地处偏僻的牛场要动工建设世界一流科学城，我们以前想都不敢想。"接到要上主席台领感谢信的"任务"，林子荣很"紧张"，特意理了头发，穿了一身新衣裳，拿到书记、区长送来的感谢信，心里喜滋滋的。

在腾空交房阶段，70多岁的业主李桥顺在自家门前伤心落泪的一幕，曾让工作人员动容。要搬家了，李桥顺提前几天把房子收拾得干干净净，没想到，临交房贴上封条的那一刻，原本乐呵呵的李桥顺止不住眼泪，大

哭了起来。李桥顺不好意思地解释说:"原本签协议只签名字,没啥感觉。贴了封条才发现有太多不舍。"李桥顺说,在这里住了一辈子,一砖一瓦都是自己亲手搭建,想到真的要离开了,心中太难受,难以割舍。

光明科学城启动区内所有搬迁的百姓,像李桥顺一样,他们舍下的不是一栋建筑物,而是离开他们付出一生心血、烙印幸福与欢笑的家。正是因为有这么多百姓坚定的信任与难得的割舍,才有了光明科学城的顺利落地建设。

文章开头的诗歌《追梦的翅膀》以美好的期盼结尾:"把崭新的生活拥入臂膀/用幸福的笑靥迎接向往/跃入欢乐的海洋/美好的明天扬帆启航/张开追梦的翅膀/精彩的未来无限荣光"。

不久的将来,一座科学之城、未来之城将在这里崛起。

一套好方案

"炼就"科学可行的方案，是土地整备"光明科学城速度"的压舱石

【核心提示】

当前，国家正深入实施粤港澳大湾区建设。建设光明科学城，是落实《粤港澳大湾区发展规划纲要》、引领科技源头创新、抢占科技制高点的前瞻布局。目前，国务院相关文件已将光明科学城确定为综合性国家科学中心的核心承载区。

光明科学城启动区项目，是深圳市近年来单体量最大的土地整备项目，土地整备面积达 1.82 平方千米，建筑物 1205 栋，需拆建筑面积 45.03 万平方米，涉及 5 个居民区、13 个工业园、1 万多名群众，整备面积大、难度大，拆除建筑多、复杂问题多，是光明行政区成立后最大的一场攻坚战。

在土地资源稀缺，牵涉上万人重大利益的艰难调和中，光明区仅用 22 天即完成全部 527 户计划签约任务，28 天实现已签约腾空交房，同时，以零上访、零投诉的最佳结果，取得了一场土地整备攻坚战的完胜。

这份亮眼成绩单的取得，除了土地整备团队积极作为，以满怀对未来的希冀，以及强烈的使命感驱使之外，还得益于光明区制订了一套科学可行的好方案，并坚守了一个尺度。

正如在 2019 年 5 月 9 日召开的光明科学城启动区项目土地整备总结表彰大会上，光明区委书记王宏彬所表述的那样：我们坚持守住了市政府通过的补偿原则和当前土地整备政策法规底线，坚持政策、标准、口径"三统一"，坚持一把尺子量到底，早签约、早受益、早选房，赢得了群众的信任和认可，确保了工作有序推进。同时，坚持政策面前人人平等，将土地整备每份补偿协议完全公开，工作情况及时向社会及媒体公示，审计全程介入、全面覆盖，实现了同一标尺下的完全公开透明、公平公正。

光明区委常委、科学城启动区土地整备推进工作组常务副组长何奕飞则认为，光明科学城启动区项目土地整备能如此成功的实践证明：这是一个依法依规，既体现政策刚性，又充分考虑光明区群众的实际，极大保障

人民群众合法权益且科学可行的好方案。

到群众中去，才能做出科学可行的好方案

土地整备的所有前期工作中，补偿安置方案的起草制订尤为关键，是谈判签约能否顺利推进的基础。

"光明科学城补偿安置方案初稿，借鉴了红坳整村搬迁等以往土地整备的经验，结果遗漏了原村民这一群体，科学城启动区有很大一部分业主是当地土生土长的原村民，他们是有宅基地的。"2018年10月，何奕飞带队深入居民家中征询业主意见建议时，发现了这一重大遗漏，他说："如果方案制订时遗漏了他们的权益，后果不堪设想。"

此次事件让方案制订工作组意识到，必须深入一线，到群众中去听取意见建议，才能制订出科学可行的好方案。光明科学城项目补偿安置方案延续了原光明农场地区统建上楼政策，在方案制订过程中，工作组通过深入摸底调研，走访了山口村、大松园村、羌下侨村、北山村、圳美牛场等五个居民点及金塘、漳沥等工业区，征询了480多户业主意见，占被搬迁户的91%，确保政策基本覆盖原村民、原农场居民、侨民以及外来投资者等人群，充分保障绝大多数群众的合法权益。

2018年11月，光明区政府常务会、光明区委常委会分别审议通过光明科学城项目补偿安置方案。2019年2月1日，深圳市政府党组会议审议并通过了光明科学城补偿安置原则。2月25日，光明科学城项目补偿安置方案正式发布。

深度参与方案制订的何奕飞对广大拆迁户的心理状态及变化洞若观火，解读方案内容更是如数家珍。回顾当时的情形，他随手抓起面前的一个茶杯，做了一个形象贴切的比喻，"比如这个杯子，按照政策规定，大家都一样赔3块5毛钱。你赔给A业主4块钱，赔给B业主4块1毛钱，A业主即便比原本预想的多得了5毛钱，也一样心理不平衡，可能就要闹起来。就因为差这1毛钱，我们的征拆工作可能就卡住了，直至难以推行"。

创新实施"早签约、早选房、早受益"政策，效果立竿见影

"越早签约，越早受益，越早交房，越早选房。我们就是要打破以前征地拆迁的沉疴旧疾，彻底击碎'钉子户'拖到最后赔得最多的幻想。"何奕飞说，"在政策允许范围内，光明科学城启动区项目创新实施'早签约、早选房、早受益'政策，扭转了居民的观望态度，效果立竿见影，群众签约积极性空前高涨。"

2019年3月1日前夜是一个无眠之夜，现场指挥部通宵灯火通明。有的业主按捺不住激动的心情，凌晨4点就来排队签约。

指挥部广播里循环播放着《好日子》，现场一片喜气洋洋，工作人员和业主们都"摩拳擦掌"，希望能在签约启动首日拔得"头筹"。3月1日，光明科学城启动区项目正式启动签约，首单实现"三箭齐发"，首日即完成了122份补偿安置协议签订，实现了"开门红"。

协商谈判第18小组的业主陈先生成为首签幸运儿，他脸上笑开了花，喜滋滋地说："早签约早选房嘛，我第一个签完，一会儿工作人员忙完就可以带我去看房了，我要选一间最好朝向、最好楼层、最好户型，也最漂亮的房子。"

在首日签约业主中，来自协商谈判第7小组的业主刘文妹阿婆，一头花白的头发在人群中十分抢眼。住在大松园新村的阿婆83岁了，早上7点多就赶过来争"首签"。由于老人年纪大了，早早过来排队就是为了能选到一间最先建好、楼层低的房子，方便生活起居。

得益于"早签约、早选房、早受益"政策的创新实施，老百姓争完首签，又争首个腾空交房。"遗憾拿不到首签，那我就要成为第一个腾空交房的。"3月5日，协商谈判第8小组很快迎来了小组的首个腾空交房，被搬迁人刘先生很爽快地交出了房子。

"早签约、早选房、早受益，不是一句空口号，政府全部都兑现了！"3月3日和4日，率先完成签约的被搬迁业主收到喜讯后表示。原来，3日，已经有部分首批签约的被搬迁人成功拿到了补偿款。4日，科学城临时过渡房选房工作正式展开，当天便有22户被搬迁人顺利成为第一批选房

对象，成功选到心仪的临时过渡房。

给老百姓的钱一分不能少，但政策外多一分也不能给

在光明科学城启动区土地整备工作中，协商谈判第12小组遇到了一户比较"出名"的刘姓业主，他是"插旗户"，为获得更多补偿利益，在楼顶插红旗，扬言"旗在楼在"；他是"最慢业主"，3月1日签约工作全面启动时，他家还未进场测绘；他还是"最快业主"，刷新了从进场测绘到签约全流程仅用7天的最快纪录。

这位刘姓业主一开始就提出了"天价"的无理赔偿诉求，并坚持要见到正式补偿方案才给进场测绘。2月24日，补偿方案正式公布的前一天晚上，第12小组组长冼世雄依照承诺，拿着盖了区政府印章的补偿方案，带着几个骨干直奔刘姓业主家里，希望能有所突破。几个回合下来，这位刘姓业主一家人还是不同意进场测量，并提出了新的不合理要求。

第12小组工作人员先后与刘姓业主接触了30多次，始终坚持"给老百姓的钱一分不能少，但政策外多一分也不能给"。

为了能成功地让这个"插旗户""拔旗"，光明区相关领导专门召开协调会，调动各部门通力合作，商讨解决对策。通过区领导和协商谈判小组工作人员一次次上门商谈，与业主谈心交友，真诚地站在业主角度为其分析利弊，并表示理解其故土难迁的朴素情怀，才慢慢将"坚冰"融化。

刘姓业主思想实现转变后，谈判签约工作进展神速，工作人员加班加点，最终只用了短短7天完成从进场测绘到签约的全流程，"最慢业主"变成了"最快业主"。

"虽然这位业主一开始提出了天价赔偿要求，但最后对他的赔偿标准还是和对其他群众一样，一分也没多，我们始终一碗水端平，没有任何人例外。"何奕飞说，"这个事件充分说明，在土地整备工作中，无论遇到多大的阻力，都要坚持一把尺子量到底，坚持政策面前人人平等。"

527份协议公开"晒",群众是最好的监督员

在坚持一把尺子量到底的同时,光明科学城启动区项目补偿安置方案坚持阳光透明,将527份补偿协议全部公开,所有工作人员和业主都可以互相看,彻底消除"灰色地带"。

协商谈判第13小组在推进签约工作中,就遇到了协议公开"晒出"后带来的一段"小插曲"。第13小组的被搬迁人老刘在签约前坚持强调:"如果你们不把我的化粪池单独标注出来,我是不会在这个表上签字的!"这让工作人员很为难,按照科学城测绘作业的做法,化粪池作为住宅建筑的"标配"附属物,是和建筑融为一个整体的,无须单独标注。而依据深圳市测绘规范标准,也没有写明不得标注。

经多方讨论,第13小组得出一个结论,既然标注与否不影响评估价格也不突破政策,为了促使被搬迁人在测绘清点表上签字,便修改了测绘报告,被搬迁人老刘也高兴地签了字。

"听说了吗,隔壁老刘的化粪池单独标注了,我们家的为什么没写上?""还是老刘厉害!走,我们一起去要求重新签测绘清点表。"街坊邻居听闻测绘清点表可以单独标注化粪池后,以为增加此项就能增加补偿款金额,纷纷提出了"重签"的要求。有些还没签字的业主,也要求增加此项后才肯签字。

如果科学城启动区所有业主全部效仿,所有报告均需要修改,后果将不堪设想。第13小组找到业主老刘,跟他说明事情原委,并把测绘清点表改回原样,没想到老刘这回竟然同意了,在没有标注化粪池的测绘清点表上重新签上了名字。

老刘的思想转变如此之快,一方面是看到工作人员诚心为其争取,另一方面是因为看到所有协议都是公开透明的,政策的天花板就在那,该得的不会少,不该得的也不会有,所以也就心安了,最终选择了支持政府工作。

一套好机制

一套廉洁高效的好机制，是土地整备"光明科学城速度"的制胜法宝

【核心提示】

22天完成全部527户计划签约任务，28天完成已签约腾空交房任务，光明科学城启动区土地整备工作，将太多"不可能"变成了"可能"。高效率的背后是全区上下的齐心协力，是土整一线队员的"你追我赶"，是一套好的工作机制和方法在其中"运筹帷幄"。

光明创造了土地整备"科学城速度"，形成了务实高效的"光明土地整备模式"，为建设"世界一流科学城和深圳北部中心"打下了坚实的基础。

2019年以来，国家、省、市领导密集调研光明，兄弟区和外省市相关部门纷纷前来"取经"，他们齐刷刷将目光聚焦于"科学城速度""光明土地整备模式"，关注的焦点始终是：光明有何"制胜法宝"？

正如2019年5月9日光明科学城启动区项目土地整备总结表彰大会上，光明区委书记王宏彬所说，光明区攻坚克难的"制胜法宝"是坚持一个引领、坚守一个尺度、践行一条路线、完善一套机制，即坚持党建引领大项目建设，创新"党建＋土整"模式；坚持守住补偿政策和当前土地整备政策法规底线，坚持政策、标准、口径"三统一"；坚持走好群众路线，把维护群众合法利益摆在重要位置；设立现场指挥部，组建466人参与的"土地整备大军"，实现大兵团作战，完善联动决策机制，建立挂图作战机制等。

光明区委常委、科学城启动区土地整备推进工作组常务副组长何奕飞认为，土地整备"光明科学城速度"的核心，是锻造了一套廉洁高效的好机制。创新实施了"一、三、五"工作方法，即坚持"政策、标准、口径三统一，一把尺子量到底"的原则；实现"早签约，早受益；依靠基层，党员带头；当好'五员'，开展'五讲'，落实'五包'"三个做法；落实"依法依规、公开透明""落实责任、三级决策""挂图作战、问题不过夜""部门联动、综合施策""立体宣传、传递正能量"五项机制。

坚持党建引领，创新"土整＋党建""土整＋廉政"模式

2018年10月，光明区委区政府专门成立科学城启动区项目土地整备推进工作组，搭建了"1＋4＋26＋1＋9"大兵团作战平台，全区抽调27名处级干部和35名科级干部，与新湖街道办全体工作人员组成466人参与的"土地整备大军"，集中攻坚，成立了1个现场指挥部、4个专项工作组、26个协商谈判小组、1个干部考核组、9家专业服务机构。

与此同时，成立光明科学城启动区项目指挥部临时党总支部，为光明区首次在重大项目现场成立临时党总支部。创新"土整＋党建""土整＋廉政"模式，让党旗插在指挥部，支部建在工作组，考察干部上前线，监督检查在一线。细致掌握干部现场工作表现，将业绩实效与干部考核挂钩，将急难险重突出表现与平时工作一贯表现结合，激励广大党员干部冲锋在前、攻坚在前，充分发挥各级党组织战斗堡垒和广大党员干部模范带头作用。

光明区在推动科学城启动区土地整备工作中，始终坚持"阳光是最好的防腐剂，群众是最好的监督员"。严格规范各项工作环节，工作情况及时向社会及媒体公示，监督全程介入，全面覆盖，实现了同一标尺下的完全公开透明，公平公正。

"光明科学城的土地整备干部是不会出问题的，为什么呢？"何奕飞说，"每一份合同、协议都是公开的，不仅工作人员可以相互看，群众之间也可以相互看。如果协议不一样，存在不公平，群众是不会放过你的。"何奕飞坚信，"依法依规、公开透明"的原则，能保护干部"干成事，不出事"，降低廉政风险。

正因为光明区坚持"依法依规、公开透明""一把尺子量到底"，老百姓对土地整备工作的观念和态度发生了转变。何奕飞颇为自豪地说："光明区这两三年开展土地整备工作，没有出现一例业主未签字就拆迁的案例，我们没有强拆一户，所有土地整备项目都是做通了群众思想工作，让他们签字同意之后才去清拆的。"

同时，光明科学城启动区土地整备工作建立了完善的联动决策机制，

层层有人抓，事事有人管，实现了"问题不过夜""今日事今日毕"。据悉，自项目启动土地整备工作以来，累计召开早晚例会及各类推进工作会议135次。

践行群众路线，把群众的事当自家事来办

在光明科学城启动区土地整备工作开展过程中，所有工作人员坚持以人民为中心，践行群众路线，走到群众身边，用心沟通、以情动人，唤起广大群众图发展、要改变的强烈意愿，在全区范围内形成顾大局、识大体的自觉。在工作中，始终关心群众的生活，保障群众的根本利益，落实好"三个五"，即当好"五员"：政策宣讲员、群众服务员、拆迁谈判员、一线信息员、矛盾调解员；开展"五讲"：讲政策、讲原则、讲感情、讲利益、讲问题；做到"五包"：包做通思想、包谈判签约、包补偿安置到位、包特殊问题解决、包零投诉零上访。把群众始终放在心上，把群众工作做到极致，让服务和真情进村入户，给群众带来实实在在的实惠。

在工作中，协商谈判第18小组立下规矩，不准对业主喊"喂""你过来""那个谁"，年纪小的"称兄道弟"，年纪大的"喊叔叫婶"，还为娃娃们准备了零食。第18小组副组长杨政璋说："业主们提出的每一个合理诉求，我们都记录下来，安排人跟踪落实，从解决房门损坏、路灯不亮等小问题开始，到解答安置补偿政策疑虑，再到帮助解开故土难离的心结，能帮忙的都尽心为群众帮忙。启动签约之前，我们组累计为业主们解决各类问题90余个。"

第18小组坚持"把群众的事，当自家亲戚的事办"。2019年3月5日，第18小组工作人员顶着电闪雷鸣，冒着狂风暴雨，第一时间把协议送到了中山大学附属第七医院病床上的业主龙先生手中，并且让他在第一时间拿到了救命钱。在第18小组工作人员的调和下，原本为12平方米争议房产闹得不可开交的郭氏三兄弟家庭重回和睦，并顺利完成签约，其中，有语言障碍的老二家庭得了6平方米，其他两兄弟家庭各得3平方米，相对弱势的老二家庭最终没有吃亏。

协商谈判第10小组副组长邱苇，在跟业主沟通中总是能打破僵局。有

一位原本态度非常强硬的业主，拒绝谈判。邱苇历时 5 小时，用自己坚忍不拔的毅力和励志的亲身经历说服他，让他积极主动签约。知道这位业主是位蜜农，经济条件比较差，邱苇就给他家当业务员，推销蜂蜜，不仅自己买了 21 瓶，还发动周围的朋友一起购买。

让邱苇印象深刻的还有一名一开始不愿意签约的阿婆，在邱苇连续上门"赖着"不走的情况下，两个人在一天天的交流中，反而交情越来越深。"阿婆笑，我也笑，阿婆哭，我也哭。我认真了解她这个人，认真听她的故事，也分享自己的事情，就这样慢慢像朋友一样，了解到她的苦处，赢得了她的认可。"

在光明科学城土地整备工作中，这样从群众利益出发的事例不胜枚举。在与群众相处的过程中，工作人员把群众的事，当作自家的事，不但理清了"清官难断"的家务事，让 25 年不见面的兄弟重归于好，还收获了 16 面锦旗，实现零投诉、零诉讼、零上访。他们与广大群众结下深深情谊，得到他们真心的理解、全力的支持配合。

挂图作战，成就"要我干"到"我要干"大作为

自光明科学城土地整备工作启动以来，由简陋铁皮厂房改造而成的指挥部经常到深夜还是灯火通明。在这里，时光仿佛倒流，回到了改革开放初期那个干事创业的火红年代。

走进指挥部工作大厅，令人热血沸腾的红色标语、滚动更新的进度排名表映入眼帘。到处是忙碌的身影，穿着红马甲戴着党徽的党员干部穿梭其中，现场"你追我赶、争先恐后"的氛围十分浓厚。

每个小组房间的门边都贴着柱状图，彩色的图表和数据呈现每个小组的工作进度。工作人员笑称这是"血压计"，刻度上不去，心里难受。每个完成全部签约任务的小组，都会上台接受领导颁发的荣誉证书，这种正向激励的嘉奖方式，在指挥部产生了巨大的精神鼓舞力量。

回忆起这段紧张而充实的日子，协商谈判第 19 小组组长林鹏依然记忆犹新。"当时我们小组工作陷入僵局，而其他小组却捷报频传，各级领导为完成签约的小组颁发荣誉证书。我连续两天彻夜未眠，特别难受，感觉

被逼着、被催着、被烤着,不好意思去参会,也不好意思见领导。"林鹏说,"我当时非常想回家,不想管这些麻烦事了……但我不能临阵脱逃,我暗暗要求自己不完成签约任务不回家。"

林鹏是从江西萍乡来到光明区挂职的干部,加入光明科学城土地整备工作,让他得到了充分的历练。

在林鹏的带领下,第19小组全体工作人员重新振作精神,把两家比较难谈判的业主家庭合并考虑,通力协作,终于在半个月内完成了全部签约任务。这一回,轮到林鹏代表小组接受区领导颁发的荣誉证书了。

"这份荣誉证书,我会珍藏一辈子。"林鹏说,"我非常羡慕深圳、光明的同志,这里干事创业的平台是全国最好的,是想干事的人梦寐以求的。如果科学城这样的项目能落地老家萍乡,我们不睡觉拼命干,心里也愿意。"

这样奋勇拼搏的故事也发生在协商谈判第18小组。2019年3月1日上午9点,签约工作启动,协商谈判第18小组争得了"首签",可是之后工作就陷入低迷,到3月4日晚上,小组只完成2单签约,是整个指挥部所有协商谈判小组中的倒数第一名,为此,组长马飞还向指挥部做了检讨。

距离检讨不足2天时间,3月6日早晨6时36分,经过40多个小时的连续苦战,第18小组一鼓作气,完成了37栋12户的全部签约任务,成功"逆袭"成为指挥部第4个完成全组签约任务的小组。

光明科学城土地整备一线每天都上演着类似的感人场景。"功成不必在我,功成必定有我。"在光明科学城现场指挥部,广大干部发自内心想干事、主动干事。此次抽调的干部中,有85%以上是主动报名参加的,并纷纷表示今后区里有急难险重的攻坚任务时,还要报名参加。

一支好队伍

土地整备"光明科学城速度"创造者,是新时代"最可爱的人"

【核心提示】

在战争年代,我们的战士是最可爱的人,在新时期的历史舞台上,在光明科学城启动区土地整备"攻坚战"中,我们的身边依然有这样一群"最可爱的人"。

他们把光明科学城启动区待拆迁的旧铁皮厂房称作"院子",伴随着院子里每一天太阳的东升西落,他们在这里书写"平凡人的英雄梦想",重燃改革开放初期的火热激情。

他们迎难而上,主动担当,勇挑重担,攻坚克难,用奋力前行的姿态,在推动光明科学城土地整备工作中挥洒青春和汗水。

奋斗是人生最亮丽的底色。面对时代重任,光明科学城启动区土地整备工作的每一位参与者,用蓬勃向上的朝气、敢为人先的锐气、勇于担当的勇气和浩然坦荡的正气,创造了土地整备"光明科学城速度",造就了"光明土地整备模式",诠释了时代巨变中的光明担当和作为。

光明区在全区范围内抽调了62名处级、科级干部,参与科学城启动区项目土地整备,85%的抽调干部都是自愿报名,他们与新湖街道工作人员共同组建了466人的"大兵团作战"队伍。

466人,他们是新时代"最可爱的人",每一个人都应当载入光明科学城建设的"史册"。

笔者选取张实华、邱苇、麦葵娣、尹帮健这4位土地整备一线工作人员,以他们真实感人的故事,来为光明科学城启动区这支土地整备队伍画像,告诉人们,这是一批想干事、能干事、干成事的优秀干部,这是一支真干净、勇担当、有作为的土地整备队伍。

张实华 小女儿出生前夜仍坚守在工作一线

2019年3月22日,光明科学城启动区项目现场指挥部热闹非凡,所有人都沉浸在计划签约任务顺利收官的喜悦中,现场指挥部副指挥长张实华却没能同战友们一起庆祝。

此时,他正赶往医院产房,迎接新生的喜悦,妻子在这一天诞下小女儿。就在妻子分娩的前一夜,张实华还坚守在指挥部,与各个岗位的土整工作者一起挑灯夜战。大家都说,这个宝宝真会挑日子,与土地整备"科学城速度"同时诞生,是个名副其实的"科学城宝宝"。

张实华是广东梅州大埔人,身形瘦高,说话时语气温和,自去年12月加入光明科学城启动区项目土地整备指挥部以来,一心扑在工作上,看到指挥部处处洋溢着奋勇拼搏的气氛,张实华常常很感慨:"在20多年工作经历中,多么幸运能遇到科学城,我将尽自己最大力量做好这份工作,珍惜这段时光,留下珍贵的精神财富。"

光明科学城的工作强度很大,通宵达旦是常有的事,张实华跟妻子约定"晚上9点之后下班就不回家了"。就这样,张实华一周要在指挥部宿舍住5天。由于工作,他多次不能陪伴妻子去医院做检查,深感内疚,但妻子却甚少抱怨,全力支持他。张实华十分感激家人的宽容、理解和支持。

有时晚上10点多开完会回到宿舍,他会拿着手机和家人视频聊天。10岁的大女儿总是想念爸爸,有时孩子气地说:"你再不回家,就不是我的爸爸了。"这时候,张实华就会跟女儿说:"每个人的一生中都会遇到一段十分难得的经历,要为之奋斗,也将留下最珍贵、美好的回忆,在科学城的每一个叔叔阿姨都是这样。"

面对高强度的工作,张实华时刻提醒自己要挺住,保证连续作战的实力。没想到精神力量真起了作用,好几次有苗头要感冒,在他的自我暗示下,都顺利躲过。张实华说:"说不累是假的,说开心却是真的。"

张实华认为,科学城土地整备工作的顺利开展,除了有完善的体制机制保障之外,还有一股力量在推动着。当所有人朝着同一个目标奋斗时,形成了一种蓬勃向上的力量,这种力量是支撑每个土地整备队员不断前进的精神动力。

邱苇　深夜甘淋大雨以诚感人

2019年5月9日，光明科学城启动区项目土地整备总结表彰大会上，所有土地整备一线工作人员全部参会，现场几百双眼睛目不转睛，聚焦大屏幕，视频讲述的正是他们的故事，描绘的正是他们的亲身体验。

视频画面中，有一幕让人久久无法忘怀。深夜，大雨倾盆而下，一个瘦弱的身影趴在车门上，坚持与业主聊着，任凭豆大的雨滴把自己浇透。这个画面的主角是协商谈判第10小组副组长邱苇。

邱苇，人如其名，做起事来有一股坚忍不拔的韧劲。"蒲苇韧如丝，磐石无转移。"这诗句可以说是邱苇最佳的人生写照。她说："我是大山的女儿，从小放牛长大，因此，我的性格像大山一般坚韧不拔、永不言弃，也像老牛一样任劳任怨、坚强倔强。"

谈起促成小组最后一户签约的情形，邱苇有些哽咽地说："我们小组最后一户签约的是一个外来户。3月5日凌晨3点，谈判失败，业主驾车准备离开。我一个箭步冲上去，拉开车门，拽住业主林大哥的手，再次苦口婆心地摆事实、讲道理、析利弊、谈感情。就这样，我们在雨中僵持了一个多小时，我活生生地被浇成了'落汤鸡'。"

第二天清晨，这位林姓业主来到现场指挥部，看到邱苇，眼圈立刻红了。邱苇说："一个50多岁的大男人，在我的面前，一边抹泪一边说：'你的感情很真挚，你的态度很诚恳，你拼命的样子震撼了我的心！昨晚我一夜没睡，我就是舍不得我的房子。你知道，这是我们唯一的家。可是，即便这样，我也不想再为难你们了，我们去签吧。'"

"那一刻，我再也控制不住，感动得失声痛哭，为业主的通情达理、大仁大义，也为我们小组的辛苦付出终于有了回报。"邱苇说。这时候，她才意识到自己已经连续奋战了几天几夜，累到嗓子失声、身心俱疲。

麦葵娣　迁坟组"铁娘子"怕喝骨头汤

在光明科学城有这样一个工作组，他们要翻山越岭，去查看坟墓，要带着箩筐、铁铲、金塔,口袋里有时还要装着纸钱帮助群众起坟,要扒开坟墓查看是否有金塔,还要打开金塔查看是否有先人骸骨。这个工作组就是迁坟组。

作为迁坟二组的组长,麦葵娣被人称作"铁娘子"。"我是迁坟组的一员,经常有人问我做迁坟工作最大的感受是什么?"麦葵娣苦笑着说,"就是很久都不敢喝骨头汤了。"

土地整备工作被称为天下"第一难事",其中迁坟工作涉及的民间风俗讲究多,尤其是宗亲脉系庞杂、年代久远的祖坟,更是难上加难。

光明科学城启动区内,有一座万氏祖坟需要迁移。万氏祖坟已有500多年历史,子孙后代遍及东莞市虎门镇、万江镇、厚街镇,以及海外等,宗亲近万人。年代之久、人数之多,创科学城迁坟工作之最。因意愿不统一,迁移工作一直进展缓慢。

为了加快推进,麦葵娣带着队员前往东莞虎门镇召集商谈会。回忆起当时的情形,麦葵娣仍然记忆犹新,她说:"椭圆形的谈判桌,万氏宗亲长老们把我围了一圈又一圈,管事长老坐在我正对面,开口就说:'这里你最大?'我说:'我是组长,算是吧。'长老接着说:'女的?'其他长老们开始议论纷纷。这时,我才发现现场只有我一位女同志。"

"我和他们谈乡愁,我说,我在光明土生土长,我热爱这片土地,也亲历了2003年公明迁坟工作。经过迁坟后公明腾出很多土地,经济社会得到快速发展,群众生活也发生了巨大变化。当前光明区正处在大发展时期,长辈们应该把握发展机遇,造福后代子孙。"麦葵娣接着说。

这时现场安静了下来。麦葵娣接着把迁坟政策做了详细讲解,逐渐赢得了他们的信任。经过5个小时的拉锯商谈,终于取得了实质性进展。长老们同意选出理事会,为后续迁移工作顺利开展打下基础。

工作组返程时已是下午2点,长老们热情邀请工作组留下吃饭,被麦葵娣婉言谢绝了。但是临走时,长老们还是通过车窗塞进饼干,同时,竖起大拇指对麦葵娣说:"你这个女同志,真是这个!"望着手中的饼干,麦葵娣心中无限感慨,这是群众难能可贵的理解与信任。

尹帮健　"重伤"也不肯下火线

2019年3月1日上午10点多,见到协议档案组组长尹帮健时,他忙得像个陀螺,根本没办法停下来,一边安排工作,一边接过组员送来的文件进行审核。从2月28日早上6点到3月1日上午10点多,连续超过28个小时,尹帮健都没有合过眼。

军人出身的尹帮健,身姿挺拔,皮肤黝黑,说话声音铿锵有力,但眼里的红血丝还是透露了他的疲惫。"从昨天到现在,这已经是第8壶水了。"为了保持清醒,尹帮健端起大茶壶,边大口大口地往肚子里灌水边说,"早上6点多,觉得有点困了,我出去跑了3千米,回来接着干。"

尹帮健是新湖街道土地整备工作中的"老黄牛",从中山大学深圳校区、圳美五路到光明科学城启动区,尹帮健几乎没有歇一口气,全程参与其中。

去年10月,尹帮健抽空把耽误许久的颅脑外肿瘤切除手术做了。可是手术过去才4天,伤口还没拆线,尹帮健裹着纱布就返回了工作岗位。同事们担心他的身体状况,劝他多休息一阵,尹帮健却笑着说:"这个肿瘤之前就有了,只是最近才去医院处理,现在没什么大碍了,休息几天就好了。"

在光明科学城启动区项目土地整备中,协议档案组做的是幕后工作,为前方签约工作提供补偿安置协议。尹帮健说:"补偿安置协议就像是前方签约谈判组的'弹药'和'粮草',为了首日签约能够顺利进行,我们全组昨晚都熬通宵了。"

尹帮健说,协议档案组8个组员有6个女同志,还有2个是满了55岁的老同志,他们一个通宵几乎没离开过板凳。3月1日凌晨3点多,有个女同志实在熬不住,就到里面沙发上躺了一会儿,根本不需要人去叫醒她,她自己躺了半小时后又回来继续工作了。

随着前方签约进度的加快,尹帮健和组员们不敢懈怠,继续奋战,截至3月1日晚10点,补偿协议出具225份,审核通过179份,成为首日签约取得"开门红"的最坚强有力保障。

信念的力量

人生为光明科学城这件大事而来

【核心提示】

光明科学城启动区项目土地整备工作中,有这样一组数据频繁"刷屏":1.82平方千米、1205栋楼;466位攻坚队员,22天完成527户计划签约任务,28天完成已签约腾空交房。

这组数据,反映的是土地整备"光明科学城速度",速度的背后是所有参与者秉承"人生为一大事而来"的信念所激发的磅礴力量。他们勇立潮头,争当弄潮儿,为光明科学城这件大事而来,为光明人的美好生活而来,为粤港澳大湾区和国家建设而来。

"光明科学城对于光明区、深圳、粤港澳大湾区乃至全国都意义重大,我们有机会参与其中,创造历史,在这样的集体中,贡献自己一分力量,荣幸之至。"这是光明科学城启动区项目所有参与者共同的心声。

志之所趋,无远弗届;志之所向,无坚不摧。

回顾光明科学城启动区土地整备的日日夜夜、点点滴滴,是光明人共同创造的辉煌。在这里涌现出许许多多的先进事迹,也发生了数不胜数的感人故事:不惧风雨,深夜促成签约;不辞劳苦,千里奔波送协议;不怕误解,无数次上门服务;不嫌烦扰,耐心疏解家庭纠纷;不畏烦琐,多方协调解民忧……

正是这种众志成城、矢志不渝的信念和力量,支撑着光明人谱写出一曲土地整备的动人赞歌,生动诠释了时代巨变中光明人的担当和作为。

使命:举全区之力打赢科学城启动区土整攻坚战

2018年4月,深圳市委、市政府决定在光明区集中布局大科学装置群,建设科学城。光明区顺势而为,承载了打造"世界一流科学城和深圳北部中心"的全新定位和历史使命。

光明区委书记王宏彬表示,当前的光明区站在了全市乃至全省、全国

发展的"聚光灯"下，成为各方资源汇聚的黄金洼地，迎来了前所未有的发展机遇期。"好风凭借力，送我上青云。"必须紧紧抓住这一千载难逢的机遇期、窗口期，乘势而上，全力推动光明区实现跨越式发展。

光明区委副书记、区长刘胜说："这个全新的定位是光明人梦寐以求的，将给光明区的面貌带来巨大提升，不再是'农场＋乳鸽＋工业区'的旧光明，而是'世界一流科学城＋深圳北部中心'的新光明。"

要实现"新光明"，首要任务是加快光明科学城的落地建设。其中，重中之重是迅速抓好项目土地整备，腾挪发展空间。

面对时代重任，需要凝神聚力、艰苦奋斗。光明举全区之力打好科学城启动区土地整备攻坚战，并以里程碑式工作成绩打赢了这场攻坚战。

里程碑式工作成绩的取得，得益于党委政府的坚强领导。在市委、市政府的坚强领导下，光明区全力以赴，区委书记王宏彬、区长刘胜亲自部署、靠前指挥，分管区领导何奕飞、周辉常驻现场，全程指导，街道、社区充分发挥战斗堡垒作用，各部门之间通力合作，形成了雷霆之势，锐不可当。

里程碑式成绩的取得，得益于干部队伍的顽强作风。相关部门指派人员全脱产参与攻坚，勇于担当，善作善为，自觉发扬"5＋2""白＋黑"的拼搏精神，展现出一幅热火朝天、干事创业的生动画卷。

里程碑式成绩的取得，得益于一套行之有效的工作机制。现场指挥部三级联动平台，大兵团作战，"依法依规公开透明机制""落实责任三级决策机制""挂图作战问题不过夜机制""部门联动综合施策机制""立体宣传传递正能量机制"等五项工作机制，"政策、标准、口径"三统一原则，当好"五员"，开展"五讲"，落实"五包"，保障了项目推进的快速高效。

担当：谱写一曲光明科学城启动区土整赞歌

22天，不仅创造了土地整备光明科学城新速度，也引发了科学城新现象、新思考。光明区委常委、科学城启动区土地整备推进工作组常务副组长何奕飞，通过留心观察和思索，曾在多个场合发出经典"三问"：

为什么到了凌晨，科学城现场指挥部灯火通明，很多同志还在加班中？

为什么看似平淡无奇的干部，到了这里就能独当一面，个个成为猛将？

为什么有些同志因工作稍有落后，就主动检讨，而最终都能提前圆满完成任务？

何奕飞的经典"三问"，源于光明科学城启动区项目土地整备工作所有参与者的敢创敢干、善作善为，还有他们的忠诚与信念、责任与担当，他们用信念扛起责任，用责任点燃激情，用激情奋发拼搏，用拼搏创造辉煌。

在光明科学城启动区土地整备工作参与者的"豪言壮语"中，可以感受到这种责任、激情、拼搏。

"星光不负赶路人，时光不负有心人。"现场指挥部指挥长李志东说，"闻鸡起舞，日夜兼程。既然选择了远方，便义无反顾地出发。在春暖花开的时刻，在光明区花海里，科学城指挥部这座院子里每一个平凡的人都有力量。"

"在科学城启动区项目现场指挥部，充满激情，充满生机，充满干事创业、担当作为的浓厚氛围，我仿佛回到了火红的青春岁月，回到了改革开放初期深圳建设的热土。"协商谈判第22小组组长张敏敬说，"在科学城的6个月，所接触的人和事、所见到的情与景，远胜过我过往的任何5年里的见闻、经历，也难以拿任何过往之事来与之比拟。"

"回顾这小半年，着实庆幸当初主动报名的决定。"协商谈判第24小组组长贾扬说："'不是每个人一辈子里都有机会参加拆除1200多栋房子的项目！'区领导的这句话，时时刻刻在耳边回响，每当谈判遭遇挫折、每当签约遭遇瓶颈、每当遭遇新的突发状况时，它都让我重新充满斗志，重新鼓起勇气，重新爬起来继续作战！"

协商谈判第19小组组长林鹏是从江西老区到深圳特区来挂职的干部，他说："看到科学城土地整备的工作场景，我能领略改革开放初期第一代深圳创业者的风采，我仿佛进入了那激情燃烧的岁月和火红的年代。我非常高兴，光明区认可我成了光明的一分子，认可了这片热土上创造的奇迹也有我的一份功劳。"

"在这里，我们不忘初心、砥砺前行，我们挥洒汗水、奉献智慧，我们追逐梦想、绽放青春！"协商谈判第10小组副组长邱苇说，"我们走过的路，我们受过的苦，我们流过的泪，我们遭过的罪，都将记入册、载入史、永流传、闪光辉！科学城因我们而骄傲，我们因科学城而精彩！"

憧憬："世界一流科学城＋深圳北部中心"的新光明

驱车沿着公常路，从羌下侨村一路向南，视野中茂盛的丛林绿地、高矮错落的工业区和住宅区都将成为历史，取而代之的是一座高标准规划建设的光明科学城。

所有的光明人都期待着这样一场巨变。在这场巨变中，每一个个体的命运都与区域的命运紧密相连，需要处理好个人与集体、小家与大家的关系，这既包括每一位参与其中的土整工作者，也包括每一位生活在这片土地上的老百姓。

2019年3月22日上午，光明科学城启动区项目最后一户业主签约，这名香港籍业主在签约完成后，说得最多的是感谢，他说："愿我中华民族传统文化的根永远在这里。"

光明科学城签约业主中年龄最大的已有102岁，这名业主姓韩，老人家以前在光明生活，现在揭西老家养老。为了方便老人家签约，协商谈判第4小组的工作人员顶风冒雨驱车几小时来到揭西，在一间带小天井的传统民居中见到韩老。老人家精神非常好，虽然离开光明很多年，但仍然记挂光明的发展，一直拉着第4小组副组长党开颖的手不停地说："深圳好、光明好，感谢政府、感谢大家！"当时的情景，让所有在场的人动容。

在光明科学城启动区土地整备工作中，像香港籍业主、韩老一样，期待光明区大发展的百姓还有很多，期盼科学城项目带动光明区腾飞是他们共同的心愿。

当前的光明区，上下心齐气顺，拧成了一股绳，心往一处想，劲往一处使，共同推动各项事业不断向前发展。广大党员干部勇于担当、主动作为，在土地整备等攻坚战中冲锋在前、战斗在前，充分展现了大担当、大作为。光明区广大群众与党委政府想在一起、干在一起，心怀着共建美好家园的强烈意愿，舍小家为大家。光明区的发展底气越来越足，信心越来越足，干劲越来越足，真正形成了攻无不克、战无不胜的攻坚态势。

当前，光明科学城启动区土地整备工作基本完成，所有的光明土整人将"从这里，再出发"，奔赴下一个"战场"。

凡是过往，皆为序章。

一座"世界一流科学城"将在这里应势而起，光明区的未来必将惊艳可期。

光明科学城土地整备的"三个为什么"与"光明答卷"

黄国焕　戴锦意　庞佳佳

为什么到了凌晨，科学城现场指挥部灯火通明，很多同志还在加班中？为什么看似平淡无奇的干部，到了这里就能独当一面，个个成为猛将？为什么有些同志因工作稍有落后，就主动检讨，而最终都能提前圆满完成任务？

时代是出题人，光明区的领导、干部、职工是答卷人，人民群众是阅卷人。十年磨一剑。光明行政区的挂牌成立，光明科学城的落户，区一届一次党代会描绘的"打造竞争力影响力卓著的世界一流科学城和深圳北部中心"宏伟蓝图，无不让光明人感到骄傲和自豪。激动和喜悦的心情之中，是对光明美好未来的热切期待。

是机遇，也是挑战。时代让光明区历史性地站在了全市乃至粤港澳大湾区建设的"聚光灯"下，前所未有的强大资源得以集聚，千百万人民群众炽热的眼光往这里投射。

无言的压力，光荣的使命。时代的试卷在徐徐展开，等待着书写。是成是败，万人瞩目。

用责任点燃激情，用激情奋发拼搏，用拼搏创造辉煌。光明区的领导、干部、群众以舍我其谁的担当、忠诚事业的情怀和谱写光明的使命，势如破竹、锐不可当，圆满完成了科学城启动区项目土地整备工作，书写了一个又一个不可能，创造了科学城奇迹，刷亮了"光明土整"金字招牌，为光明答卷赋予了一个令人欣喜的时代隐喻。

青春无悔，只争朝夕；敢闯敢干，善作善为。一曲荡气回肠的赞歌，已然在光明这片热土上奏响。

答案1：党委政府坚强领导　工作机制廉洁高效
秉纲而目自张，执本而末自从

红坳村整村搬迁，36天完成全部510户被搬迁签约；科学城启动区项目，22天圆满完成527户及115处墓地的全部计划签约任务……这些里程碑式的工作成绩的取得，首先得益于党委政府的坚强领导。正因为有了市委市政府、区委区政府的坚强领导，有了区委书记王宏彬、区长刘胜亲自部署，靠前指挥，以及街道、社区的战斗堡垒作用和各部门的共同合力，才形成了雷霆之势，有了锐不可当之力。有了主心骨、定神针，光明区上下铆足了劲，勠力同心，为一件大事而来，为理想信念而奋斗拼搏，开局就是决战，起步就是冲刺，不达目标誓不休。

敢闯敢干，还要善作善为。光明土整人喜欢以结果论英雄。事实证明，光明土整人有一套经得起实践检验的方法论，有一套行之有效的工作机制：现场指挥部三级联动平台，大兵团作战，"依法依规公开透明机制""落实责任三级决策机制""挂图作战问题不过夜机制""部门联动综合施策机制""立体宣传传递正能量机制"等五项工作机制，"政策、标准、口径"三统一原则，当好"五员"，开展"五讲"，落实"五包"，保障了项目推进的快速高效。这些从汗水和智慧中凝结出的"法宝"，是孕育团队精神、激发个体潜能的母体，也是科学城土整工作创造奇迹的制胜密码。

答案2：干部队伍作风顽强　个人潜能极致喷发
拥有一支勇于担当的干部队伍，是光明科学城土地整备攻城拔寨的关键

在光明区委区政府的大力支持下，科学城启动区项目在全区范围内抽调62名处级、科级干部，其中85%的干部是自愿报名的，并与新湖街道、专业机构共同组建466人攻坚队伍，实行大兵团作战。在科学城启动区待拆迁的旧铁皮大棚厂房集中办公，发扬老一辈特区干部优良作风，领导干

部和普通工作人员同吃同住同战斗，互帮互助互支持，条件虽简陋，却重燃了改革开放初期的火热激情。

区各相关职能部门更是凝心聚力，协同作战，心往一处想，力往一处使，所有工作为科学城土整聚力，所有资源向科学城土整聚合，一切为签约服务，一切坚持结果导向，形成如火如荼、比学赶超的工作局面。早晚例会，召开各类推进工作会议。广大干部发自内心想干事、主动干事，有的干部因签约率落后而睡不着觉，觉得愧对组织、愧对团队；有的干部在妻子临产前夜还坚守在指挥部；有的干部奔走千里，远赴香港、茂名等地上门谈判；有的干部守候到凌晨5点与户主签约；大部分参战干部表示以后有类似重大任务还要参加。实实在在的作风提升，形成了光明区干部队伍从"要我干"到"我要干"的巨大转变。

一支好队伍，就如星星之火，汇成了燎原之势。而在这火热集体的熔炉里，每个人都不甘落后，稍有落后，心里就感到愧疚，就主动向组织检讨，深刻反省总结，用坚强的意志和昂扬的面貌，使出浑身解数、调用一切资源、用上毕生所学、迸发极致潜能，用行动兑现当初的诺言，用成绩彰显使命担当。

答案3：升华经验宣传典型　为群众争取最大利益
制订一套科学可行的好方案，是攻坚克难的基本保障

从红坳村整村搬迁到中山大学土地整备，从地铁六号线再到科学城土整，在一次次的土整攻坚行动中，光明区积累了丰富的经验和办法，并将其总结升华成自己独有的"光明土整工作模式"。在光明科学城土整工作中，这套科学可行的好方案，就是攻坚克难的基本保障。

科学城项目补偿安置方案，延续了原光明农场地区的统建上楼政策，在制订方案过程中，工作人员深入摸底调研，走访山口村、大松园村、羌下侨村、北山村、圳美牛场等五个居民点及金塘、漳沄等工业区，征询了480户业主意见，约占被搬迁户的91%，充分保障绝大多数群众的合法权益。2018年11月，光明区政府常务会、光明区委常委会分别审议通过方案。2019年2月1日，深圳市市长陈如桂主持市政府党组会议，审议并通

过了光明科学城补偿安置原则。光明科学城项目能如此成功,并提前圆满完成签约和交房的实践证明:光明科学城土整项目补偿安置方案是一个依法依规,既体现政策刚性,又充分考虑群众实际,极大保障人民群众合法权益且科学可行的好方案。

坚持政策、标准、口径"三统一",为群众争取应得利益,维护群众合法权益,也是光明科学城土整工作成功的关键。坚持一把尺子量到底,坚持政策面前人人平等,补偿协议公开透明,彻底消除"灰色地带",并且创新实施早签约、早受益、早签约、早选房的政策,获得了群众的信任和配合支持,群众签约积极性空前高涨。

此外,光明科学城土整工作中,一系列积极的、立体式的正面好宣传,也成为土地整备风清气正的重要保障。这些宣传始终传递正能量,既讲好光明故事,又树立科学城正面典型,激励党员干部干事创业。

解开光明科学城土地整备"红色密码"

柳　艳　吴治聪　王忠东　林学伟

如果你到过光明科学城启动区项目现场指挥部,就会被几间铁皮大厂房的简陋办公场所和这里火热的奋斗激情震撼到。1.82平方千米,需拆除建筑物面积45.03万平方米,受影响群众1万多人、企业70余家,1个月完成前期工作、22天内完成启动区全部计划签约任务,比原计划提前9天,零投诉……一个个"硬核"数字,折射出光明科学城启动区土地整备工作的艰巨和成就。

建设光明科学城是广东省委、省政府的重要举措,是深圳市委、市政府全面提升科技创新能力,特别是基础创新、源头创新能力,积极争创港深综合性国家科学中心的重大战略决策。光明乘势而为,抢抓粤港澳大湾区及广深港澳科技创新走廊战略机遇,提出了打造"世界一流科学城"和"深圳北部中心"的崭新定位。

土地整备是建设科学城的前提。在这里,是什么催生了又一个"深圳速度"?是什么激荡起如同深圳特区创业初期的奋斗激情?科学城启动区土地整备现场,每个党员左胸口佩戴的党徽,或许可以解答这个问题。党建引领土地整备,是光明区全面打赢科学城启动区土地整备攻坚战的"红色密码"。光明区把科学城启动区土地整备工作现场作为加强基层组织建设的"战场"和检验考察干部的"考场",既有效统筹了各方资源形成合力,更激发了广大党员干部担当作为的热情,为建设世界一流科学城创造了优越条件。

区委统揽：汇聚强大合力，打赢一场硬仗

2018年4月11日，深圳市委、市政府将科学城布局在光明区，要求光明区以打造综合性国家科学中心为目标，以最高水平、最高标准谋划建设科学城。

这是区域创新发展和高水平城市化的历史性机遇。在重大机遇面前，光明区委果断把规划建设光明科学城作为对接广深港澳科技创新走廊、践行深圳"北拓"战略的核心支点，在区一届一次党代会上提出了打造竞争力影响力卓著的世界一流科学城和深圳北部中心的蓝图。

蓝图绘就，指引航向。光明科学城肩负着深圳市委、市政府的重托，是未来很长一段时间光明区建设发展的"总龙头"。科学城所孕育的基础理论创新需要厚积薄发，但科学城的建设必须争分夺秒、夜以继日。

面对光明区有史以来最大的一场硬仗，光明区委充分发挥"统揽全局、协调各方"的作用，投入了大量资源与力量，举全区之力参与科学城土地整备工作，加快推进光明科学城建设。

2018年5月，光明区正式启动项目土地整备工作，成立光明科学城建设区级领导小组，由区委书记王宏彬、区长刘胜亲自挂帅，充分发挥党的政治优势和组织优势，全力推动工作。

2018年7月25日，光明科学城启动区项目现场指挥部正式挂牌。2018年10月11日上午，光明区召开光明科学城土地整备工作攻坚大会。当天下午，从全区抽调的62名干部全部到位上岗。一支包括光明、新湖街道抽调干部和服务机构工作人员共计466人组成的土地整备大军，星夜兼程地将科学城启动区土地整备工作高效推进。当现场指挥部26个谈判工作小组奋斗在一线时，他们身后站着坚实的"后盾"——光明区委、新湖街道党工委、社区党委及土整、规土、财政、住建、查违等21个区相关部门或单位的党组织。

正是这种举全区之力、三级联动的做法，形成了最大的合力，提供了强有力的组织保障。

土地整备向来是拓展城市空间和发展蝶变道路上的"硬骨头"。作为

全市近年来单体量最大的土地整备项目，光明科学城启动区项目呈现出利益诉求多样、社会牵连广泛、搬迁压力巨大的特点。需要完成前期测绘、权属核查、谈判签约、腾空交房、房产注销、清拆清场、土地移交等一系列工作。

面对一个个难关，光明区委在科学城土地整备中发挥了"定海神针"作用，区委多次召开动员会、推进会等会议，市委、区委领导多次到现场指导、慰问、参加组织生活。每当项目处于关键节点，区委都会为党员干部加油鼓劲、提振士气；每当项目遇到重大难题，都能及时分析研判解决问题、做出决策，确保项目航向不偏、航速不减。项目指挥部实行早晚工作例会制度，确保问题不过夜，累计组织召开例会、个案会、推进会等各类会议达100多次，形成"难题共解、经验互推"的良好氛围。

正是来自市委和区委的高度关注，强化了干部队伍的使命责任，加速把党建"势能"转化为工作"动能"，为全面打赢光明科学城土地整备攻坚战提供了根本保障。

党建引领：党组织建在一线，党员带头示范

戴着党徽开展谈判工作、党员带头起示范作用，这是光明科学城土地整备工作的寻常景象。一个党组织就是一个战斗堡垒，一个党员就是一面旗帜。在光明科学城项目现场指挥部，148名党员沉在一线、冲在一线，义不容辞担当起攻坚的主角。

这是光明区用党建引领重大项目建设，将党组织建立在一线，充分发挥党员干部示范带头作用的初衷。

光明区委围绕大局抓党建、抓好党建促发展，将党建工作和发展大局紧密联系起来。2018年10月17日，光明科学城启动区项目现场指挥部临时党总支部成立。临时党总支部设置7个党支部，坚持党组织和项目工作机构同步建强，将党的组织和项目工作机构、党建主体和业务责任主体高度统一起来。区委组织部同步组建党建工作组，协调抓好党组织建设和党员日常教育管理等各项工作，把临时党组织打造成坚强的战斗堡垒。

将党组织建在一线，是基层党建的创新之举，对深化基层党建、鼓励

干部担当作为具有积极意义。而挂牌只是开始，科学城启动区项目土地整备工作千头万绪，困难重重，既需要党员干部有敢干的勇气，也需要有能干的智慧。在前进的道路上，党组织就是科学城启动区土地整备工作中党员干部们的"指航灯"和"加油站"。

2019年3月15日，现场指挥部内，一场很有仪式感的主题党日活动上，党员们郑重举起右手，紧握拳头，庄严地重温入党誓词。随后全体党员观看"我和党旗合影"幻灯片。在"我身边的共产党员"主题分享环节中，8位党员用朴实的语言讲述了一个个感人故事，生动阐释了党员在土地整备谈判签约中发挥的作用。

党员们的分享产生极大的感染力，这仅仅是现场指挥部理想信念教育的一个缩影。在区委组织部的指导下，现场指挥部将党内组织生活和日常工作紧密结合在一起，打造一体化、现场式组织生活，做到"三会一课"与每日例会一起开，每次会议坚持开展一次学习、认领一批任务、协商一些难题。

现场指挥部临时党总支部还广泛开展党员"亮身份、亮形象、亮标准、亮承诺"活动，在各个功能小组中设立党员责任区、党员示范岗、党员突击队。建立区党代表、街道领导干部、社区"两委"和临时党支部党员联系、收集群众意见工作制度，对各类实践问题和群众需求及时收集整理、研究解决。同时，深入动员全体社区党员、社区退休老干部、股份公司董事长、居民小组长、"两新"企业主等基层力量，引导他们带头支持土地整备工作。被征迁的党员没有一个是"钉子户"，并且发挥了工作组和业主的"连心桥"作用，帮助工作组拉近与业主的距离，帮助业主打开心结，排除签约交房的思想障碍。

一个个身着红色志愿者马甲、胸佩党徽的党员，成为光明科学城土地整备工作中一道道亮丽的风景线，也因为他们当好了政策宣讲员、一线信息员、拆迁谈判员、征拆工作服务员、矛盾调解员，在不破底线的前提下为有需求的业主争取合法权益，从而赢得了群众信任与支持，推动土地整备工作的高效高质开展。

注重实干：创新选人用人机制，考察培育在一线

在现场指挥部的协商谈判区，很长一段时间，电子大屏幕上的各项进度排名表都在不断跳动，26个谈判小组之间你追我赶的紧张工作氛围可见一斑。

数据反映的是结果，对每个工作小组成员的考核，既有量化分析，也有实地考察。2019年光明区土地整备暨科学城启动区项目签约攻坚动员大会提出，要让广大优秀干部和有志青年到重大项目一线进行锻炼，并以此作为日后培养任用的重要参考。

"近水知鱼性，近山识鸟音。"将考察培育放在一线，创新选人用人机制，是光明科学城土地整备工作的一大特色。光明区委牢固树立重实干、重实绩的选人用人风向标，将土地整备攻坚一线作为考察发现干部、锻炼培养干部的重要平台。

现场指挥部的干部考核组，就承担了这项重要任务。区委组织部派驻7人干部考察组全程参与土整工作，并直接将项目现场、业主家里、田间地头作为考察谈话地点，"贴身"考察干部。在考核中，将出勤入户、列席会议、跟组察访、定期点评等考核工作列入每日考核流程；将干部实时表现和工作成果进行"当日一评""每周一结"，并定期选取若干个有亮点的小组进行点评；制定《量化考核赋分表》，对协商谈判各环节进行量化考核评价。

光明区对工作中表现突出的干部，大胆选拔任用，树立了重实干、重实绩的选人用人导向，彻底破除干部担心"事过境迁，无人问津"的后顾之忧。

这里也成为培养青年骨干的"摇篮"。积极探索"党建＋项目＋青干营"培训链条，先后组织两期"青年干部训练营"，共选派100名干部参加。采取"主题培训＋实践锻炼＋专题调研"的模式，有针对性地组织参加土地整备、理论研究等工作培训，着力解决青年干部"知识恐慌""本领恐慌"，并充分发挥年轻骨干能干能拼、敢闯敢试的特点，为科学城土地整备工作注入一股新活力。

在这支党员冲锋在前的土地整备队伍中，既有"老兵"也有"新兵"，面对重大任务的考验，既需要激发动力，也需要保持定力。22天提前完成攻坚任务的同时，实现零投诉、零上访、零诉讼……高效高质地推进，人是最关键的因素。

通过对其他项目的廉政工作进行研究，现场指挥部将预防廉政风险的重点放在了执法队队员、协商谈判组成员以及第三方机构工作人员身上，出台了《光明科学城启动区项目土地整备廉政监督工作方案》。除了举办廉政教育讲座、签订责任书以外，现场指挥部专门成立廉政督查组进行明察暗访，还将廉政督查工作与扫黑除恶工作相结合，建立专项信访举报渠道。

走进位于新湖街道的光明科学城项目现场指挥部大院，就可以看到墙上红色醒目的标语："为打造世界一流科学城贡献青春智慧""从这里，再出发""不为困难找理由，只为成功找方法"。这些让人热血沸腾的话语，已经内化为光明科学城土地整备工作中所有党员干部的工作动能。

这动能来自对这块土地巨变的渴望，来自群众的热切期盼，来自光明区委区政府领航下的机制建设。

■ 链接

诠释：时代重任下的光明担当

三间大厂房里的开放式办公区域、不断跳动的进度排名表、忙忙碌碌的身影、鲜红的标语、红色马甲和党徽、深夜的灯火、奔走在去业主家的路上、与业主们推心置腹地交谈……无数个片段，汇聚成了一段火热岁月。随着进入清拆工作阶段，光明科学城启动区项目土地整备工作即将圆满结束，但这段火热的岁月，将牢牢印刻在每一位参与者的记忆中。

"弄潮儿向涛头立，手把红旗旗不湿。"参加光明科学城启动区项目土地整备工作的党员干部们，不仅留下了土地整备工作一线的经验，也留下了宝贵的精神财富，诠释了时代巨变中光明区应有的担当和作为。

奋斗：豪情万丈地投身工作

2019年3月22日上午，当所有工作人员都在庆祝光明科学城启动区全部计划签约任务完成时，"领奖台"上，科学城启动区项目现场指挥部副指挥长张实华"缺席"了。此时，他正怀着喜悦赶往医院产房，因为妻子生下了小女儿。就在妻子分娩的前一夜，张实华还坚守在现场指挥部，与各个岗位的土地整备工作者一起挑灯夜战。"在20多年工作经历中，多么幸运能遇到科学城，我将尽自己最大力量做好这份工作，珍惜这段时光，留下珍贵的精神财富。"党员张实华感触良多。

协商谈判第10小组副组长邱苇，人如其名，在工作中像蒲苇一样坚韧如丝。与最后一户业主谈判时，从晚上10时多谈到凌晨两三点都无果。邱苇和同事将业主送到车上，不想放弃的邱苇，在大暴雨中隔着车窗又继续和业主聊了很久，被大雨淋得湿透。第二天，该小组收获了最后一签。业主说："是你们的真诚和韧劲感动了我。"

退休社区老干部陈植林今年已经70岁了，他是现场指挥部年龄最大的工作人员，利用熟悉当地风土人情、沟通协调能力强的优势，也积极投身到光明科学城启动区土地整备工作中。他说，几十年来，盼到光明科学城等重大项目落户光明区，自己决心为家乡的发展稍尽绵薄之力。

党员丘海珍既是工作人员也是被搬迁人，在签约首日，他作为被搬迁人主动带头签约，放弃了优先选房的机会，将机会留给其他业主。

还有很多像他们一样的奋斗者，用坚实的臂膀，共同托举起一个时代的伟大梦想。

这种"人生为一大事而来"的使命和豪情，激励着党员干部们勇往直前。光明的干部们明白，光明区正迎来前所未有的战略机遇期，但要实现蝶变，必须勇于担当，艰苦创业。"5＋2""白加黑"成为工作常态，灯火通明成为办公室常景，"不为困难找理由，只为成功找方法"成了干部们的座右铭，没了"要我干"的尴尬，"我要干"的豪情充盈其间，干部士气空前高涨。这里成为新时代向改革开放之初火热岁月致敬的生动写照。

真心：赢得群众的理解支持

未来，科学城里群贤毕至，市民生活舒适便捷，科学之光璀璨夺目，城市魅力充分彰显……人民对美好生活的这种向往，正是新时代群众工作的出发点和落脚点。

光明区在推进科学城项目中坚持以人民为中心，用情、用理、用法做细做实群众工作。特别是将群众困难想在前，把群众诉求谋在先，完善过渡房屋安置与设施配置，解决群众搬迁的后顾之忧，以真情打动群众，使群众打开心门。在补偿标准上，坚持"一把尺子量到底"，做到公平、公正、公开，用道理说服群众。派驻专业法律工作组为群众释疑解难，用法律服务群众，保障群众合法利益。在专业服务方面，在现场安排了律师、公证员、银行职员、社保专干、信访调解员，以及房产、学位、民政咨询员，现场提供涉及土地整备的"一站式"服务。

每一个工作人员都是践行党的群众路线的实践者。每一个谈判小组工作人员对方案了如指掌、烂熟于心，当好了"五员"，做好了"五包"，即当好政策宣讲员、一线信息员、拆迁谈判员、征拆工作服务员、矛盾调解员；以签约为中心，全程做好服务工作，"一条龙"包干完成每一栋建筑物的权属核查、协商谈判、签约补偿、腾空交房等一系列工作。

在土地整备过程中，党员干部把业主当作家人，把业主的事情当成自己家人的事情来办，让被搬迁人把现场指挥部临时党组织和社区党委当成可以信赖的"家"。

业主家的蜂蜜销售不顺畅，他们与业主一起在摊位上进行推销；业主遭遇家庭矛盾纠纷，他们出手帮助调解；业主遇到不开心的事情，他们乐意倾听；业主生病了，他们上门慰问；业主搬迁有困难，他们出钱出力帮助业主早日住进新家。换位思考，他们为远在外地的业主提供上门服务；不畏嘲讽，他们为不理解政策的业主耐心讲解；不破底线，他们为有需求的业主争取合法权益……

正是因为把群众思想工作、联系群众工作、服务群众工作做到位，谈判签约工作才能水到渠成。

在光明科学城启动区项目土地整备工作中，党员干部带头攻坚克难完成任务，不仅总结出了新的土整方法论，也输出了宝贵的精神财富。这一笔宝贵的精神财富和经验，将在实现世界一流科学城和深圳北部中心的新征程中，激荡出源源不断的"红色动力"。

中篇
热土的献辞

小说卷　　XIAO SHUO JUAN

风水宝地

余巍巍

一

"砰——"刚被钥匙打开的门，很快被外面倒灌进来的风吹关。

这声音不小不大，把正捧着手机玩游戏的男人吓了一跳。他不满地回过头，想要发火，但还是稍稍控制了一下自己的情绪。夜有些深了，楼下小区里遛娃、遛狗的人们，早已回到各自的格子里，只把白色的、黄色的光，投射到黑色底幕上五色斑斓的画布上。

"出息了啊，一个女人，饭不做，地不拖，到底当了多大的官？"语气有些酸涩味，让人想起那点缀着红辣椒的酸菜鱼。

想到酸菜鱼，柳木木咽了一轮口水。她感觉到一天工作下来，整个人快要散架了。累，是真的。还好女儿周五被外婆接走跟表哥玩去了，她才不至于又要工作，又要顾着家里的孩子。

"这个家也不是我一个人的，你作为男人，一家之主，有义务照顾好老婆孩子！"柳木木心情有点沉，忍不住怼了回去。

"哈，我有义务照顾好你们母女，问题是，我也渴望某天下班回来，看到你留在桌上的纸条'饭在锅里，我在床上'……还有就是，我有心做好饭菜，也得有人按时回来吃呀，你看看现在几点了！"

柳木木预感到自己有点小冲动。刚才在下班路上，她还边开着车，边琢磨着如何回家开口跟刘志勇提接下来的工作安排呢。

不发火，不能发火。她换好鞋子，走过去坐到刘志勇旁边的沙发上。

最近，她充分感觉到"七年之痒"的前兆。

一直以为，所谓的"七年之痒"只不过是没事之人在那里瞎嚷嚷。不是有人说，一个家有了孩子，就基本稳定了嘛。她和刘志勇经过七年风风雨雨才走到一起，从高中到工作，她相信这份感情是牢不可破的。至于人们所说的"爱情"，应该也是有过的，或许早已在时间的流逝中上升为亲情了吧。

柳木木已经不记得具体是哪一天发觉生活的不对头。刚恋爱结婚那阵，他们哪一天不是眼巴巴地盼着下班，然后一起找地方吃晚饭，要不就是两个人拉着手去超市买菜，想方设法做好吃的。从来也没有埋怨过谁做得多，谁做得少。

而现在，柳木木感觉自己快要变成"怨妇"了。刘志勇在一家企业就职，工作较为稳定，按时上班下班，也没有不良嗜好，下班了就爱捧着个手机玩下游戏。

柳木木也跟闺蜜们抱怨过，问是不是在很多男人眼里，游戏比老婆重要？不然为什么当初相亲相爱的两个人，最后都变成"斗鸡眼"，互看两生厌？

就拿刘志勇来说，那阵儿是多好的一个男人啊。每天比柳木木早下班，她在天黑前回到家，那温暖等待的灯光，熟悉的饭菜香味，里面全是幸福的味道呢。

而现在，她一身疲惫地回来，不但要管孩子的作业，还得收拾家。刘志勇是越来越懒了，连饭菜也是简单地应付。柳木木虽然不擅长厨艺，但"吃"还是蛮在行的，就像某个大师说的那样，为啥我们能在平凡普通的饭菜里吃出父爱母爱？那是因为做这件事的人，花了心思，用了感情。

对，刘志勇现在做的饭菜，就是他们目前生活的真实写照——马虎应付。她甚至还像哲学家一样，脑海里冒出一些颇有哲理的话：每一份没有注入感情的菜，都是糟蹋原材料……

这几乎是世间所有夫妻生活到一定时间的标准模式。

柳木木不想走标准模式，更想快刀狠手，阻止这个"七年之痒"的到来。

这段时间她苦思冥想，希望能够找到一个出口。

刘志勇是个特别满足于现状的人，对他的工作，不讨厌也不积极，觉

得如此甚好。每个月有固定的收入，饿不死也发不了财。他好像也没有其他不良嗜好，不打牌不抽烟不喝酒，只是玩玩游戏。从前在电脑前乐此不疲，后来手机方便了，就在手机上玩。

有时候玩得忘乎所以，半夜还不上床睡觉。柳木木就跟他赌气，不理他。闺蜜开导她说："你得了吧，人有七情六欲，男人们精力旺盛，不赌就嫖，不抽就喝，像刘志勇这样子猫在家里玩玩游戏的，还算好的吧！你别要求太高，想让人家成为李嘉诚？"

柳木木虽然不是势利之人，没想让他大富大贵成为人中龙凤。可是一个大男人，三十多岁就追求安逸，那也不是什么好事吧？没有斗志，便是提前进入老年状态，这可不行。

她希望刘志勇能够有些想法，而不是停滞在目前这种"老婆孩子热炕头"的生活状态。

至于怎么改变，她还真没有想好。

下午，单位召开了一个重要的会议。头头宣布了科学城土地征收指挥部成立的事项、抽调人员的名单。她看了看工作方案，成立了指挥部，下面有很多个诸如勘测、评议、谈判、维稳之类工作小组。和她有关的是迁坟组副组长——柳木木位列其中。

她还不太明白这个"迁坟组"的意思，作为办公室的一名行政人员，平时做得最多的是文案工作，诸如工作方案、总结汇报之类。每次区里有大的行动，他们单位都会抽调人员。头头看她是女同志，一般工作不抽调她。这次不知是什么原因，居然她也要上一线，还担当重任，任"副组长"。

街道的大会后，紧接着是单位的小会。头儿说，抽调去科学城协助完成土地的征地拆迁，是目前的头等大事。但是，他这个"但是"故意停顿了一下，说得有些婉转，让柳木木的心一紧。

"但是，你们各人手头的工作也要兼顾。这是政治任务，没有价钱和条件可讲。还有就是，木木你以前没有做过这些工作，好好锻炼自己，前途一片光明！"

科长说这些话的时候，意味深长。

柳木木有些蒙。说实话，作为一名女同志，能够考进体制内，端上相对可靠的"铁饭碗",她觉得自己的人生理想也基本实现了。她曾私下跟闺蜜小金儿说:"我是个没有追求的人,能熬到退休,就功德圆满啦。"

小金儿在银行做白领,她翻了柳木木一眼说:"你能有点出息嘛?好不容易考上公务员,你就得好好干,到时也照应下我们这些好姐妹啊!快点长成大树吧,我要乘凉呢……"

科长还说:"这次抽调人员,都是领导精挑细选的,大家按照工作分工,好好干。这是上级在考验你们的工作能力,是骡子是马,拉出来遛遛……"

这话好像专门冲柳木木说的。因为她正在苦思着找个什么理由来推托。开会的时候,她用微信把这个消息分享给了小金儿。对方立即回了她:"想办法推掉吧,我觉得这可不是什么好事儿!你一个女同志,非得跑去搞什么迁坟的事情,有没有听说过,穷不改门,富不迁坟。挖人家祖坟,可是要遭报应的呀……"

柳木木觉得小金儿的理解能力真是比她强太多。文件上写的是"迁坟组",确实就是损人不利己的挖人家祖坟啊。她又不会说本地话,没有跟基层群众沟通的经验,这个副组长,只怕是兔子的尾巴,当不了多长时间。

与其半途而废,不如不要开始。

可科长的一番话,活生生地切断了她想要逃跑的"后路"。散了会,她跟在科长后面,进了科长的办公室。科长听也不听她的解释,像赶走一只蚊子样地朝她挥着手说:"不要说困难,也不用找理由,这是上面安排的工作,我说了不算。我知道你这边困难多,又没有相关的经验,但你也完全不用太担心,你只是副组长,前边不是有组长嘛?尽你的能力配合一下工作还不行?况且,这可是你表现自己的最好机会哦,许多人争着想去呢!"

柳木木几乎冲口而出"谁爱去谁去",可科长所说的只是"配合",让她的担心又少了一些。

是的,天塌了有高个子顶着呢。

她也想,趁这个机会,改变一下现状,说不定也是好事呢。自从她转正后,同批进来的有人早已是科长,担当大任了,她还在科员着呢。

最近哪都不顺。

比如，她跟刘志勇的关系。

有人说，爱是慈悲，是懂得。也有人说，爱是毫无条件地付出。

当你喜欢并深爱一个人的时候，你会不由自主地放大一个人的优点，忽视他的缺陷。

就像是柳木木对刘志勇。当年，刘志勇喜欢柳木木的时候，他俩算是特别不"门当户对"的那种。木木是城里长大的小家碧玉，从小学、中学到大学，再考上公务员有了稳定的工作，是一路乖巧听话的孩子。

而刘志勇出身农村，技校毕业，进城务工东打西拼，终于凭技术进了一家国企。

他们的遇见，就是电影里的"英雄救美"。那天坐公交，柳木木的手机被小偷"顺"走了。她一声惊呼，引起了站在过道上的刘志勇注意，他一个箭步追了下去，狂奔几百米帮柳木木夺回了手机。

柳木木被他帅帅的样子迷住了。谈婚论嫁时，家里人反对，理由是"门不当户不对"，不管如何，找个农村的，许多观念上的东西说不到一块。另外，谁愿把孩子嫁到农村去受苦？虽然现在农村的孩子也并不见得要去种田，可那里是刘志勇生养之地，他的父母亲人，他的根在那呢。

闺蜜小金儿也表示不太支持。她说："刘志勇帅是有点帅，可长得好看不能当饭吃呀，你看看你的大学同学，哪个不是想方设法嫁去条件好的人家？再考虑考虑呗！"

柳木木态度坚决，硬是以为，萝卜白菜，各有所爱。既然她喜欢帅帅的、男子汉十足的刘志勇，她就嫁得心甘情愿。

家里人没辙，想想刘志勇虽然来自农村，但还是在城里有较为稳定的工作，只要自己的女儿喜欢，他们自己过得幸福就好了。

刘志勇也给足了柳木木面子。木木在娘家"十指不沾阳春水"，家务事都没有做过。婚后，买菜做饭的事全是刘志勇承担，特别是怀上孩子后，刘志勇变着法子给柳木木做好吃的，对她呵护备至。

日子长了，娘家人也觉得木木当初的眼光不错。幸福并不是有多少钱，而是彼此相爱、相知、相惜。

只是所有的人都忽视了一点。最好的爱情，也有保鲜期，婚姻更是需要双方共同维护和保养。

柳木木发现,自从有了女儿之后,家里的事情变多了,刘志勇也日益显示出"从奴隶到将军"的架势来。虽然饭菜还是如常做着,女儿的接送也承包了,但木木总觉得两个人之间的距离越来越远。

起先,她以为这是平常生活的惯有表现。她也在不停地思考着,是不是看到身边那些人,有炒股发财的,有做生意赚钱的,日子越来越红火,她有些虚荣心泛滥呢?

人往高处走,这跟虚荣好像关系不大。最后她得出的结论是,刘志勇过于满足现状,没有上进心。用时髦的流行语来说,就是"缺乏对美好生活的向往和追求"。

看看她的同事,哪个不是努力不懈,一边工作,一边操心着如何住上学区房、高端小区房?刘志勇倒好,安安心心地住在他们这个六十多平方米的人才保障房里乐不思蜀。以前两个人还没什么,现在孩子日渐长大,这房子就显得拥挤不堪,更不用说来客人了。

某次,同事买了市区的新房邀了木木他们去聚餐。回来后木木认真地跟刘志勇讨论着,他们要不要努力一把,在市里按揭一套小房子,将来女儿能上个好点儿的学校。

刘志勇眼睛没有离开手机上的游戏,淡淡地说:"你以为买个房就是画个圈啊?依我俩现在的收入,能够不欠账过下去就不错了。买房?你想过没有,成为房奴后,咱们生活的幸福指数会直线下降,每个月要拿出一个人的工资来还贷。给我父母的生活费,节日出游,过年回老家,那都不用提了……"

柳木木耳朵里萦绕着"滋——呀——"打打杀杀的游戏声,硬生生把那句"你不会想办法把玩游戏的时间用来想着如何赚钱么"塞回了喉咙里。

她脱下穿了一天的高跟鞋,在刘志勇身边的沙发上坐了下来。

刘志勇斜了她一眼,朝厨房的方向努了努嘴:"菜在电饭煲里温着呢,先吃饭去吧!"

"我还不饿。志勇,你能不能停下游戏,咱们好好说会话?"柳木木抓住刘志勇忙碌的手。

"发生了什么大事？"看到柳木木一脸正经，刘志勇无奈地说，"再等我三分钟，玩完这盘吧！"

木木心里跳出一句"到底是游戏比老婆还重要"，为了不破坏接下来的交谈，她又把话压了回去。

这些准备冲口而出的话被压进肚子里，木木委屈得眼睛发红。她多么希望，在最紧要最需要关心的时候，刘志勇能够像从前那样，默默地搂住她的肩，在耳边说："没什么大不了的事儿，你还有我！"

这感动人心的话，好像已经被埋葬在时光的河流里了。

也许是木木作古正经的表情，让刘志勇觉得"事情重大"，几分钟后，他终于放下了手机。

"什么事儿？说呗，我洗耳恭听着呢！"柳木木看着刘志勇的脸，还是那么英俊帅气，是她喜欢的样子。

"志勇，最近我们单位有些人事变化，我被抽调去科学城参与征地。接下来，可能会更忙，更加顾不上家里，我……我希望能得到你的支持！"她终于一口气把话说了出来。

"抽调？是提拔重用吗？科学城是个什么玩意儿？你一个女人家，能做什么大事建功立业？"刘志勇问。

"跟提拔重用没有关系，是街道的统一安排。今年，区里明确了打造竞争力影响力卓著的世界一流科学城，近期要启动科学城项目的征地拆迁工作，我们街道很多人被抽调去那里，时间大概是三个月的样子。这段时间，妞妞就得你多花点心思照顾……"想了想，木木还是将"迁坟组副组长"几个字做了保留。刘志勇出身于农村，他对某些事情的看法，可能会更加固执和忌讳。

"不提拔也不重用，我不知道你是发的哪门子疯要图这个表现。至于女儿，你除了辅导一下作业，吼人家几句外，好像也起不了多大的作用。不过，柳木木我想提醒你一句，女人家不要太好表现，差不多就行了。家才是一切，你看看我的同学朋友，哪个不是已经生完二胎或是在准备生的路上，咱们呢？以前是计划生育不能违反，现在国家鼓励我们生，你难道不想给妞妞添个弟弟或是妹妹？"刘志勇这不是第一次提到"二胎"的事了。

政策刚开始放开，柳木木也激动万分，想着终于可以名正言顺地给女儿生个做伴的了。可后来想着，家里条件这样子，多一个孩子会更加重负担。刘志勇一提，她就恶语相向："生生生，你就知道生！生出来了你拿什么养？"

刘志勇可不这样认为，他觉得一头牛是放，两头牛同样是放，当初他家三兄弟在农村，不也吃饱穿暖地长大了嘛。对，就是这个二胎的事，也是他们矛盾的导火索，不提还好，一说这事两个人恨不得要打起来。

不发火，不发火。柳木木再一次把"要生你跟别人生去"这句话压进了肚子里。这紧要关头，她没有底气再任性了，要是真的惹毛了刘志勇，丢下孩子不管不顾，那她还怎么去完成接下来的工作？嘴里冒出一句："我是共产党员，需要服从安排，舍小家顾大家……"

刘志勇对她突然表现出来的好脾气，也有点不知所措。就像一个武士，做好了要"决战"一场的准备，对方临时又放弃了争斗。听到她的话不冷不热地回了一句："那倒也是，你别的本事没有，舍小家顾大家倒是做得不错。"

一个表面和谐的夜晚，在柳木木心思复杂的失眠里过去了。

二

第二天，早上到单位半小时后，柳木木便坐上科学城现场指挥部统一安排的中巴，前往坐落在某个地方的新办公场所。

指挥部设置在一处废弃的工厂里，各个工作组的办公室临时用木板隔开。给柳木木的第一印象就是，空旷、大、破旧。办公室的隔间条件不好，这边的人咳嗽、说话，隔壁能听得一清二楚。

柳木木他们这一组共有 12 名工作人员，刚听到有十多个人一起"攻坚"，她还偷偷乐了一会。但接到组长递过来的任务清单后，她彻底的傻眼儿了。

清单里列明着，这次涉及科学城建设需要清查搬迁的坟墓有 123 处，部分已经迁走。他们需要在一个半月的时间内，完成摸查、清坟、谈判和迁坟工作。

她的脑袋瞬间就炸裂开来，想到那些阴森森的墓地、冷冰冰的墓碑，脑海里迅速浮现出曾经看过的盗墓片情节，不禁起了一身的鸡皮疙瘩。

而领导接下来的话更让她几近崩溃。组长说："迁坟工作，我虽然是组长负责统筹，但因为还要兼顾维稳组的组长，所以，这项工作的具体业务，还是由柳木木同志来负责。请柳木木带领组员们尽快熟悉情况，根据上级要求的完成时限，制订具体行动计划，有什么解决不了的困难，及时报告，我会第一时间去协调……"

柳木木看着眼前的一群年轻人，茫然无措地用无辜的眼神望着她，觉得自己此刻就是那个莫名其妙披着棉被，被人推到滂沱大雨中的人。

她感觉到一种无法抗拒的重量，正以不可抵挡之势压了下来。

早知道这样子，她昨天应该找理由去求上级领导及时换人的。现在，大会小会都开过了，人人都明白了自己的工作内容，她不知道该找谁去说。

"大家先熟悉一下办公场地，认真看一下会上发的材料，搞清我们的工作职责，我们下午再开个小组会议！我希望到时每个人都说一下想法，共同把这个任务完成。"交代完，她在那个简易的青白色的办公台前坐下，打开手中的文件。

真是不看不知道，一看吓一跳。会上柳木木听到的需要迁走的123座坟墓中，表格里注明前两年道路项目中已有37座迁离了。这意味着，他们需要在一个半月的时间里，找到其余86座坟墓的主人，并通过耐心细致的工作让其后人将坟墓迁往统一安排的墓地。

中午，指挥部食堂那顿午餐，柳木木吃得味同嚼蜡。不是这里的伙食不好，而是一个过来人的一席话，让她的食欲顿无。过来人在另一个工作组，他好心地跑过来跟木木说："你怎么回事呀？跑来当这个迁坟组的负责人，你知道吗，迁坟组要经常跑去野外山林，看着人家把埋了多年的尸骨挖出来，再装到金坛里搬去公共墓地埋葬，搞不好会有邪气，影响你和家人的身心健康……"

"别说了，谢谢你的关心。"柳木木及时制止了同事的好意。她怕再听下去，自己的五脏六腑会吐出来。另外，她也不想旁边的伙伴们听见这些。工作还没开始呢，"军心"可不能动摇。

午饭时,她的脑海里不时地浮现着"尸骨"的狰狞。看见那些平时美味的炒肉,特别是凉拌猪手,她忍不住一阵阵恶心,草草地喝了几口汤,吃了点青菜,赶紧回到办公室。

这个下午,他们工作组12人进行了粗略的分工,两人一个小组,每个小组完成14座坟墓的迁徙工作,柳木木因为是副组长,多余的2座就归到她这里。她给大家提的思路就是,从明天起,各组先去实地查看,做好详细的摸底,尽快在一周内找到墓主,为下一阶段的谈判工作奠定基础。

柳木木略感欣慰的是,组织上考虑到这项工作的紧急和重要,每个工作组有一半以上是本地人员。这对她来说是好事,没有了语言障碍,有些风俗、讲究,起码不用再找其他人解决。

有过坟墓迁徙工作经历的罗佑坤主动说要跟柳木木一个组。他告诉木木,要提前让人买些箩筐、铁铲、水靴、防蚊水等回来。山里面蚊子多,还有蛇虫出没,要提前做好安全准备。

这让柳木木觉得,这项工作技术含量实在太高了。这新接受的工作任务,跟她之前坐在办公室写写材料、开开会,完全不是一个概念。罗佑坤说到的这些工具,让她感觉不是工作,而是去开荒种地。

她还需要找一些资料,看看本地人对于坟墓迁徙有什么忌讳。唯一感到安慰的是,组员们体谅她是个女同志,又主动多承担了2座坟墓的搬迁工作,一致同意让有多年土整工作经验的罗佑坤跟她一组。

想到第二天得进山,柳木木下班途中折进了家门口的超市,跑去四楼的柜台给自己添置了防晒衣、薄牛仔裤。

进山的路,远比柳木木想象的要难和险。原以为,深圳都城市化这么多年,也没有什么大山,可她来到这片划为科学城范围的荒山,才深知"深山野外"这个词里的丰富内涵。因为是探路摸底,他们各个小组两人一队,根据前一天分配好的任务,小心翼翼地来到目的地,对照图表,一个个坟墓去核实。

因为是坟山,这里杂草丛生,所谓的"路",也就是那些逝者的后人在清明节回来拜山时踩出的羊肠小道。野芭蕉、野芋头、蛇怕草和各种植物,以疯狂的状态生长着。坟墓还东一处西一处的,分布在无名小山的各个地方。有些简单的,既没有墓碑,连墓也没有,只是立着个花花绿绿的瓷坛子。木木知道，这就是本地人所说的"金坛"。

虽然打前站的工作组已经大概做了统计，但柳木木他们实地勘探时发现，事情远远没有他们想象的那么简单。

这些坟墓，有主的好登记，墓碑上载着姓名。难以处理的是那些没有墓碑，或者是立着墓碑却因为年长日久看不清上面内容的坟墓，还有些只是无名金坛。

一天的跋山涉水，各组反馈回来的消息都不容乐观。简单地说就是"账实不符"，前期勘察组也是聘请的人，他们登记的数量、位置，好些与柳木木他们查看回来的数据不相符合。

罗佑坤提醒柳木木说，前期勘探组的工作已经是很久之前的事了，不能保证在得知科学城需要拆迁，某些谋求不义之财的人，临时在山上新添置坟墓。

"临时新添置坟墓是什么意思？"柳木木问罗佑坤。她想的是现在深圳多年前就不允许土葬了，如何会有新的坟墓？

罗佑坤吐着烟圈，若有所思地说："也就是说，为了博赔，有些人趁人不备，把死猪、死牛或者是空金坛埋到土地里，当作自己的先人来获取赔偿……"

"不会吧，这些人连这样的事情都想得出来？把死猪死牛当成自己的先人？就不怕遭报应，被自己的先人骂？"这说法让木木震惊得差点把眼镜也弄掉了。

"我上次就遇到过这种情况，当时大家都没有经验，去征地前听村里人说，那块地中登记在册的有十多处坟墓。结果工作组进驻后，那里硬是多出来十多处墓地。你想想，一个墓地差不多获赔好几万呢，这钱多好赚呀！"罗佑坤的话让在场的人恍然大悟。

"这真是，为了钱啥事都做得出来……"

"还有，我们在勘察时需要注意，有些墓可能因为年代太久，加上地质变化，藏到了地底下，又没有碑……"柳木木还没有感叹完，罗佑坤又补充了一句。

我的天，看来，这个事情还真不好办。目前指挥部已经提前将科学城整体围挡，再要新增坟墓基本不可能。但埋藏在地下的这些，也是横亘在柳木木他们面前的大山似的难题呢。谁也不知道到底有没有，有多少个。这时候，柳木木幻想着最好能有一台探测仪，像战场上探测地雷的那种，推着在山里走一遍，结果就出来了。

"我建议，大家晚上回家各自把《盗墓笔记》再认真看一遍吧，说不定可以受到点儿启发，学到点什么经验之类的！"新入职的职员李良栋来了一句。

"你这是什么跟什么呀！我们是去完成迁坟工作，你以为是去盗墓啊？一边玩儿去。"柳木木被这个冒失的小伙子弄得哭笑不得。

不过反过来想，她手下的这些人，除了骨干罗佑坤外，其他人都是80后90后，大家都还不太清楚这个迁坟到底要面临些什么，这情有可原。

既然被"逼上梁山"，她也没有退路，只能咬牙跟大家共同努力，去攻克一个个未知的堡垒。

说实话，让她一个弱女子去"迁坟"，柳木木也感觉肩上的担子有点超过她的能力。但反过来想，组织上这样安排，一定有他们的道理。做不做是态度问题，行不行是能力问题，先走一步看一步吧。

柳木木有点"入错行"的感觉。当初报考公务员，她这个文科生力挫群雄，顺利进入党政机关做文字工作。谁能够料到，某一天，她的工作会跟"坟墓"扯上关系呢。

况且，在生活中，别说是去墓地"走访"，就是平时走个夜路，或是一个人待在家里，她也是草木皆兵，胆小如鼠。稍微有点响动，她就吓得瑟瑟发抖。曾被刘志勇称为"属兔的女人"，其实，她是属牛的好不好。

这下好了，"胆小鬼"不但要把去坟地与陌生的先人打交道作为工作，还要担当重任，操心着这86位陌生先人的"搬家"之事。

最要命的是，她跟刘志勇还只能说是去科学城项目征地组，根本不敢把"迁坟"两个字说出来。

这第一天的工作，就遇到如此多的问题，接下来要怎么做，柳木木心里真的很乱。

大家从墓地回来后，又开了个碰头会，讨论下一步工作的开展。

柳木木粗粗算了下，眼下，摆在纸面上的数字是86，她和罗佑坤需要完成16座的任务，并且，这些逝者后人的情况他们一无所知。这其中是否有刁钻古怪，难以沟通的？或者有找不到所埋逝者后人的坟？这些情况一定不同程度地存在。目前的工作，虽然有了大致的分工，原则上让大家先易后难，分工合作。但作为副组长，她的责任重大，基本要考虑这所有的86座坟墓。

头痛。柳木木像无头苍蝇一样，找不到方向。

"这样吧，木木，我们还是先按原来的计划，各组自己寻找突破口，先从容易的开始，搞定一个算一个，逐个击破。时间这么紧，如果大家都等的话，任务肯定是没法完成的。"罗佑坤看了一眼撑着头、皱着眉思考的柳木木说："像我们这个小组，有3户人家可以先约谈。我们明天先去这3家。"

其他小组的人，见木木他们开始行动，也就不好意思再提困难，再找理由来推托。各自对着表格，在地图上查找，商量起如何开展工作的事情来。一时间，十多个人的大办公室，热火朝天。

还是罗佑坤比较有经验。木木他们组旗开得胜，首次出击的3座坟墓所埋逝者的后人，都在附近的社区上班，经过接触，都表示愿意配合政府的项目拆迁。只是一再表明，希望赔偿标准是统一的，不能让老实人吃亏。

柳木木觉得他们说得很在理，这确实是大事。于是立即将情况向上级做了汇报，并表明，必须对主动配合坟墓迁移的逝者后人进行奖励。

她甚至在幻想着，如果所有的业主都像这3户人家那样，他们的工作就好做多了。只用通知传达精神就好了，哪用得着数次上门，数次谈判，讲道理摆事实？

两天的工作下来，各组反馈回来的消息并不是太乐观。当然，也不是特别的差。除了刘锡龙他们第六组一无所获外，其余各组均有不同程度的收获。柳木木统计了一下，接下来可以谈定的，差不多有23户。估计再次做下思想工作，近期可以搞定。

那么，余下的63座坟墓，意味着他们要以每天2到3个的速度攻下来。

想到这里，她立即让人做了统计。各组倒排工期，每天下午在微信群里汇报进度。小黑板买回来了，每天各小组的进度一目了然，完成了的，插上一面小红旗。这样一来，运筹帷幄，心中有底。

三

迁坟，看起来简单的两个字，在当地还是很讲究的。先是需要坟墓所埋逝者的后人同意搬迁，然后选定良辰吉日"起坟"，最好是清明节前的某个上午，准备好祭拜物品，再请来专门的司仪主持，完成该项工作。

这是柳木木第一次参加颇为正式的"迁坟"。按照罗佑坤的提醒，她费了半天劲，才在别人的指点下，在一间隐藏在小巷里的杂货店，买到香烛火纸。出发的路上看到罗佑坤扛着铁铲，带着箩筐，她有些惊讶地问："你干吗呀？带着这些东西准备去山里开荒种地吗？"

"傻，我看你是真没参加过迁坟啊！我手里的这些都是工具呢，一会你就知道了。"他们把车停在山下的路边，沿着那条只容一人经过的小路，弯弯曲曲地往山上走。

这座名为牛头山的"山"，其实在北方人眼里，也只是一个小土包。高不过三百米，只因为属于荒山野岭，平时来的人少，茅草丛生，要拨开这些比人都高的茅草，才能找到脚下的路。

柳木木全副武装，穿着长袖长裤，戴着草帽，露在外面的手背，还是被蚊子叮了几个大包，一时间火烧火燎，难受得很。

这一天完成的，还只是他们这个组谈妥的 3 座坟墓中的一座。因为坟墓的后人只剩下孙子一家四口人在此居住，通过电话沟通，取得其他亲人的同意，才表示愿意"第一个"迁坟。之前，柳木木无数次想象过迁坟的复杂，但万万没有想到，这项工作牵扯到千家万户，这么复杂烦琐。

等柳木木和罗佑坤到达坟地，主人家大大小小已经到了十来人。除去他们一家，还请了风水师和几个帮忙挖土开墓的工人。

风水师是一位大约五十岁的男人，留着山羊胡子，身穿印有铜钱图案的绵绸对襟衫。柳木木他们过去时，风水师正拿着罗盘，对着几个帮手指手画脚。

看到木木他们到来，微眯着眼睛问："这里有属鼠的人没？如果有，请回避一下，因为地下先人属兔，两个生肖相克……"

柳木木脑海里迅速闪过许多种动物的影子。还好，经过了解，罗佑坤属狗，木木属牛，蛮好的。

把情况了解清楚后，风水大师就点上香烛，带领家属开始祭拜。

接下来是起坟。几个请来的民工，在风水师的示意下，拿着铁锹、锄头，先小心翼翼移去坟头的墓碑，再用力往下挖掘。罗佑坤也主动加入其中。

风水师说："一会挖到棺木，按理，得由先人的平辈将遗骸捧放到金坛里。但现在我们无法找到先人的平辈人，这事就由我来完成。你们挖的时候要小心一些，别把棺木弄坏了。"

柳木木在一边听着"遗骸""棺木"这些词，感觉到一股冷风吹过，身上顿时凉飕飕的。

她肃立一旁，心里默默祷告着。几个人挖了一会，很快就看到地下的棺木了。主人家准备好的新金坛放在一边，上面花花绿绿，"富贵平安"四个字在阳光下闪着光。木木觉得，金坛，实际上也就是骨灰盒。不同的是比骨灰盒更大点儿，有的并不一定装骨灰，是装着死人的遗骸。

这东西外表看起来像个花瓶，却让人有点害怕。听罗佑坤说了下，柳木木这才明白，原来，这边还流传着土葬时的一些风俗。可能也就是地理关系吧，老人家去世后，如果是当日白天走的，第二天就要用棺木装着埋了，到第二年选定日期再挖出棺木，请人完成相关的仪式，再把遗骨一块块清理出来，用金坛装好埋葬，真正地入土为安。当然，"捡骨"也是一件技术活，据说顺序不能错，放进金坛的朝向不能错，否则对后代有影响。若是当天晚上之后去世的，那就得多停放一晚才能下葬。

如果不是这次工作安排，柳木木想她这辈子都不可能接触这些。说实话，她很害怕，听得毛骨悚然。

随着时间的流逝，她感觉自己快要虚脱了，像低血糖症状，浑身无力。

"出来了，出来了——"随着一个民工的惊呼，所有挖坑的人都暂时停止了工作。

风水师示意大家放下铁锹和锄头，趴下身，跪在坑边，用手开始往外刨土。

眼看着暗红色失去光泽的棺木顶部渐渐浮现，柳木木只感觉到头皮发麻，脚发抖。正在那里看着风水师刨土的罗佑坤见此，走过来问："你没事吧，木木？不舒服的话到旁边的树荫下休息一会。"说完，用眼睛示意了一下。

木木回过神说："没事没事，我只是忘记吃早餐，血糖可能有点低，头晕，喝点水休息一下就没事了！"她瞄了一眼站在坟边的主人家几口，一个十几岁大的孩子死死拉住父亲的手，咬着嘴唇。

柳木木其实是很想找个理由逃避的，她真的很害怕，脑海里想到诈尸，想到白森森的骨头……但又不能表露出个人情绪。这是她经历的第一单"迁坟"，闹不好，给业主留下不好的印象，下面的工作就无法开展了。

她想到刚参加工作时，被安排做某个报表，领导的口吻就是"死也给我死出来"。现在她就是这种境况，没有退路，只能硬着头皮坚持着。

此时还是四月初，春光正好。柳木木听到远处树林里鸟的叫声，如果不是在参加这个"起坟"，应该是很美好的日子。

不一会，她听到风水师的命令："你们两个在这头，你，跟我到这边，先把封棺的钉子拔掉，然后我喊'一、二、三'，一起把棺盖揭开！"

一朵乌云飘过来，好好的天竟然暗了下来。

柳木木弯下身子，蹲在地上。她真的没有勇气去看他们打开棺材，更怕看到森森的白骨。如果逝者有灵，会不会责怪她扰人安宁？

"一、二、三……起！"木木听到风水师铿锵有力的声音，紧接着，她感到一股很沉闷，让人透不过气的风，穿过她的头发、四肢，又好像某种香氛，浸入她的衣服。

她只想努力奔跑，离开这个地方，甩掉身上黏附的气味。

一会，传来一阵干哑的哭声。在柳木木听来，这哭声有点虚，不是面对某个具体的人或事件，只是因为需要哭声，便有了。

她努力地咽下一口涌上来的酸水，胃里难受得翻江倒海，某种说不出来的气味萦绕在她的四周，挥之不去。她暗暗告诫自己，不能吐，不能吐。

好像是过了一个世纪，柳木木感觉自己就是一棵干枯的树，在风里站了千年。手不再是自己的，双脚也失去了知觉，还没有结实的根基，只要有任何外力一推，便会轰然倒下。

当然，这里除了风之外，没有人推她。

"这个墓地不错，没有虫蚁侵蚀，先人的尸骨完好，风水师已经把那些遗骸捡到金坛里去了。一会主家会把这些送去殡仪馆焚烧，再将骨灰安置到天恩墓园。我们回吧！"罗佑坤搓着手上的泥土，收拾了工具，对柳木木说。

"下午主人家带协议过来，我会安排小李把赔偿款按要求转账到主人家户头上，这一单就算是完成了，阿弥陀佛！"柳木木看了一眼罗佑坤。他的脸色有点发青，说的话有点轻飘飘，像风拂过柳木木的耳边。

那天下班回家，女儿提前吃过饭在房里写作业，刘志勇端坐在沙发上，保持着一贯的姿势捧着手机。

见柳木木换了鞋，强压着不悦说："大领导回来了？赶紧洗了手吃饭吧！"在女儿面前，他们是恩爱夫妻，双方约定过，为了孩子的健康成长，有意见不在孩子跟前表露。

"我先上个厕所。"木木放下包，进了卫生间。

出来时，刘志勇站在门口，使劲地吸着鼻子，说："你今天干吗了？身上一股怪怪的气味。"

"我刚从厕所出来，能有什么好闻的味道？你这人是不是有毛病？"柳木木白了他一眼。

她有些不应该有的心虚，刚洗过的手湿答答的往下滴着水。双手赶紧在衣服上蹭了两下，又觉得不对头，再折回卫生间清洗。

刘志勇这一天表现不错，等木木洗完手出来，他已经去厨房炒了青菜，把煲的汤盛到汤盆里，然后招呼木木过去吃饭。

"先喝碗汤吧，我今早买到了你喜欢的筒骨，要不要先啃一个？"刘志勇歪着头，用大勺子舀起一个筒骨。木木爱吃筒骨，从谈恋爱那阵刘志勇就知道了。每次，看着这个秀气的小女人，抱着一根大筒骨慢慢地啃，吸溜着筒骨里的骨髓，刘志勇就觉得好像小孩子在吸溜果冻。

"不要——"柳木木从喉咙里挤出两个字，胃里的一阵难受翻腾上来，她再次冲进了卫生间一阵干呕。

刘志勇用奇怪的眼神盯着她看了一会，狐疑地说："你今天到底怎么了？遭遇了什么？"

"可能是凉了胃吧，一天都不太舒服，等会我冲点双飞人水喝喝就好了。"她有气无力地回答，将刘志勇的疑问打断了。

"改天，还是去医院看看吧，身体是自己的。"刘志勇在很早之前就鼓捣着让柳木木去体检，说穿了其实就是产前检查。二胎放开后，这是刘志勇最热心的事情。

"嗯。"柳木木一改往日说起此事就张牙舞爪的样子，很温顺地回应了一声。

此时，她像是失去灵魂的一个衣服架子。手不是自己的，脚也不是自己的，四肢软得像煮熟的面条。

这一夜，她睡得极不安稳。不停地做梦，梦见许多陌生的面孔，许多陌生的人围住她，对她指指点点，好像控诉着什么，讨要着什么。声音嘈嘈杂杂，只听清一句"不要赶我们走，还我们的家"。她在空旷的野地里奔跑，风在追她，许多影子在追她。

四

"罗哥，我想知道，迁坟公告登报后，到目前还有多少个坟墓无人认领？"柳木木每天到办公室，都要召开早会，问这一句"千古不变"的"卷首语"。

"除去我们这组谈判好的3户，83户中目前有47户人家上门进行了登记，等待进一步确认。另外还有36个无主坟墓……"罗佑坤翻着报表，皱着眉头回答。

"这样吧，我觉得我们还有必要再登一次报，把剩下的36户情况公告一下，同时发动周边社区干部做一下思想工作，尽快督促群众前来认领。"柳木木用彩色的笔把那36座无主坟标出来，做了记号。

刚出门在茶水间冲了杯咖啡回来，罗佑坤兴奋地说："刚接到一位市民的电话，说其中有3座应该是他们的先人，一会过来办理相关手续。"

"好。"柳木木吹了一下杯中的咖啡，顿时觉得有些神清气爽。这是她进入科学城"迁坟组"任副组长后，每次工作取得进展时的感觉。

每天都有一团气压在胸口，让她觉得苦闷。每"攻克"一个堡垒，捆住她心脏的那根绳，就稍微松一点。

不一会，门外响起深浅不一的脚步声。一位同事领着五个人过来，说是办理迁坟确认手续的。

不知道为什么，第一眼见到这些人，木木就有种奇怪的感觉。总觉得这些人说话有些飘，眼神也飘。

办完相关的手续后，接下来得去现场确认。

"不是签完这个认领协议就行了嘛？我们自己去做后面的迁移工作不行呀？"其中一个小胡子对柳木木说。

跟其他业主不同，这五个人显得特别的通情达理。

通过一段时间的实践，迁坟组成员进步神速，大家对于工作流程已经烂熟于心。确认有专门的两个人负责，按理，柳木木他们对于群众积极主动迁坟，是要给予鼓励的。但今天来的五个人，却让她心里有些不踏实。

"罗哥，我们还是跟确认组和业主一块去下现场吧。"说完稍稍收拾了一下就准备动身。

"不用了，不用了，这些事我们自己能够搞定，不麻烦你们。"小胡子再次表达了他们的意愿，"你们也不容易，这是政府的大动作，为民谋福利，配合是必须的！"

"现场确认也是必须有的程序，我们不能因为怕麻烦就省略过程。放心吧，李先生，这个很快的，耽误不了多少时间。"罗佑坤走过去说。

"那，小李你们仨就跟政府的同志去现场确认吧，我和阿蓉先回了，家里还有事呢！"五人中一位中年妇女说。

"三嫂，你们也不差这一会的工夫了，一块呗。"小胡子想要挽留。

柳木木抬头看了一眼这位被称为"三嫂"的人，她的目光刚看过去，"三嫂"便迅速避开了，不与木木的眼神对接。

这有些蹊跷。

柳木木决定一探究竟。

刚出门，那位"三嫂"接了个电话，很坚定地带着那个阿蓉准备打"滴滴"先回家，好像有急事的样子。

柳木木悄悄走过去说:"没关系,有事你俩就先走吧,反正有三位先生跟我们一起去现场办理确认手续,确认完他们会把结果告诉你的。能不能麻烦你留个联系方式给我?"

"你不用找我联系,找小李就行了。"柳木木没想到,"三嫂"这么坚决地拒绝她,只好作罢。

一行人开了两部车,来到山脚下。

这一次去确认的坟墓,在一处比较平坦的地方。那里没有什么大树,只有些矮小的植物生长着。柳木木看到,许多个色彩花纹各异的金坛,像被风吹倒的树桩一样,东一个西一个排列着,有的埋得深,只露出顶部,有的埋得浅,几乎全在土外。

柳木木依然心存恐惧。她想起高中时学美术,基础课画完各种形状的石膏后,几个胆子大的师兄约好,一起去郊外弄几个"模特"来。

柳木木并没有弄清"模特"的意思,以为是去捡个罐子什么的回来。没想到,几个人带着她来到了郊外的一处乱坟岗。到底是男孩子胆子大,他们在裸露的坟地里翻找,很快找到两个头盖骨。

领头的建军说:"满载而归,咱们拿回去用洗衣粉洗一下,就可以画了。"

柳木木可吓得不轻,几次开口想问这样妥不妥,但男孩子们根本没把这当回事。在后来的集体素描课上,大家围着那个白森森的头骨,画着素描,只有她不敢正面直视那两个黑乎乎的眼窝洞。

更没想到的是,多年之后,她放弃了当初的热爱,做了一名公职人员,却还要面对这个骷髅头。

"李先生,请你们确认一下是哪三个墓吧!"罗佑坤跟小胡子说。

"就是这里的三个。"小胡子指了指那排列得并不规则,看起来东倒西歪的几个金坛。

柳木木瞄了一眼,心想,这些人也是,不管如何草率和简便,毕竟也是自家的先人,墓碑也不立一个。

"那我们就按程序检查一下吧。"罗佑坤示意确认组的两位同事过去。

"现场确认不是我们认领了就行嘛?还要打开金坛检查?不是吧你们,这可是对逝者不尊啊!"小胡子反应强烈,表示抗拒。

"我们开坛检验，并不会刻意破坏什么，也没有冒犯逝者的意思，这是工作要求，请你们配合一下。"

"不行！我不许你们这样做！"小胡子瞪着眼睛。

"李先生，请你配合我们的工作，刚才都说好的，我们只是例行公事，打开金坛看一下，经专业确认就可以了，不会有什么冒犯的……"罗佑坤试图解释。

为避免引起不必要的麻烦，柳木木决定先缓一步。于是走过去说："这样吧，李先生，如果你担心我们冒犯先人，咱们先请一个比较资深的风水师来做些法事，该有的，你想要的过程，我们都会最大限度地做好服务。既然李先生有忌讳，我们表示尊重。"

"你们登报不是说只需要户主过来确认就行了嘛，现在我们请假过来，主动配合你们办手续，又这么多麻烦事，误工费谁补？"小胡子有点咄咄逼人。"那这次没搞成，下次你们不要随便打电话就叫我们过来，没那么多时间陪你们玩。"

小胡子说完挥了挥手，跟着他的那两个人会意后，便一起走了。

柳木木没学过公安心理学，凭直觉，小胡子这人有点问题。如果没问题，不可能在填确认表和现场验证时变成了两个人。

一场说好的现场确认就这样不欢而散。柳木木刚刚云开雾散的心，又乌云密布了。

"我看，咱们还是跟派出所联系一下吧，你请上专业人员一起，打开这三个金坛看下，到底是怎么回事……"柳木木凭直觉认为应该这样做。

"这样不太好吧，要不我们再做做坟主的工作？"罗佑坤皱着眉说。

"不用了，我打电话联系派出所警员。"柳木木时刻感觉有一千万个人在后面推着她，每一分钟，对她来说都经不起损耗。"快点快点，清坟是基础工作，后面所有的人都在等着呢……"她责任重大，每一步都走得艰辛无比，且没有退路，这次，她只是凭直觉怀疑小胡子这人有名堂，如果没经同意动了金坛，有什么责任她也只能担着了。

至于别人所说的，乱动这些东西会带来灾难，她已经顾不得了。

不久，派出所警员过来了。柳木木让专业人员跟着，做好拍照取证。自己还是没有勇气待在边上，只能跑到稍远一些的草地上坐了下来。

一阵叮叮咚咚的声音之后，罗佑坤在那里喊着："木木，木木，你过来一下！"

柳木木像接受指令的弹弓一样冲了过去。

三个金坛全部打开了，其中两个是空的，一个里面竖着几块白森森的长骨，看得人毛骨悚然。

"木木，这就是我之前跟你说过的，骗赔行为！具体这个坛子里是什么骨头等会拿去进一步验证。但我可以肯定，小胡子等几个不是什么好人。你想想，三个金坛可以获赔十多万呢，多划得来的事啊！"罗佑坤有点事后诸葛亮。

"交给派出所的警官们处理吧，去调查取证，要尽快。"柳木木有点佩服自己的直觉，要是时光倒流，她说不定也可以考下刑侦专业呢。

"把那五个人的电话给我吧！"警官收拾好相机设备，对罗佑坤交代，"等有了进一步的消息，我们会尽快告知你们的，放心吧。"

柳木木感动万分地回到办公室。

"柳组长，我要向你报告一个消息。"木木屁股还没挨到凳子上，一个组员风急火燎地跑了过来。

"什么事？慢慢说。"木木其实好想说，最好啥事也没有，她这心里揣着几百只兔子，一刻也没有消停过。

"我们组上午去迁坟，一共有五个，没想到……"组员说了一半，看柳木木的眉头皱得能夹死蚊子，停住了。

"没想到什么？继续说呀，听着呢。"

"我们这组，挖到一座古坟了！"年轻的小伙子说完这句话，看了一眼柳木木。

"古坟？古到什么时候？"

"现在还不知道，要请专家过来鉴定呢。这个坟已经沉到地下去了，只露了一点儿石碑在上面，我们挖开才发现，占地也非常宽大，不敢往下动了。"小伙子补充了一句。

"我知道了，你们继续做好跟踪工作，尽快确定是什么年代的墓，是否有后人一直在祭拜。"柳木木交代了几句。

她对这123座需要搬迁的坟墓设想过无数种可能，现在看来，现实远远超出她的想象。那些能够出现的，必定出现的都一一显示，而且，那些她想不到的事情，也正像一路翻滚的洪水，势不可当。

五

过了几天，小胡子那三座坟的事情调查出来了。通过多次走访，找小胡子那天的同伴核实，民警最后终于弄清了事实的真相。

两年前，不知道小胡子从哪里听来的消息，说政府有大项目要经过牛头山。这家伙眼珠子一转，觉得发财的机会来了。请人去买了三个金坛，找了些牛骨头，趁着月黑风高在牛头山里埋了。

因担心别人发现，一时半会找不到那么多合适的牛骨头，只够装一个金坛，另外两个金坛只好空着。他心想，政府要拆迁，也不可能一个个金坛打开来看。

没想到，等了两年多，机会终于来了。看到报上登的迁坟启事，他立即找来几个死党商量，一起去办理相关手续，拿到补偿金后三一三十一地分，如果按每座坟4万块来算，他们每人可以分好几万呢。

没想到事情搞砸了。

那天，派出所的民警把小胡子叫来，说他涉嫌抢建博赔，干扰国家重点项目的建设，要被处罚。

小胡子耷拉着眼皮，哭丧着脸，像被放了气的皮球。另外两个负连带责任的人不住地埋怨他说："都怪你，什么事不做，拿祖宗来开这样的玩笑，这下报应来了吧！"

这三座坟的事情搞定，柳木木的事并没有完，那个古坟的大事正等着他们去攻坚呢。

木木手中的资料显示，这座古坟大约有七百年的历史，子孙后代遍及海外和东莞市的好几个镇等，牵涉的人数众多，又年代久远，创下区里拆迁工作的历史之"最"。连多次参加土地整备谈判工作的"专家"罗佑坤也摇着头，说不知道怎么搞，没遇到过。

木木想了很久，又找了领导请教，大家一致认为，得先跟这庞大队伍里的人逐一进行沟通，挑出说得起话的代表来座谈。但从遍布世界各地的两千多人里，挑出代表来，那工作简直让人发狂。

柳木木决定兵分多路开展工作。一组先去惠州找那个八十多岁的老太太一家把意见书签了。他们联系过几次，在电话里许多事说不清，没法跟老太太进一步沟通，只能派人前往，现场解释，签订。第二组前往广州，调查了解古坟在那里的后人有多少。第三组专门负责对接海外后人在大陆的联系人。第四组则由罗佑坤先去交涉，组织那儿的一百多名后人开个碰头会。

木木有些不放心，罗佑坤前脚带着人刚走，就接到她打过来的电话。"罗哥，你那边先把人组织好，中午找个茶餐厅吃个饭吧，我现在赶过去跟你们会合。"

"我说，木木老妹，你这是不放心我吧？早知道你想去，咱们就一起嘛……"话没说完，便发现木木那边早挂了电话。

木木去东莞前，还是给刘志勇打了个电话，说要出个小差，可能没那么早赶回家。

刘志勇听了有些奇怪地说："你不是在参加什么项目的征地嘛，跑东莞干啥去？没听说征地还要出差的！我这会正和大学同学谈点事呢！老婆，我同学说想拉我一起办个培训机构，让我别浪费了自己的专业，你觉得行不行？"

"哇，刘志勇你可以哈！不声不响的真有想法了，不错，支持你！早就该这样嘛，把多余的时间和精力用来做些有意义的事情……"虽然刘志勇的事情八字没一撇，但柳木木心里却开了一朵花。她不是个有野心的人，却希望自己的男人对未来有一点想法，别将这大好时光浪费在游戏上。

"如果我改变了，做成功了，你是不是答应接下来给妞妞生个弟弟或是妹妹？"这大白天，刘志勇可真会抓住时机。

柳木木也不想破坏这难得的好气氛，那带着希望的五彩肥皂泡正升腾在她的四周。"当然没有问题，等科学城的项目完成，我们一起先去医院做下检查，先调理调理身体。"

柳木木想起来，这几年，他们很久没有这样温和地电话交谈过了。平时的联系，不是"不回家吃饭"，就是"要加班晚点回"，或者"你去接下

孩子，我有大学同学来了要陪一下"之类的等，简短精练，事务性干巴巴的交流。

这种带有期望和商量性质的电话，他们一起通过时空来畅想未来，感觉真是棒棒的。让木木想起初恋时的电话粥，就是为一部好看的电影或一本好的书，他们都可以连续几个小时，把手机聊到没电发烫呢。

"那老婆你去东莞注意安全，等你回来！"刘志勇也是恢复了难得的多年前那种柔情蜜意的关心，一改往日的冷嘲热讽交代着。

"好。"木木只说是要找几个在那里的业主，只字不敢提"迁坟"的事。她知道，这事真不能说，以刘志勇的见识和思维，绝对不会让她参与这事的。光是别人说"挖人祖坟，断子绝孙"这话，就会让他受不了。现在两人间气氛这么好，等事过境迁，再把这些当故事讲给他听吧。

这些天，横亘在他们夫妻之间的那堵无形的墙，也因为一个相互理解和让步的电话，透明了许多。柳木木发现，"夫唱妇随"应该是夫妻相处最好的方式，如果结婚了一个东一个西、一个进步一个原地不动，那夫妻之间自然而然就会生出墙、长出草来。

她有了豁然开朗的感觉。第一次觉得，不管是翻山越岭去迁坟现场，还是舟车劳顿前往其他城市谈判，有了家人的理解和支持，她就有了底气。再说，如果把古墓的事敲定下来，她目前的工作也只剩下收尾的一些小事了。想到这，一段时间积累的心理压力减轻了一些。

赶到东莞，找到罗佑坤订的那间茶餐厅，柳木木一进门就被那嗡嗡嗡嗡的吵闹声弄得头痛。一群老大爷老大妈，围坐在房间的长条桌上吃东西，有的吸溜着面条，有的在抽烟，有的在喝汤……简直像是进了大排档，乌烟瘴气。

见柳木木几个进来，一个花白胡子的瘦老头站起来说："你就是负责这次迁坟的领导？"

木木看着老头子那咄咄逼人的眼神，准备好想套个近乎的话被卡在喉咙里，只好被动地应答着："大伯，我只是个小小的组长，负责科学城项目的迁坟工作……"

"小靓女，我看你还是趁早收了这个心吧，哪凉快哪待着去。什么工作不好做，非得来趟这个浑水。你知道吗，我们汪家这个古坟，葬的是风水宝地，几百年来开枝散叶，家族繁衍生息，目前在世界各地有两千多人了。谁要是想让我们搬迁，门儿都没有！你们不用做工作，也不必讲大道理，我们也不稀罕这些赔偿，省得枉费精力！"柳木木注意到，老头子一席话，让几个她曾经接触过，思想有些动摇，表示支持政府建设项目的人，也顿时低了头，不敢看她。

柳木木知道，古墓的后辈里，有些人是真不舍得搬迁，担心"风水宝地"没有了，影响后人的运程和发展。而大多数只是为了凑热闹，趁机想抬高补偿价格，多多少少分得一杯羹。至于那几百年来埋在荒山野地里的"先人"，他们连看都没看到过，也不曾前往祭拜，只是长辈谈论的"先祖"而已。

花白胡子老人的一番话刚落下，让刚刚安静下来的房间，又迅速热闹起来。

来之前，柳木木已经做好了充分的思想准备。她想着这些人最多也就是把条件摆出来，跟她谈补偿的事。没想到，事情完全是朝另一个方面发展着，经老头子这么一说，大家都站到一边去了，根本没有谈下去的可能。

柳木木只好把罗佑坤叫了过来，交代说："先让这些代表们吃好吃饱，我来跟这位大爷聊聊。"

她按了铃，向服务员点了份瑶柱白粥，坐到了老头子身边。

她并没有一开口就谈迁坟的事。而是谈孩子教育，谈现在的生活。等老头子稍微有些松动，她便把科学城的规划用最简单的话说了下。问到老头子家人的情况，老头子说："我小女儿也跟你差不多，现在英国留学呢！多次跟我们说那里如何好如何好，想留在那工作。你知道我就这么一个女儿，宝贝样的，她的几个哥哥都成家了，过得也不错。我可不想女儿独自在外打拼，我想见一面也得隔年，要是将来嫁个黄头发蓝眼睛的外国人，说的话都听不懂，那可怎么办……"

老头子的话顿时启发了木木。她立即将科学城将来的发展前景，做了简单的介绍，说："大伯，您看，您女儿是学物理学的，科学城就有专门的高分子研究机构，三栋科技研发楼正在建呢，您看——"她从手机里翻出规划图继续说道："要是您的女儿回来，就可以在家门口从事研究工作，为国家效劳出力,您老人家舍不得女儿,她就可以每周,甚至每天都回家陪您呢!"

也许是这种拉家常式的聊天打动了老人,几个小时后,老人握着木木的手说:"靓女,你对工作的执着和科学城的未来感动了我,这样吧,你们先回去,我和东莞这些同族人再合计合计,毕竟,迁坟是大事。我们得再找个风水宝地把祖宗安葬好,不能出任何差错,牵涉到这么多的后人,我一个人担不起这个责,说了也不能作数的。"

"大伯,有您这话,我就信心更足了,相信古墓里的先人若是地下有知,也会支持和理解我们的行为。您也知道,将来科学城建成,受益的光明区千千万万老百姓,其中很多都是汪氏后人……"柳木木看了看手表,不知不觉,他们已经聊了四个多小时,外面的天都黑了。

"大伯,看得出您是个通情达理的人,在汪氏家族里也很有威望。我有个小小的请求,您能不能尽快跟其他汪氏后人联络上,选出理事会成员,然后就古墓搬迁的事项专门跟我对接?等这边确定了谈判代表,我再组织人来开座谈会,商定搬迁事情。"

老头子摸着齐齐短短的白胡子,笑呵呵地说:"这个没问题,下周你再带人过来正式洽谈吧!我看你这个小丫头也不容易,这么大老远地跑过来,绕了这么大个圈子,费了半天神陪我们一群糟老头子、老太太待了半天,说些家长里短的话。这工作不好做吧?来来,吃点东西,今天的费用我来出……"

柳木木没料到事情会发生这么大的转折,一时感动得要哭了。想一想,还是忍住了涌上来的眼泪。古墓能够搞定,她觉得之前受再多的委屈,经历再多的担忧害怕,都是值得的。

坐在对面的罗佑坤悄悄向她竖起了大拇指。

柳木木觉得,科学城就是所有光明人的风水宝地,也是她的风水宝地,将继续见证她的成长和幸福。

科学城野史笔记

姚志勇

越 女

早些年呢,深圳还不叫深圳,仅是一个渔村;光明呢,自然也不是光明,它坐落在渔村更偏僻的角落,这地方的名儿还有点随女子的姓,在史料上嫁来嫁去的,归过番禺、博罗、宝安、东莞等地。其实嘛,归来归去,总还是意义不大,它太小太穷,到处都是荒山林子,人少,又不是真正的靠海,当地人也不能以贩鱼走货为营生。这里的人循规蹈矩,日出而作,日落而息,哪怕是林间荷锄挑担,赶上暴雨不能出工,几个村人拢在一起抽烟白话,也只是讲某某村、某某塘,再大的地儿就没人去计较了。

对当地人来说,每天要想的事多了,今天去哪里种粮,哪家生了娃,哪家女子嫁人了,或是谁跟谁打架,骂了娘,这些才是头等大事。可以说,这地儿的人,祖祖辈辈都是操着这份心,从田间林子里过来归去的。

那是冬季一个阴寒刺骨的天气,渔村这地方没有冬雪,历史上也没有渔村下雪的记载,只是呼呼刮过来的海风,把人的骨头都吹得瑟瑟作响。那天傍晚时节,山林里突然走进了一群奇怪的人,说是奇怪,是因为这群人气质上有些迥异,跟沿海一带的山里人有些不大一样,至于哪不一样,又一时无法用言语表述,统一都是黑眼睛、黑头发,肤色是黄皮肤被烈日曝晒后的黝黑。这群人的数目不小,有百来号人吧,队伍走得很挤密,有点像行军,人人神色警惕,但人人衣衫褴褛,顶着白色尖顶斗笠,挑着大大的箩筐,又加之多是妇孺之辈,倒有点儿像是逃荒的难民了。

对于难民,山里人本能地保持着一份小心,三三两两的人从田间村舍围了过来，睁大眼睛盯着这些逃难的人，这是长年在林间狩猎觅食的凶悍，也有一些成年猛兽对领地看护的意味。在当地人的盯梢下，这些难民队伍一言不发，只是埋头跟着队伍走，身上挂的物件在挪动中哐当哐当地响，偶有几个脏兮兮的孩童在围观者的目光里，惊恐哭泣，也很快被旁边的大人抱住，制止了。于是，细心的山民从中发现，这些难民说着稀奇古怪的语言，应该是北边，或者更远的地方来的吧。反正不是广东境内的。

难民们径直走进了东边山头的农场，很快就消失在夜色中，像农场里成群回归的牛羊。农场外边的山民们却久久不能平静，除了种粮挑担放牛闲扯淡以外，生活中已经没有别的色彩，这些难民的到来，让他们觉得外面肯定有大事发生，是战乱又起？还是哪个省闹灾荒瘟疫？他们一边侃侃而谈，一边找生产队长打听。

很快，生产队长就告诉大家，这是一批华侨，刚从越南归国。至于归国为什么不回老家，而被安置在这个偏僻的山林里，生产队长怒气冲冲地讲道：越南，嗯，是越南对我们中国人有成见……他们一边替侨胞们的遭遇难过，一边对这些外来者产生了好奇，即使是难民，那也是出过国的，在国外生活过。

不几日，山民们便自发组织到农场进行帮扶，他们勤劳朴实，做各种农活杂事，均是一把好手。会手艺的木匠砍来林木，打造家具，妇人们准备了针线布缕和吃食，如地瓜、芋头糕、糖不甩、腌鱼等。一帮人其乐融融，尽管接触后发现语言上的交流不是很顺畅，山民们能讲一口标准普通话的不多，但笑容与热情是人类共通的交流，便连同农场里的牛羊也哞呵呵地响成一片。这时的天固然冷得发抖，却是云端蔚蓝，地面山明水秀，炊烟乍起，红红火火。

然而，好景不长，山林里很快迎来了第二批侨胞，同样的肤色、面容、遭遇，人数却比上次多了几倍，并且这还不算，据说，后面陆续还有来的，大概有几千万把人吧。几千万把人是什么概念，能把这些山头扎满，能一天把农场的牛羊吃光。这里原是荒山野林，地广人稀，眼看着人越来越多，荒林变少，耕种地变多了，颇有兴旺的迹象，但当地人心里就是有些不快，一个个像是被什么梗着，惶恐不安。那时候公社固然是集体，地是公有，但当地的山民们祖祖辈辈居于此，附近的草木、土壤、顽

石,包括空气和水均成为一种铭刻了姓氏、流淌着血脉的东西。他们心里的这种感觉虽说不清道不明,却很强烈。所以,第三批侨胞安置进来的时候,山民们保持了沉默,木匠说斧头卷了,妇人们说针线用光了,并且他们不再去农场开欢迎会,内心只有各种躁动不安,隐隐的是一种领地意识与姓氏信仰的割裂。私下里,他们开始自发地组织行动起来,白日黑夜,经常有人眺望着侨胞们占据的方向;他们频繁地聚会,在耕地上抽烟白话的时间变长,到了晚上,一些堂屋宽敞的村里人家灯火闪烁、人头晃动,地上满是忽明忽暗的卷烟头。并不擅长争斗的山民们讨论了许多个夜晚,最后,翻来覆去只总结出三个问题,这些外来人已经比我们多,他们要分走多少粮食和土地,他们来了还走不走。如果会走,那就忍忍吧,毕竟是在国外受苦受难的同胞回到了家。但是,这些问题的答案,村民们很快在农场和生产队长口中得到了确定。生产队长是个忠诚的马克思主义信奉者,他秉承大义和组织的任务分配,劝告村民,不要生事,要相信组织。组织的锄头挥向哪里,哪里就是真理,是真理就要坚定不移地执行。

山民们哪里吃他这套,他们更多的是一种血脉、姓氏、领地的情结裹藏在心中。他们甚至认为是最初的热情,才导致了后来没完没了的侨胞迁移。于是,他们开始明里暗里使出各种招儿,切断水渠,在牛的食槽里撒入巴豆,破坏耕地,唆使孩童进行相互攻击。这些零碎的矛盾每天都在增加,甚至有种愈演愈烈的趋势。

与山民们同样敏感的是侨胞们也察觉到了这种氛围的转变,他们经历重重劫难才从异国他乡回到祖国,虽然不是自愿回归,而是被驱赶,但这当中经历了枪杀、逃亡和亲人死在眼皮底下的痛苦。与简单的山民们相比,他们的灵魂和思想中留下了惨烈的烙印,他们懂得活下来的幸运与不易,并且他们当中大部分人在越南有着优越的条件,读书识字,在经商行当里,无一不是本领高强之人。要没本事,怎么在国外生存呢?但是他们又无可奈何,有条命活着就已是上苍的眷顾了。

先前说过,在这些越南侨胞当中,老弱妇孺占了多数,男人们为了能让妻儿老小活着,很多倒在了逃亡的路上。这些活下来的女人中也不乏知书达礼的富家女,这在整个渔村都是不多的。其中有一个叫越女的,在河内当过老师,归国后,她自己改名华女。华女温柔恬静,性格却很刚直,即使在越南出生长大，也讲得一口流利的母语。这显然与华女家教传承相关，事实上，大多数侨胞都讲得一口标准的普通话，普通话是他们的母语，誓不可忘。

华女是最早来农场的一批侨胞，也是和当地山民最熟悉的人之一。华女识文断字，经常会在傍晚时分，把附近山民们的小孩聚拢到农场，教他们算数、识字。这在当时是了不起的举动，对当地的山民们来说，这是天降的福泽，他们见识再浅薄，却也从祖训中懂得学知识是改变命运的途径。

起先，是一些孩童掌握了算法，在家里长辈出工时，纠正了几个错误，派上了用场；也有的在院子里背诵诗文，引起山民们的惊喜。很快，发展到一大批人前往虚心求学。华女也组织了一些识字的侨胞，在农场刮起了一股学习风。但新鲜事物的热情来得快，去得也快，妇女们率先退场，学习太难了，有这功夫还不如去刨点针线活，再就是一些俏皮的顽童也逃学去林间捕鸟、和泥巴了。等到第四批侨胞安置过来后，来学习的人更是寥寥无几，而到了此时，人们渐渐地发现，留下的反而是一些青壮山民。这些青壮山民打着赤膊，显露出精壮的身板，站得远远的，一发现有孩童不专心，就大模大样地走过去，予以训斥。

直到有一天，华女在林间采摘一种花草时，偶然发现旁边有个山涧，因为长年累月的冲刷，形成了一个半人深浅的山泉眼。这儿的夏天像个炉子一样，热得人喘不过气来。华女抑制不住身体的劳累与泉水清凉的诱惑，解开衣扣，开始还是用泉水擦拭，后来就忍不住下了泉眼。泉水那个冰凉啊，把华女都要融化了，以至她忽略了躲在草丛里偷窥的一个身影。

那个人伏在草丛里，不是别人，正是风雨不改在华女课堂上操持纪律的一名青壮山民，他看着华女白皙婀娜的身姿，身体不断地沸腾鼓胀，要炸裂似的，粗重的呼吸颇像狼一样哈哧哈哧的，伸长着舌头。

华女被惊醒了。她先是一慌，很快又冷静下来，对着草丛里轻呼道，我看见你了。

那名青壮山民便走了出来，走到华女面前，却不敢直视，又不敢低头去看，只好闭着眼睛说，华老师，我不是故意的……

华女看了面前的青壮山民一眼，内心波涛四起，她把脸沉进泉水里，一会才探出头,像是忆起了什么,又或是想明白了什么。她开口对青壮山民说:你喜欢我吗?

青壮山民把头点得像小鸡啄米。华女便说,那你明天找媒人去农场提亲吧!

青壮山民的眼睛像被一道闪电划开了。他惊喜地瞪着华女,声音近乎颤抖:是真的?

真的,你还不回去准备。华女呵斥道。

青壮山民便高高兴兴地跑下了山,第二天就安排媒人火急火燎地上农场提亲,唯恐被人抢先一步。

华女的亲事办得很热闹,因为是第一宗侨胞与当地人的婚事,农场和生产队长都有意借机操办一番。事实上,不用农场和生产队宣扬,很快,第二宗、第三宗、第四宗……就接踵而来。山林里有不少青壮山民,早已过了婚配的年龄,却因为各种原因,一直单身。而侨胞中孤寡女性又占据了绝大部分,只是当地的人一直羞于启齿攀附这些高枝。而有了华女的先例,他们方才惊觉,这些带洋墨味的女子并没有想象中骄傲,不可接近。于是,能娶到一名沾有异域风情的侨胞女子,成了这些山民们人生中的一大骄傲。

后来,组织还开大会表扬生产队长,生产队长上台一个憨笑,挠了挠头,慷慨激昂地回复,只要主义真,就没有做不成的事。

祖　孙

在东莞和惠阳交界处,有一个叫光明农场的地方,很久以前,这里只是一片荒山野岭,有宝安"西伯利亚"之称。那里的原居民并不多,人口以越南归侨为主,占了总人数的四分之三。这些侨胞大多是1978年越南排华逃难归国的。

这些侨胞的祖籍地并不是广东一带,天南地北,五湖四海,百家姓氏皆有,甚至有许多是清末年间就迁往越南避祸的,已经在当地繁衍数代,除了身体内仍流动着华夏儿女的血脉与保持讲母语的习俗外,算是地道的越南人了。据传,这些越南侨胞原本是要去香港的,他们中不乏精明能干之辈，即使逃难，也想着要寻个好的去处。只是香港地界小，而逃难的侨胞人数又太多，才不得不回转大陆。即使是大陆，他们也挑了紧靠香港的深圳，落户在光明农场。

  这些数量庞大的侨胞们分别来自越南各个省份，操持的行当也是五花八门，有商户、工人、船头、教师、裁缝等。因此，随同而来的不仅是人，还有越南的文化，这些文化习俗又因省份的不同而存在差异，所幸的是，因为越南与中国相邻，其文化程度及传统节日与中国倒也相像、融洽。

  对于当地的居民来说，侨胞们的到来，改变了这块土地的荒芜贫瘠，人口数目的增加，意味着繁华与热闹。这里的荒山野岭便不再是荒山野岭，一片片的林子被开垦出来，围成菜园，搭建房舍，种上水稻、木薯、荔枝等。田间山头日常有大队的人群劳作，牛群伴着人群，再加上猪和小孩，还有山歌儿，又有虫鸣蛙叫，好不热闹。还有就是在不出工的闲暇中，山村里的生活也不再那么枯燥，烟不是干抽，喝水是品茶，总能找到几个人坐在一起，天南地北讲各种各样的事儿。以往，当地的山民们对"事儿"的关注度是不高的，有什么事可以值得去称道的呢，这破地方就这些人和山石，亘古不变，有什么值得说道的呢。而侨胞们来了后，这种闲聊便显得精彩起来，通常田头里的活一干完，便三三两两地围坐在一起，听侨胞们讲越南的故事，讲越南的生活、越南的战争，讲美国人在越南如何霸道，强取豪夺。据说美国派过几千架飞机轰炸越南，最久的一次轰炸持续了半个月，投下了无数炸弹，许多山都被直接炸平了。还有就是美国大兵糟蹋了许多越南女子……侨胞们每讲到这些事时，围坐的一些本地青壮山民总是眼神烁烁，不知怎么的，脑海里老是浮现出农场里那些好看的女侨胞身影来，却又在心尖暗骂自己猪狗不如……他们是不同情越南的，只是觉得因为美国大兵扑倒越南女子，便因此联想到女侨胞，有些自责。

  侨胞们讲的这些故事，大多是他们自己的亲身经历，逃亡，屠杀，欺凌，成千上万的越南人在当地政府的煽动下包围了他们的住所，没收、抢走他们的商铺和财产，逼迫他们交纳 12 两黄金的赎身价，才肯放他们离开。12 两黄金是多少？山民们唏嘘不已。而这些动手的越南人不是别人，

都是平日里与他们和善相处的邻居，甚至有许多曾获得过他们的帮助。要知道，在越南，侨胞们聪明能干，以富人居多。可想而知，这当中不光是越南几十年战乱的仇恨都无辜倾泻在这些侨胞们的身上，还有仇富的嫉妒作用。侨胞们可以说是净身出逃，从出逃到回国，每一分每一秒都是一部血泪史。这些血泪史后面，同样滋生的是家破人亡的仇恨。所以，这些侨胞们讲述的故事，也是带了刀光剑影，有点此恨绵绵不绝的意味。

这些越南归侨当中有一个陈姓的老头，衣着干净，手指修长而柔嫩，一看就不是做过粗活的人。据说，陈姓老头原本是越南一大学的教授，算是归侨当中了不起的知识分子。因此，农场曾极力推荐他去红湖小学当校长，但陈姓老头没有答应，以年长又要照顾孙儿为由，婉拒了。

那时候，陈姓老头的孙儿才几个月大。他们祖上是在清末年间就跑到越南避难的，几代经营，在当地也算是望族大户。但没有用，越南政府直接查抄了他们家十几间商铺，将他们无情地驱赶了出来。他的两个儿子仗着和政府官员有几分关系，前去理论，却被直接抓进"改造营"，生死未知。其余的家人则在逃跑中走散，或者死了，唯有陈姓老头带着二媳妇撑过了东兴河。在过东兴河时，越南人炸断了桥梁，二媳妇不得不托举着孩子，任身子浸泡在冰冷的河水中，最后病死在来光明农场的路上。

按理来说，陈姓老头应该是苦大仇深的那种人，但陈姓老头讲的侨胞故事却别具一格。他不像其他侨胞那样，恨人恨到一个种族。他讲越南的时候，更多的是讲越南战争的起因，痛斥那些为了利益不择手段的统治权力阶层。他还参照清末八国联军及民国时期日本对中国的侵犯，比拟越南的独立。兴，百姓苦；亡，百姓苦。这大概就是历史最真实的结论。

当地人并不能明晓这些大是大非，区分不了国仇家恨跟一部分人利益的关系，只是从陈姓老头的讲述里判定，这个陈姓老头脑壳读书读坏了，他们嗤之以鼻，扬言要揭发他。陈姓老头面色发白，吓得浑身发抖，他站起身，却又摊手说，我走了不要紧，只是我那孙儿还请诸位同胞照料，让他长大成人。当地人便呵呵地笑了起来，说你个糟老头，坏得很。

对于陈姓老头，当地人私下却又是有一些兴趣的，毕竟他们听到了一些不一样的东西。那时候，坏风气没有在当地成气候，倒也没人因为一些言谈，真个去揭发一个孤寡老头。不过，当地人也并没有就此放过他。只是在听他讲述的时候，不停地发问，老陈，你妻儿是怎么死的，是谁杀死了你的至亲？是谁抢夺了你的家产，把你赶出来……

每当这时候，陈姓老头就开始凌乱了，他不再温文儒雅，气息变得粗重，面色潮红。他双手抱住头，细长的手指不停地扎进稀疏的白发丛中，将那些银丝一根一根扯下来，嘴里嘟哝着，是啊，我该仇恨的，我的老伴……儿啊，我没有用……

随后他踉跄着站起身，跑了。

当地人也并不去追，陈姓老头孙儿还在内屋的妇人怀里吃奶呢。

原本，陈姓老头是可以在农场有一番作为的，尽管他已经是一个白发苍苍的老人，但他的学识和身份摆在那，越南的侨胞尊敬他，当地的山民们也认可他，毕竟，当地人祖辈也没遇见过比教授还有学问的人。但他太夫子了，无论是当地人还是侨胞们，都将这种民族仇恨烙印在骨子里，有时候，书读得太多，反而糊涂。

后来，政府尝试在沿海一些地区推进田地责任承包，不再推行公社制，有许多当地人和侨胞分到了自己的土地，办事处还划了一块地给侨胞们，叫羌下侨村。人们也渐渐对侨胞的故事不再感兴趣，分田到户，人人铆足了劲儿，有那闲扯淡的功夫，还不如多耕两块地。而陈姓老头，到底年纪大了，又教了一辈子的书，没有承包责任田的劳动能力，被安置在附近山里的观音庙做了个庙祝。

住进山里的陈姓老头也算随遇而安，乐得清静，把个小庙收拾得干干净净的，还借来种子，在庙旁边开了两块菜地，每日除了接待香客，卜卦，下山领取救济粮外，便是教孙儿识文断字。这一晃，便是数年。

又过了些年，陈姓老头的孙儿已长大成人，昔日的荒山野岭如今已成全国经济核心城市，高楼屹立，车水马龙，土地堪比黄金，以尺寸丈量，连旧时的一点痕迹都难寻觅。除了相熟的一些侨胞间或会去探望外，再也没人记得这个老庙祝曾是一位大学教授。

在这些年里，中国、越南又开始建交，忘记了两国战争，忘记了被驱赶屠杀的侨胞，两国人又开始相互走动，又一批批的华人开始前往越南投资办厂，个人的仇恨何其渺小，终将随岁月而去，终将随那些仇恨背负者的死去而死去。陈姓老头也同大多数侨胞一样，多次返回越南故地，祭拜先祖。他还带着孙儿数次前往越南，辗转多个省份想找被抓进"改造营"的儿子，却是查无此人，越方甚至否定有"改造营"等的存在。

再后来，陈姓老头去世，他的孙子并没有遵从他的遗愿，将骨灰葬于越南祖地，而是就近埋在了农场附近。他没有再去过越南，他吃百家饭、饮百家母乳活命的，他的根在光明。

坟

汪小说

六月,深圳光明。

初夏的阳光一改春季的温柔,露出它最本质的面目,犹如顽皮的孩子,离开时故意留了一盏巨大的白炽灯,将世界照得失真,只看得见白茫茫一片模糊的影像。水汽尖叫着被分解,化成一缕热烟,在人们眼前荡漾开来,仿佛在努力证明自己的存在,而后便迅速融入白色的世界,走向光明之坟,魂飞魄散,等待下一次轮回。

拆迁小分队又踏上了艰难的征地之路,一行人来到猪婆山进行前期测绘和权属确认。近些年,随着天然气的普及,早已没有人使用柴火灶了,山上草木葳蕤,灌木丛及杂草肆无忌惮地疯长,日渐繁盛,已可掩蔽人影。周美蓉蹬着细跟鞋,穿着短裙,灌木上的枯枝、荆棘的刺和锯齿叶,獠牙般向她大腿咬去,在雪白的肌肤上留下一道道粉红的印子。周美蓉停下来揉微微凸起有些瘙痒的红印子,又起身,可能是起得太猛,脑袋一阵眩晕,她扶着龟裂的树干站了好一会。一阵清爽的山风吹来,轻柔撩动她的发丝,只听到头顶树叶沙沙作响,眼见灌木枝叶欢快地碰撞,柔软的杂草倒伏一片。她忽然注意到不远处翠绿的草丛间有一块碑,心头不禁一紧。那碑颜色鲜亮,灯塔一样地高高耸立在绿色的海洋,生怕别人看不见它似的。周美蓉走近一看,果然是座墓碑,上面篆刻着:先考陈德胜之墓,子陈伟兴立。虽无立碑日期,但不难看出这是座新坟,碑底旁和坟头的草都还没长起来,坟土也是新鲜的颜色。她有些狐疑,这都什么年代了,怎能随便在山上立碑。

队长陈伟杰和副队长陈伟强在前面开路,见周美蓉没有跟上来,就大喊了两声。周美蓉应声说,陈队,我在这,我发现了一座坟。征地要先把地里的附着物清理后才能平整土地,这个当然得好好看看。陈伟杰和陈伟强看了看碑文,面面相觑,异口同声地说,陈叔啥时走的?随即,陈伟杰掏出电话打给陈伟兴。陈伟兴和两位陈队长一样都是本地人,论起来还是同一辈的叔伯兄弟。虽然很少打交道,但相互还是认识的。陈伟兴是出了名的无业游民,整天游手好闲,到处骗吃骗喝,靠拿村里的分红混时度日,听说几年前还在族人的一片骂声中把自己的老爹送进养老院。因此,他除了和臭味相投的道上人厮混外,村里几乎没人愿意跟他来往。

正值中午,烈日当空,几个精疲力竭的队员躲在大树的阴影下,躲避暑气的侵扰。他们席地坐在枝繁叶茂的大榕树下,一边吃带来的食物,一边讨论对科学城建设规划的意见,仿佛已经从这些方案中,透过茫茫氤氲和时光望见它建成后的繁华景象,不禁笑逐颜开,忘却了刚才被暑气侵袭的苦恼。他俩眉头紧锁,他们知道征地工作绝不是那么简单,眼前便摆了一道坎,他们预期,这将又是一场持久战。周美蓉仿佛读懂了两位队长的表情,递给他们一人一瓶纯净水。

随着太阳高度角的逐渐偏转,一天中最热的时刻即将来临。这时,被太阳直射着的叶片反射出耀眼的白光,从它头顶穿过的风几乎失明。浸泡在白色光芒里的队员因为炎热半眯着眼,好像被马蜂蛰了一样,他们瘫坐在地上,像一座寂静的石像群,唯有三人立于石像前,神情凝重地眺望远方,目光如炬,等待着他们重要的客人。

远处山头,出现了一个人,接着是一群人,浩浩荡荡地跟在领头的后面。走近一看,足足有二十来人,其中不乏妇女老人,身经百战的队长陈伟杰立刻明白了对方的来意。

"哟!陈大队长找我有何贵干啊?"陈伟兴明知故问,皮笑肉不笑地对陈伟杰咧咧嘴,露出因长期抽烟和吃槟榔而黄得发黑的牙齿,两颗门牙缝里恰到好处地点缀着一小块红辣椒皮。陈伟杰下意识地用舌尖舔了舔自己牙缝,当他意识到自己在干什么时,随即一阵恶心,还好人们并没有注意到他。

"咳,你来看看这个。"陈伟杰边说边把他带到那块墓碑前,其余的人

也迅速跟上。"这碑是你立的吧,你老爸啥时走的,我怎么没听说过,再说你不知道现在不能随便在山上添坟树碑吗?"队长就是队长,立马抛开刚才的尴尬,官腔官调地说。

"不知道啊!"陈伟兴装着糊涂。显然,这种官方说辞对泼皮无赖没有半点威慑力。"反正我是埋这了,你们还能把我爹的坟给刨了?"陈伟兴说罢,挑挑眉,匕斜着眼,满是挑衅意味地看着陈伟杰。

看来不能硬来,只能智取了,陈伟杰想了想,开口道:"呵呵,是这样的,伟兴,这里不是要建科学城嘛,这山早已征为国有了,现在划给了科学城,我想这些你应该也知道,所以说你看这坟能不能移到别的地方。这科学城建设可是国家重要的方针政策,关系到光明、深圳,甚至国家的发展……"

"你别跟我扯这些没用的,"陈伟兴打断他的长篇大论说,"我陈伟兴就是个俗人,这些国家大事跟我有什么关系,你就说说你想怎么着吧。"

"就是,你能不能把坟迁到别处,我们会给你一定的补贴。"陈伟杰边说边掏出一包软中华,准备抽出一根给陈伟兴。陈伟兴毫不客气地接过烟叼在嘴里,还把陈伟杰手里的那一包夺走了。

"呼!"陈伟兴缓缓吐出烟雾,懒懒地开口说道:"迁坟嘛,也不是不可以,不过这费用得你们出吧,还有,如果惊动了地下亡魂,这精神损失费也得赔吧,没个 50 万免谈!"

"喂!你别太过分了!"面对陈伟兴的狮子大开口,拆迁队员愤愤不平道。

"哼,过分?我让你们见识一下什么叫真正的过分。"陈伟兴边说边转头向身后那帮人使了个眼色,立刻有两人掏出手机,几个妇女老人随即倒地,抱住拆迁队员的腿,声嘶力竭地哭喊着:"哎哟!政府人员打人啦!暴力执法啊这是!"队员们个个动弹不得。

陈伟兴冲他们邪恶地一笑,示威似的把烟头扔在地上,然后立马换了个表情,哭丧着脸转过身去对着镜头卖惨:"这还有没有天理啦!拆人祖坟,暴力执法!还让人活不活呀!"

拆迁队员咬牙切齿地瞪着他,却又奈何不了对方。

这场闹剧就这么上演着,双方僵持不下。太阳更加毒辣了,汗水汩汩流淌,人们丝毫没有在意,反而兴致很高,像是在上演一出精彩的话剧。不知何时,一个头发花白的老人悄然出现在人群中,还没等众人反应过来,老人便狠狠地给了陈伟兴一巴掌。

"爸——"陈伟兴蚊子一样小声地叫了一声。但大家还是听到了,一脸惊愕地看着老人。陈伟杰和陈伟强看到老人也吓了一跳。

"你还知道我是你爸啊!老子还没死呢,你就给我立碑,你这是想咒我啊?"老人气得像筛糠一样颤抖,但声音雄浑,字字入心。

"爸,这不是没有办法嘛,你又不是不知道,大家都是这么骗过来的,反正是政府的钱,不骗白不骗,如果我不骗点不就吃亏了嘛。"

"混账东西!看我不打死你!"老人扬起手准备再给他一巴掌,陈伟兴立马后退一步,躲闪开了。"我不管你之前怎么瞎胡闹,这次你一定要服从人家领导的安排!否则,今天我就真的死在这!"说着老人便向石碑撞去。陈伟杰一把将老人抱住说:"陈叔,您老别生气,伟兴他也是一时糊涂才做出这样的荒唐事。"

陈伟兴瞪了陈伟杰一眼,说:"你才糊涂!"接着他又搀扶着老人说:"爸,你怎么这么傻呢,你不要听他们瞎忽悠,我这么做还不是为了我们这个家呀!"

"你呀你呀,还没看明白吗,这科学城是造福子孙万代的大工程,你自己盘算的蝇头小利与国家的大利相比,孰轻孰重!可不能干这种让人戳脊梁骨的事!"老人白须抖动,气愤地说。

陈伟兴像个做了错事的孩子,低头不语。

老人转身拉住陈伟杰的手说:"陈队长,让你见笑了。这坟你找人推了吧,反正也是个假坟,不会要你们一分钱,如果平坟要花钱你就找这个畜生要!"老人歉意地说:"给你们添麻烦了,还请多包涵。"说完又转向闹事人群说:"行了,大家该干吗干吗去,都散了散了。"

"叔,还是叔讲道理,如果人人都像叔一样支持我们的工作,何愁科学城不会早日建成。"陈伟杰咧嘴笑了,心里的包袱落了地。

老人指着陈伟兴,使劲地点了点,就差戳到陈伟兴的头了,骂道:"你呀你,尽干的是一些什么事呀,你不怕被人指着后背骂吗?"

老人愤然离去。人群也逐渐散去,只留下陈伟兴孤零零地站在坟前。

陈伟兴昂起头，阳光依旧毒辣，在其脸上灼烧，他打了一个寒战，豆大的汗珠顺着脸庞、脖子往下流。他定了定神，抹了一把汗，用力地往下甩，又低下头看，好像在寻找刚才甩掉的汗水。石碑静默不语，却又像在无情嘲笑。

"喂！等一等！等等我！"

周美蓉听到身后有人在喊，回头一看是陈伟兴，连忙紧走几步，赶上前扯了扯陈伟杰的衣服。陈伟杰停下了脚步，看着气喘吁吁跑过来的陈伟兴。陈伟强也停下了脚步，神情紧张，不觉攥紧了拳头，好似要跟陈伟兴打上一架。拆迁队员们都停下了脚步，以为陈伟兴又要来闹事，急忙摆出大干一场的架势。

"给我一件红马甲，"陈伟兴把手往陈伟杰面前一伸，又说了一遍，"听见没？给我一件红马甲。"

至此，拆迁小分队里又多了一位志愿者。

葡萄熟了

马金玉

1. 仔，我们要搬家了

北方的春这时应该才刚刚到，深圳的蝉就耐不住寂寞，在荔枝林里一边疯狂地吮着清甜的饮品，一边聒噪地叫着。外面日头像一个未出阁的少女，时而热情似火、含苞待放，时而娇羞腼腆、遮遮藏藏，天边的乌云黑压压一片闻讯赶来，在这闷热的桑拿房里，拿着蒲扇都驱不走身体的燥热。趁着妈妈不注意，我一步一挪来到水缸边上，蹑手蹑脚装一瓢水从脑袋上泼下来，背心和大裤衩子瞬间湿透，啊——爽！这才是深圳夏天该有的样子……

那天晚上，我像往常一样站在红漆大门口等着爸爸。到了很晚才听到一小阵闷闷的脚步声。脚步很沉很慢，像灌了铅一样，每走一步铅又多了几斤，黑影一点点朝大门微暗的灯光靠近，渐渐地亮了起来，又一步步缓缓向家门口靠近。

嗯，是爸爸回来了。我本能地扑进这个男人温暖宽厚的臂弯里，一边用脸在他渗满汗味的上衣上来回磨蹭，一边抱怨爸爸怎么这么晚回来，让我等他这么久。这次爸爸没有像往常一样把我抱起来，只是摸着我的脑袋，轻叹了一口气说："仔仔，我们要搬家了。"

"啊？"

"为什么要搬家啊，爸爸，我不想离开这里。爸爸，我们可不可以不搬家啊……"我不停地问着爸爸搬家的原因。

爸爸轻声叹了一口气，无奈地摇了摇头，转身走进屋里。

听天气预报说今天又要下暴雨，等了一天的雨到现在还迟迟未到，空气的闷热和心里的不悦相撞，似乎起了化学反应，连带着周围的一切都像沾上了暑气，轻轻一碰都热乎乎的。这一刻，爸妈在屋里正说着要搬家的事儿，而我只想逃离此时此地，躲到一个静到只能听到自己呼吸声，能让自己静下心来怀念过去、想象以后的地方。这一刻，不必去想那些让我不开心、不愿接受的一切，我只是我自己，我家还是我家。

冲出家门的时候，似乎风和我瞬间有了心灵感应，紧追着我急促的脚步，掠过杂草地、穿出荔枝林、擦过菠罗蜜树的叶尖，伴随着地面的快速轻微震动我来到了半山腰。雨也不甘寂寞，紧追着风的脚步，越下越密，洒在我脸颊上、背心上、手心里……

慢慢地，雨被风吹斜了身影，和我沁出的汗珠融为一体，流进了泥土里。

此刻我所在的山叫大马山，而麦爷爷家就在山脚下，从我记事开始，每次不开心都会一个人跑来这里。麦爷爷像安了"千里眼"一样，总能在爸妈到处找我的时候，精确告诉他们我的定位，然后被拎起耳朵带回家后便是一顿臭骂。为此，我曾一度对这个有点驼背的老头恨得咬牙切齿，奈何手无缚鸡之力又只能认怂作罢。

2. 潦草的笔记本

我们家住的羌下村，是个自然村，村民祖祖辈辈都是土生土长的本地人，日出而作、日落而息是生活的常态。打工、务农是村民主要的生活状态，所以谁家要是有孩子考上了大学，是一件可以让村民茶余饭后谈论夸赞好久的事。而爸爸不仅是村里少有考上大学的人，也是村里唯一一个吃上"公粮"的孩子，他是村里的"逢事通"，更是我们陈家的小骄傲。

我喜欢夏季，因为夏天村子是个百果园，长满了香甜诱人的水果。每当果子成熟前夕，我和邻居家的小胖、小雨便开始不安分起来，上学路上、放学路上总要绕来绕去走不同的路，偷偷记着哪棵荔枝树结的果子又甜又大，哪棵杧果树好爬，哪里的菠罗蜜最早成熟……当然最忘不了的还是麦爷爷家的葡萄藤，今年的葡萄应该还和往年一样甜吧？

我们被村里的阿叔阿公戏称为"小土匪",每当果子熟的季节屁股上多几个印记自然也是常有的事。但最无奈的还是爸爸,打完骂完教育完,还要从自己家摘更多的水果还给别人,连声赔礼道歉。到了农忙收获的日子,爸爸还经常带着我去邻居家帮忙,从不计回报。

转眼,今年爸爸已经在政府单位工作了20年。他是一名土地整备工作人员,多年来兢兢业业,加班到很晚回家是常有的事。在单位,年轻的同事们都喜欢叫他陈老师,有不懂的相关专业的大问题、小问题找他准没错,比他年纪再长一些的喜欢"小陈——小陈——"地叫他。20年来,在他手上签订的土地协议估计有三四百份。他大概也从未想过,有一天会亲自参与征收自己的房子、村子。

印象中,爸爸无论是在单位,还是回到村子里,总是随身带着一个棕色封皮的笔记本。很多个半夜,透过厕所的玻璃,仍然可以看到爸爸在书房吐几口烟圈,好像在烦恼什么、思考什么,时不时拿起那支用了十几年的"英雄"牌钢笔簌簌地在本子上写着。有时一写就写到凌晨。我很好奇笔记本里究竟写了什么……

终于,在一天晚饭后,趁着爸爸去麦爷爷家串门的时候,我悄悄打开了那个棕色封皮的笔记本。

扉页写着"土地拆迁有期限,真情服务无止境"。认真看,每一页字体都会有所不同,有些一笔一画工整有序,有些银蛇乱舞潦潦草草,看着看着实让人摸不着头脑。也许是平时在中间几页停留了太久的缘故,尽管字迹潦草,我依然一下子就看到了"羌下村",看到了爸爸的名字、叔叔的名字、爷爷奶奶的名字、邻居的名字……

最近写的几页日记里,爸爸的字迹愈发潦草,几乎每一页都有"科学城"几个字,到底科学城是干啥的?好奇心驱使我又往后翻了翻。爸爸写到,村子未来将会被一栋栋设计精巧的楼宇覆盖,周边规划得像大都市一样繁华整洁,环境绿化像教科书里的插图一样美……是真的吗?看着看着竟觉得有些不可思议,一片破旧的小村子也有机会纵身一跃成为繁华的"科学城"?我竟然已经开始不由自主地期待、幻想村子未来的模样,想着一年、两年,也许多年后我再回来时,这里的模样……

后来我又看到了麦爷爷的名字,上面写了很多字,密密麻麻的,爸爸似乎把他所知道的、听说的关于麦爷爷的一切都记录下来了，包括麦奶奶的坟墓、麦爷爷家的大黄，还有麦爷爷心心念念的葡萄藤……

3. 葡萄藤下

麦爷爷已经80多岁了，听说前几年儿子媳妇还有小孙子在香港因为一场车祸都离开了人世。麦奶奶因为悲伤过度加上心脏问题也跟着走了，麦爷爷一夜间白了头。

如今，山脚下依旧立着两间已经锈迹斑斑的铁皮小破屋，通向村子里唯一一条泥巴路被一层层的野草遮住了，野草像重获自由一般一个劲儿往上冒头，越长越疯，每回从那条路趟过去脚脖子上都得留下几条红红的印。麦爷爷的铁皮屋里可以看到阳光，透过缝隙，一束、两束……太阳光恣意在屋子里撒播，似乎有意多增几分生机。麦爷爷家有一棵葡萄树，那葡萄藤每日在葡萄架上吸收日月精华，沾染雨露风霜，像成了精一样，愈发青翠欲滴，娇嫩可爱。正午的阳光穿过层层叠叠的叶子，愈发让人心生欢喜，眼巴巴望着这棵"葡萄精"，想他赶紧生出一窝一窝的小葡萄仔给我吃……

麦爷爷家里如今只剩下一条骨瘦如柴的老黄狗和房前屋后的几只老母鸡。麦爷爷的狗叫大黄，是只黄色的土狗，四条腿修长，也许是日常的狗食没什么营养，也许是年老体衰，瘦得可以数出有几根肋骨。麦奶奶去世后，麦爷爷就和大黄相依为命，不管麦爷爷到哪里去，大黄都形影不离，像战友，又像兄弟。

每年在葡萄熟了的时候，我都有意无意"路过"麦爷爷家，借着和他聊天的缘由，一步步挪到葡萄藤下。也许是因为每年秋冬，麦爷爷都会修剪枝丫、松土施肥的缘故，他家的葡萄挂果格外多格外甜。每当这时候，麦爷爷好像早已猜透了一切，进屋拿把剪刀，帮我摘下两串还冒着"汗珠"的葡萄仙子，放在葡萄藤下的石桌上，他喜欢一边小口嘬着茶，一边眯着眼看我吃葡萄，大黄卧在麦爷爷边上，时不时用脑袋蹭蹭麦爷爷的腿。

麦爷爷说老伴和小孙子最喜欢吃他种的葡萄。麦爷爷早已习惯了晚饭后，老伴泡一壶茶，两人对坐在葡萄藤下乘凉，把劳累一天的身体悄悄安放在静谧的夜晚，话儿孙、忆往昔。也许他们也曾在月光下望着夜空的星星，悄悄许愿，也许他们会不经意间聊起牛郎织女的神话，会因为牛郎织女一年一见轻叹。

只是如今，葡萄依旧，故人已故。

麦爷爷说他不舍得搬离村子，也不想一个人住进空荡荡的新房子里，他说老伴陪着他过了一辈子苦日子，如今终于熬到头了，两人却天人永隔，叫他如何能安心一人离开？

4. 瞧，这里曾是我的家

"同学们，我是今天的小导游，大家请跟我来。"

"小心路滑。"

因为"科学城"土地整备的顺利完成，我们学校专门组织了一场拓展活动，用眼睛见证身边的点滴变化，感受从一个村到一座城的蜕变。

这一路，我们参观了科学城规划展厅，无比震撼，无比期待。此刻，大概是我最自豪的时刻，因为爸爸曾是这里的一员，是爸爸和无数个像爸爸这样的基层工作者用汗水浇筑起了坚固的地基，为这片城的崛起贡献了力量。

后来，我带着同学们穿过了荔枝林，走过了泥巴路，跨过了山泉水，穿过了葡萄架，还与我曾经的家擦身而过。

"同学们，瞧，这里曾是我的家，你们眼前的这堆钢筋曾为我和我的家人撑起了一片天，未来这片土地将注定光芒万丈。而我的爸爸，他将永远是我心中的英雄。"

5. 葡萄熟了

听妈妈说，爸爸跑前跑后，看了很多地方，终于帮麦奶奶找到一块新墓地，那里环境很好……

后来，麦爷爷和我们家也成了邻居，大黄也来了，麦爷爷阳台上多了一棵葡萄树……

恋

尧细凤

刘洪好像做了一场梦,仿佛一眨眼的工夫,科学城就矗立在眼前了,他简直不敢相信这是真的。拆迁征地能得到补偿款,大多数人感觉是天上掉馅饼的好事。但刘洪没这样想,祖祖辈辈居住的"鸿福楼"即将变成高端科技的光明科学城,面对一片废墟的工地,挖掘机隆隆作响,刘洪有一种从未有过的难受。

刘洪的孙子刘可却高兴坏了,这下家门口就有像北京鸟巢一样的经典之作,有世界一流的科学城,可以遨游科学的海洋了,真是千载难逢的喜事。就连老伴都高兴得总是跟刘洪念叨着:好事好事呀!刘洪不禁想发飙,捶胸顿足怒斥道,宁可抛荒,不可失业。没头没脑的家伙,你们懂个屁!然而,让刘洪有所安慰的是,科学城指挥部鉴于他是小有名气的土建工程师,特意通知他公平竞标光明科学城土建工程项目,这种人性化的关照,让刘洪感觉到被关怀的温暖。

通过公平竞标,刘洪顺利地取得了项目工程。这位名牌大学土木工程系毕业的高才生,不知清拆过多少楼宇,如今却要对自己世代聚居的祖宅下手,的确有些于心不忍。因此,在清拆工程启动前,刘洪想特地跑到祖宅最后再好好地看一眼,并且从多角度拍摄照片,留作纪念。

这天,刘洪起了一个大早,独自跑到了祖宅地。刘洪自认为选择一大早的时间拍摄祖宅,是非常明智的选择。面对祖祖辈辈曾经安居乐业却又突然间就要夷为平地的祖屋,肯定要选择一个朝气蓬勃、充满希望的早晨进入,因为早晨从来都不是一个单纯的时间节点,打量与感受即将消逝的祖屋，选择这个时刻是再好不过的了。

出人意料的是，区区两三个月，祖屋周围就长满了花花草草。黄色的、紫色的、白色的、红色的，五颜六色，在晨风中摇曳生姿，像廊檐上雕刻的壮丽景观，映衬着曾经朝夕相处的祖屋。由于阴雨连绵，祖屋悬空拱门下，以及挨近地面的墙砖上，已经是花茎密密、苍苔累累，前沿走廊上也是泥泞不堪。置身高大的祖堂，轻轻地哼一声，就有一阵阵余音缭绕，不绝于耳，好像显示着祖辈的功德无量，同时在呼唤子孙后代发奋图强。

刘洪追忆起这座气派豪华的祖屋不同寻常的往昔。明朝初年，天下统一，刘氏祖宗辗转南北，最终定居此地并开枝散叶。由于刘氏祖宗在辛勤耕作的同时，长期坚持经商，做一些小买小卖的生意，经过长年累月的财富积累，便有了当时远近闻名的"鸿福楼"。

不过，初建起来的"鸿福楼"规模并不大，到了改革开放后，由于刘洪的父亲有谋略，借改革开放的好政策发家致富，经过一番深思熟虑，投入巨额资金，将"鸿福楼"推倒重建，才有了现在这个规模。

刘洪攀上了楼顶，眼前顿时开阔起来。远处是繁华的闹市，人流涌动；公路上车流不息；圳美文化广场上，早起的市民跳起广场舞。楼顶上长满草，俯瞰"鸿福楼"地面的露天空间，天井、走廊、院落，空旷无人，花草正在拼命地向上生长。时间一晃而过，想年初，一家人还和和美美地生活于"鸿福楼"。站在楼顶，可见茅洲河在夕阳余晖的映照下，呈现出流水潺潺的壮美景观，甚至还可以一览无余地欣赏公明水库的垂钓者。

然而，此刻刘洪既无意观赏风景，也不关心"鸿福楼"的过去，他只关心着楼下的寂静，这寂静似乎打破了"鸿福楼"往日的繁华和兴旺。他的视线从西北掠向东南，巍峨山、大屏嶂山一脉相连，虽然脚下的"鸿福楼"以及大片居民住宅楼都即将成为废墟，但仍然可见居民楼的气派。

晨风吹拂，楼顶上弥漫着青草的气息，一只老鼠鼓着贼溜溜的眼睛，在墙根下溜来溜去，然后停在一块老青砖上凝然不动，歪着那尖嘴脑袋，似乎在疑思什么，完全不在乎刘洪的存在。

开始清拆工作的第一天，刘洪从光明科学城土建工地上回来，老伴烧

了一桌子他最爱吃的菜,当刘洪刚到家门口,老伴就高高兴兴地出来迎接说:"哟,亏你这个大忙人还记得今天是什么日子了?"刘洪满脸疑惑,眉毛拧成一团问老伴:"今天还能是什么喜日不成?"

老伴气不打一处来,嘟噜着一张嘴巴骂道:"老东西,明明给我带回来了好吃的东西,还要在我面前装模作样呢!"

老伴一边去取刘洪摩托车上的袋子一边高兴地说:"还想骗我?这不是我喜欢吃的乳鸽、牛扒,还能是什么?算你还有良心,记得今天是我的生日!"

刘洪抬腿下了摩托车,一手抢过袋子,神秘兮兮地笑着说:"老伴,真对不起!我的确不记得今天是你的生日!"老伴停住手,刘洪吃力地从车篮里拎出袋子后说,这装的可是宝贝啊,比乳鸽还宝贵千倍,比牛扒还要宝贵一万倍呢。刘洪一边说一边拎着袋子,走到场院一角,袋口朝下,倒出来的竟然是让老伴百思不得其解的泥土。

脑袋进水了是不是?到处都是泥土,弄一袋泥土回来,还那么神经兮兮的。老伴没完没了地埋怨起来。刘洪默不作声,看着那堆泥土,仿佛跟老伴较劲似的。他心想,女人家头发长见识短,懂什么?你记着好了,不要把我的泥土搞稀散了,这可是祖业宅基地上的泥土啊!

刘洪第二天回来,又装了满满一袋泥土。一晃过去了半个月,场院一角的泥土堆成小山似的,刘洪取来摩托车的雨篷支撑在土堆上。

周末,刘洪没去科学城工地,一大早就把那堆泥土铺开了,半个场院全是。然后,又不厌其烦地栽上蒜薹、香葱、芋头,并且煞有介事地分厢起沟,场院俨然像个菜园。

真是大水冲了龙王庙,奇了怪了,从来没有种过菜的刘洪,如今却像个地地道道的菜农,隔三岔五竟然跑到附近菜农的地里,向菜农取经学习种菜。尤其让老伴不解的是,刘洪的菜园一天比一天大起来,场院的面积被菜园占了一大半。不过,随着时间的推移,老伴认为刘洪不务正业种的菜园里,竟然像模像样地长出了蒜苗、香葱、芋头、生菜、通菜等绿油油的一大片蔬菜。老伴一边在心里默默诅咒刘洪这个犟头牛,一边暗暗地窃喜着,你爱咋整就咋整吧,种得越多越好,不要买蔬菜还省了我一笔开支呢。

刘洪每天还是坚持不懈地带回来一袋老宅处的泥土,场院里几乎都没有立脚的地方了,老伴有些忍无可忍。这天,刘洪正在菜园里捣鼓着,老伴正要发作警告刘洪,不要得寸进尺,把个场院搞得不成样子了。刘洪刚刚直起腰来,老鼠爬秤钩——自鸣得意地脱口而出:哇,终于找回了一种久违的感觉。刘洪喜不自禁的神态,把老伴已到嗓子眼里的一肚子牢骚话都挡住了。看见刘洪一脸的兴奋,乐呵呵的样子,老伴半个屁都不敢放了。

老伴降服不了刘洪,又自我宽慰自己。其实,种些青菜也是挺好的,自己种的蔬菜,没打农药没施化肥,绿色生态食品,吃得放心。

月初这天,科学城搞奠基庆典活动。刘洪参加完庆典活动喜滋滋地赶回来,老伴丈二和尚摸不着脑,打趣地说,今天什么喜事把你乐成这样子呢?刘洪没有理会老伴,径直去厨房倒了一杯酒,端到菜地边,一边呷着酒,一边凝视着菜地,眼前海市蜃楼一般出现孙子刘可和许多莘莘学子,坐在窗明几净的科学城搞科学研究的情景。

不知不觉,在深圳二高读书的孙子刘可放假回家了。看到场院里青葱一片的蔬菜,赞叹不已。孙子说,没想到爷爷一辈子没种过菜,在世代居住的宅基地的泥土上,种起来倒像一位老菜农,看来爷爷是离不开祖宅留恋祖宅了。

刘洪没有理会孙子说什么,只是指了指菜地,手颤抖着抓起一把泥土,然后双手捧着泥土,大口大口地呵着气流,那神态似乎是要用他呵出的热气将泥土溶化,吃了这把老宅的泥土……

冲出丛林

李思琪

一

"猴子要去光明科学城,与人类一起做科学实验了。"

虎大王本来因自己的美梦被破坏了,正想大发虎威时,就听到了这么一句话。他觉得是不是睡了一个晚上后,耳朵自己的打开方式不对,以至于出现了幻听?于是,他便用双手使劲地揉搓了一把耳朵,才问前来通信的老虎:"你刚才说什么?"

通信员可怜巴巴地擦了擦满头的大汗,斗着胆子把那句话再次说了一遍:"猴子要去光明科学城,与人类一起做科学实验了。"

他说完这句话之后,马上就后退了三米。没办法呀,大王的脸色实在是太难看了。他忍不住腹诽道:"难怪刚才一个两个的不肯进来报信,还说是给我一个在大王面前表现的机会。哼,原来一个个都是狡猾的骗子,我再也不要相信你们了。"

果然,虎大王一听这话就不淡定了。只见他一跃而起,大声叫道:"人类要做科学实验了?你怎么知道的?"

通信员只觉得眼前滑下了无数条黑线。心想,大王你关注的重点是不是错了?人类做不做实验没关系呀,关键是他们要拉上猴子一起做这个实验啊!

他望着还没有找到关键点的大王,只好弱弱地提醒一句:"是猴子要去和人类一起做科学实验。这个消息是我师傅告诉我的,目前猴子家族可能还没有接到消息。"

虎大王冷哼道："愚蠢的人类，要做科学实验难道不应该找我这个森林之王吗？"

通信员感觉自己额头的黑线是飘不完了。只好硬着头皮再次提醒道："大王，当务之急是要阻止猴子去参加那个什么科学实验啊。若是让他们成功了的话，便会越发不把大王放在眼里，越发要自诩为王了。"

虎大王暴躁地在地上踢出一脚泥土，扭了扭脖子大声吼道："难道本大王还不知道吗？还用你来提醒？"

通信员抹了一把扑到脸上的泥土。心想伴君如伴虎这句俗话说得真没错，更何况自己伴的就是老虎呢？唉，宝宝心里苦，不想说话了。

虎大王看到他呆愣在那里，越发烦躁地朝他连踢了几脚泥土："还不快点去击鼓，把所有成员都召集到议事厅商量计谋？"

通信员麻溜地来了一个大转身，跟跟跄跄地朝外面跑去。其间还因速度太快，差一丢丢就把脚脖子扭断了。来到外面猛拍着小心脏仍觉后怕，抖了抖肩膀往那面大鼓走去。

于是，本该还是宁静的森林，万物都还在沉睡中抓紧时间与梦里的世界偶遇，却被突然响起的一阵阵震耳的鼓声惊醒了。

"大清早的是谁如此无聊，敲起了讨厌的鼓声，把我的美食都给吵没了。待我知道是谁在捣乱，必少不了要和他好好理论一番，识相的就赶紧将美食给我奉上。"

"我劝你还是别做梦了吧，听这鼓声急促的节奏，必然是大王下旨敲的。我们还是快去议事厅吧，去晚了又少不得要挨一顿批了。"

一胖一瘦两只老虎相继走出家门，快步朝议事厅走去。此时的议事厅里正如一锅沸腾的开水，热闹非凡。一名虎干事打着长长的哈欠走进来，大声说道："都——都安静点，大——大王到。"

众虎立刻闭嘴不言，没说完的埋怨话只能留给自家听了。虎大王迈着方步走来，他那锐利的眼神从每一张虎脸上扫过。看到一个个无精打采的样子，便觉得气火攻心。他感觉在如此危急时刻，怎么就没有一个体贴的虎出现呢（喂，我说虎大王呀虎大王，您老人家倒是把事情说清楚后再生气也不迟呀）。

通信员看着那张越来越黑的老虎脸，再次抖着可怜的小心脏把事情说了一遍。可众虎的表情却没有他们预期的激烈，甚至有的还说："猴子想去做就去做呗，跟我们没多大关系吧。"

这话让虎大王越发生气了，一口老血憋在喉咙处下不去上不来，差点没背过气去。他扬起手先赏了众虎几大巴掌的泥土，再抖着手说道："你们认为跟你们没关系？若他成功了，这个大森林还会有你们的立足之地吗？"

众虎一听这话，顿时便议论纷纷。

"前两天我在溜食的时候，听到有人在唱山中无老虎，猴子是大王这首歌。"

"这是人类编排出来的，也许与猴子并无关系呢？"

"正所谓无风不起浪，人类不会无缘无故唱出这样的歌来。说不定是猴子故意放出这样的消息来误导人类呢。"

"依照猴子狡猾成性的特点，我觉得完全有可能。"

"什么有可能，我看就是猴子做的。"

"自从他们的祖先美猴王去西天取到真经后，整个猴子家族的成员全变了，变得越来越目中无人了。"

"由此可见，猴子只怕早已起了夺取森林王位的野心了。"

"如此说来，我们还真的不能让他们去和人类做这个实验了，否则还不知道他们要编出什么话来呢。"

虎大王在翻了无数个大白眼后，终于忍无可忍地大声吼道："本大王叫你们来不是开分析讨论会的，是叫你们来出谋划策的。"

"猴子家族可不好对付，关键是他们能在树上行走。"

虎干事扒了扒自己帅气的胡须说道："我觉得有一个人或许可以帮忙。"

"谁？"

"花豹。你们要知道，花豹在树上行走得比猴子还灵巧。"

虎大王刚刚裂开的嘴又抿上了，他摇头说道："请别人或许还有可能，这花豹却是绝对不肯帮忙的。"

众虎不解："为啥？"

虎大王躲闪着他们满是疑问的眼神，半天才说道："因为我有一次因

中篇 热土的献辞 / 111

为食物，抢了他们家族的地盘。"

通信员举手道："前几天花豹家族总教官的奶奶死了。在她死的时候，猴子家族好多人都在现场，却无一人搭救。为了此事，花豹总教官曾扬言，此后与猴子家族将誓不两立。"

虎大王一个大巴掌拍到了他的脑瓜子上，欣喜地叫道："这可真是天助我也呀。我们可得好好利用利用，如果花豹家族肯出手，那就没有问题了。"

最后，大家一致通过，由通信员与虎干事一起完成这项任务——请花豹总教官出兵，对猴子来一个两面夹击。

二

在老虎家族去向花豹救助的时候，猴子家族也已经接到了人类的邀请函。邀请猴子家族的成员一起去光明科学城做一个医学实验，而且上面注明时间是越快越好。于是，猴子家族的族长赶紧召集成员开会。

成员们一听这件事就炸了，反对声、支持声此起彼伏，好不热闹。猴族长后腿一蹬，窜到了最高的那棵树顶上。

他盘腿坐在一个树杈上，双手叉腰对着众猴们说道："在你们开始吵之前，我先把我的决定告诉大家。对于这次去光明科学城做医学实验，不管你们反对与否，我都是要去的。至于你们要不要和我一起去，我不强求。但若是跟着我去了，便不能半途而废，必须要齐心协力帮助人类完成这次实验任务。"

"族长，您不再考虑考虑吗？到了那里人生地不熟的，万一受到欺负该咋办？"

猴族长瞪了一眼说话者："一直以来，人类都是我们的好朋友，我相信他们。"

"不管族长做出什么决定，我都坚决和族长在一起。"

"我也是。"

"我也是。"

最后几乎所有的猴子都在高呼："我也是。"

猴族长从树上跳下来，点头应道："如此我们便一同前往光明科学城做医学实验。如今还在外地的成员就先不通知了，本营地的成员先过去。以后如果再有需要，人类会帮忙。现在你们先去做好随时离开的准备，必须带的东西才带，不重要的就自己找地方藏起来，都注意安全。"

军师跳过来说道："这个医学实验我之前便有耳闻，若真是成功了，那便是万众受益的大好事。现在这个事落到我们家族的头上，只怕别的家族免不了羡慕嫉妒恨啊。"

猴族长点头说道："所以省得夜长梦多，我准备今天晚上就行动。"

"那可要好好筹划才行。"

猴族长再次点头，挥手招呼着众猴过来。他非常严肃地说道："我们的当务之急是必须找到一个向导，一个知道怎么走小路去光明科学城的向导。现在离天黑还有好几个小时，我们所有成员都要做到与以往无异，不能让别的家族瞧出一点点端倪。所以找向导这件事也必须暗地里进行。"

军师问道："你不准备按照邀请函上面的地图走吗？"

"只怕现在那些路上已然不安全了，为了全族的安全，觉得还是走小路为好。"

"可是要在这么短的时间内，找到一个熟悉周边地形的向导，实在是不容易。"

"俗话说重赏之下必有勇夫。我们多付一点酬劳，必然会有向导肯带领我们走出去的。"

猴族长望了望众猴子，停顿了几分钟之后说道："我知道，可能有同伴还不明白我为何要这样做，甚至觉得我只是为了自己的名利。但我只想跟你们说一句话，你们回想一下花奶奶去世时候的样子。"

本来还有几个猴子在徘徊不定，听了自家族长的这句话便咬起了嘴唇。又听到族长在说："若是我们有好的医术，花奶奶必然还不会走。就算要走，也必然不会那般痛苦。现在我们能和人类一起研究医学，这是上天赐给我们的机会。我们要好好把握这个机会，努力学习，以后才能帮助更多需要帮助的同伴。"

听了族长的一席话，众猴从心底发出钦佩的低叹声。再无一猴犹豫不决，他们积极地自我分工，去完成离开前的准备工作。

三

另一边，通讯员和虎干事刚刚进入花豹家族的营地，就已经被巡逻兵发现了。花豹巡逻兵看到竟然是两个以前抢过他们地盘的老虎，心里顿时恨得直痒痒。以为他们这次来还是要抢地盘，便将他们两个引入了诱敌的地坑。

通讯员和虎干事一脚踏空的时候还没有反应过来，两虎都是一脸蒙的，还以为自己坐上了直降机。待他们回过神来时，发现自己已经在地坑里了。他们也知道此时不是害怕的时候，便扯开喉咙大声叫嚷着："我们要见你们的总教官。"

巡逻兵们齐齐围在了地坑边上，伸出个脑袋来望着地坑里面的老虎，不解地问道："你们见我们的总教官做什么？难道你们现在抢地盘的战略不同了？改成先礼后兵了？"

通讯员立马高举双手表态："听说你们总教官的奶奶被猴子家族的成员害死了，我们是来帮他报仇的。"

虎干事暗戳戳地想："这个通讯员也实在够狡猾，明明是自己来请别人帮忙，现反而说成要帮别人的忙。"

但现在看来这个应该是最好的说法，于是便也点头如捣蒜地拼命附和。众巡逻兵半信半疑地拿不定主意，便决定先派个同伴去向总教官通报一声，信与不信均由他自己定夺。

没想到总教官是个急脾气，听到有人来帮他报仇，便立马冲了出来。待他看到是这两只老虎时，心头也闪过之前被抢地盘时的情景。可急于报仇的他，还是决定给他们一个机会，听听他们有什么好计策。

待他听到猴子家族竟然要去光明科学城做实验时，第一反应便是自己必须阻止。再说了，就算撇开报仇这件事，他也不能眼睁睁看着猴子走向光明。如此一想，便立马决定不惜一切代价也要把猴子困死在这个大森林里。

两老虎也留了下来，他们一起商讨对付猴子的办法。花豹总教官指着地图上猴子家族的营地，分析着周边的地形，并在每个出口都安排了花豹阻击。最后他又说道："依照我对猴子的了解，他们为防夜长梦多，必然会选择今天晚上就行动。"

"那我们的时间就比较紧张了，我看还是抓紧时间做各方面的安排吧。"虎干事提醒道。

总教官点头道："准备是必须提前做好，他们急于行动对我们也有利。趁着士气高昂，速战速决，胜算反而大了。"

等到他们把所有东西都准备好之后，天空也渐渐地暗了下来。总教官穿上了那件象征他身份的长披风。正欲挥手说出发，便听到有人叫："报！"

他在凳上坐好说："传。"

只见两花豹侦察兵如两只风火轮般跑了进来，到总教官面前说起了悄悄话。所有人都不知道发生了什么事，正疑惑地互相瞪眼时，便见总教官猛地站起来，厉声问道："你们说的是真的？"

两侦察兵不约而同地用力点头。总教官见此情形，便冷眼扫过老虎通信员和虎干事。锐利的眼神使得两虎均浑身一颤，想必是他们的真实目的曝光了。两虎正想坦白时，只听到总教官冷笑道："你们的大王玩得一手好计谋呀，把我整个家族都给算计进去了。"

"总教官先别急，听我慢慢说。"

"你以为我之前没有看出你们的目的吗？本以为与你们的合作只是各取所需罢了。可俗话说用人不疑，疑人不用，只是现在看来，你家大王并不懂得这个道理。"

"此话从何说来？"两虎不解地问道。

"哼，别告诉我你们不知道，就在你们来我这里的时候，你家的大王还另外派了两虎去寻找苏门答腊虎。刚才我的侦察兵已经发现了苏门答腊虎的踪迹。"

"这完全不可能，自从我家大王和苏门答腊虎闹掰了之后，就从未来往过。此次又怎会去找他们来帮忙呢？必然是有人在挑拨离间。"

花豹侦察兵也是一个暴脾气，他几个大步冲上来一把揪住了虎干事和通信员："我看最具有挑拨离间嫌疑的就是你们两个。"

总教官大手一挥："什么也不必说了，再合作已无可能。你家大王想要找谁帮忙是他的事儿,我想要报仇也是我自己的事,从此两不相干。"

通讯员和虎干事一听这话就着急了,这样一来不就意味着他们没有完成大王的任务了吗?可是总教官已不容他们再说话,盯着他们说道:"刚才我们的计划已经被你们全部知晓了,如此便请你们暂留在此地。待我了结了和猴子的事,自会送你们出去。"

他的话一说完,便唤来两个兵将两虎带走了。通讯员还想争辩几句,却被虎干事的眼神制止了。待到花豹们离开后,通讯员才不解地问道:"你刚才为什么不让我说话?"

虎干事瞪眼:"你是不是傻?我们来此地的目的,便是让他们出兵阻止猴子。现在他们的兵照出,结果是一样的,合不合作又有什么关系?"

通讯员一巴掌拍在了自己的脑门上,怎么自己就没有想到这个呢?

就在花豹总教官整合队伍准备去往目的地时,外面有人通报说:"老族长到。"

总教官长长地叹了一口气,非常无奈地说道:"他这个时候来捣什么乱?"

话是这样说没错,但老族长已经来了,他也只好出门迎接。总教官如一阵旋风般冲到门口,双手搀扶着老族长进门,嘴里还不忘叨叨着:"爷爷,这个时候您怎么过来了?"

老族长非常恼怒地瞪了他一眼,冷哼道:"若我来迟一步,你是不是就要带着他们去对付猴子家族了?"

总教官死死地抿着嘴巴不说话,以沉默代替了回答。老族长气得拿起拐杖就要抽他,嘴里骂道:"你是不是把我的话当成了耳边风?你还在以为,是猴子没有救你奶奶吗?"

总教官撇了撇嘴:"这已经是公认的事实了,我不想再讨论。"

老族长的拐杖还是抽到了总教官身上:"当时猴子看到你因奶奶的离世如此痛苦,便不再忍心告诉你事实。其实你奶奶是病死的,走的时候相当痛苦。"

总教官不可置信地看着爷爷:"什么?怎么会?奶奶的身体不是一直都很好吗?"

"俗话说病来如山倒,更何况你奶奶年岁已大,受不住那些个大病重病。"

"这么说，是我错怪了猴子家族？"

老族长非常严肃地点点头："生老病死虽说是常事，但若是有发达的医学技术，便可以让很多生命保持鲜活。猴子现在要去做的那件事非常伟大，你不帮忙却还要去阻止。若你真这样做了，便不再是我家族的成员。"

总教官也因自己鲁莽的行为而后悔不已，好在还未酿成大错。望着眼前正等着他下命令的兵，一个计划瞬间在脑海里成形。他对老族长说道："现在老虎家族请来了苏门答腊虎相助。他们要两面夹击，对猴子家族形成包围。如此一来，猴子家族必然危险。现在老虎还不知道，我已经识破了他们的阴谋。来给我送信的老虎已经被我扣下，所以现在他们那里必然还以为我是盟友。我现在要利用这一点打掩护，抄近路把这个消息传给猴子家族。我要将功折罪，助猴子们冲出丛林，完成大业。"

老族长听了之后连连点头，想了想便又将手上的拐杖折叠起来，递给总教官："之前你已经放出要对付猴子的消息。只怕你这一去很难取得他们的信任。把我的拐杖带去吧，必要的时候它能让猴子相信你。"

四

此时的猴子家族内部可谓是一片混乱，传报声一个接一个地在营地四周响起。

"报！西面发现苏门答腊虎的踪迹。"

"报！老虎家族的成员在东面驻扎。"

"报！发现老虎家族的成员在与苏门答腊虎联系，他们两拨人马有聚拢的趋势。"

"报！发现敌人有朝我们营地逐渐逼近的趋势。"

几乎每传来一个消息，便使猴子们的信心减弱一分。猴族长的眉头越皱越紧，转圈圈的脚步也快了许多。

军师也不淡定了，频繁地搓着双手问道："看来我们的行动已经被敌人知道了，而且他们现在还抢在了我们的前面。"

猴族长站在地图面前沉思不语，军师却是个话多的："现在东面和西面都已经被敌人占领了,北面是高山,南面是目前唯一的出口。可听说花豹总教官此时正带领全族成员赶过来。若我们现在出去务必会碰个正着。"

猴族长指着北面的高山点了点,说道:"我记得这座山上有一条小路是可以绕出去的。只是时隔太久,可能需要向导来带路了。"

军师惊叹:"这都是多少年前的小路了,这么多年没人走动过,只怕早已经被植物给覆盖掉了。再说我们要去的那个地方,可是在南方。现在从北边绕过去,远了可不止一星半点呀。"

"这些我都知道,本来我想尽早带你们离开,走出这个丛林不至于太难,现在看来是我把对手想得太简单了。可若带着族员们硬碰硬冲出去的话,避免不了会有伤亡。这是我不想看到的,我希望这里所有的族员,一个都不少的安全到达光明科学城。"

军师提醒道:"你刚才说的那条小路,不知道向导会不会走?"

"极少有人从这坐山上通过,他若不知道走也没什么不对。"

"报,抓到一个花豹的奸细,他说有要事和族长细说。"

军师怒道:"这种时候,他一个奸细能有啥要事?只不过是为了拖延时间想活命罢了。"

通报员举起手中的物件说道:"他说只要把这个给族长看,族长便会明白。"

猴族长接过来,刚一打开便见到拐杖的侧缝里夹着一张纸条。展开一看,便高兴地将其递给了军师。军师拧眉问道:"这难道是敌人用的新方法?"

猴族长摇头道:"若他们没有拿花豹老族长的拐杖过来,我自然是不会相信他们的。"

军师接过拐杖仔细查看了一番,确认这的确是老族长的随身拐杖,便也不由得点了点头:"那位老族长肯将自己的拐杖给他们,必然是已经把所有的事情都说开了。"

猴族长点点头,朝通报员叫道:"快快有请。"

待花豹进来与他们通过话之后,便由花豹带他们走小路,绕开老虎们的营地与花豹家族会合。于是在夜色的掩饰下,猴子家族通过与包围者们的斗智斗勇,在花豹向导的帮助下冲出了丛林,顺利与在外围的花豹家族会合。猴族长拱手向花豹总教官道谢。总教官摸着脑袋,腼腆地笑道:"之前是我误会你们了,还请你们原谅我。你们现在要去完成的这件事,是造福苍生的大好事。我在羡慕你们的同时,也是由衷地钦佩!"

最后,猴族长带着全体成员,怀揣梦想与抱负,走向南方,走向光明科学城。

从泥泞走向美景
——参观建设中的光明科学城随感

贺强松

钢筋垛

刚下过一场雨，天空被洗涤得如湖水般，瓦蓝瓦蓝的。在广袤的蓝色天幕中，有朵朵白云缓缓飘移，犹如一群穿着轻薄霓裳的仙女在轻歌曼舞。天空下面则是一大片工地，那是另外一番景象。各种建筑材料码砌成堆，各种机械开足马力，戴着各色安全帽的人们，忙碌而有秩序。忽然，地上也有一大朵"云彩"吸引了我的目光。仔细一看，那其实是从拆除的旧楼里，从楼板和墙体里剔出来的钢筋，一圈圈地绕着，堆成垛，在太阳的映照下发出金色的光芒。

我突然想起，1964年，罗布泊上空升腾起的那朵蘑菇云，它令世界都为之震撼。那是中国的科技工作者经过数年潜心研究制造出的一朵云，那是让所有炎黄子孙扬眉吐气的一朵云。今天这里的朵朵"云彩"，其实也在告诉人们，光明区正在发生一场科技和创新的大变革。这里将从昔日的农场，蜕变成为深圳北部的"硅谷"。

空厂房

这是一栋空空的厂房，确切地说，只剩下半边厂房，数台钩机将它"全面包围"，正在实施拆除作业。它曾是一座建筑面积达数千平方米的工厂。不久之前，这里可能是一片欣欣向荣的景象。机声隆隆的车间里，来自全国各地的年轻工友，身着清一色的工衣，熟练地操作着五金冲压机、注塑机。或者流水线上，女工们灵巧的双手正将一个个电子元件插进主板之中。工厂周围，有一排小卖部、服装店、小饭馆、烧烤摊，有繁华的夜色和熙攘的人流。下班后的工友，在这里消费、娱乐，消除劳累和打发乡愁。传统的制造业，曾为光明的经济发展起到了很大的推动作用。如今，制造业转型升级已是大势所趋，随着人口红利的变化，劳动密集型企业必将转型成为技术创新型企业。

40年弹指一挥间，深圳以极快的速度发生着巨变。而光明，紧跟深圳特区的发展步伐。在这块全市近年来单体整备量最大的土地上，即将矗立起一座世界一流的科学城。光明将打造具有国际一流水平、代表城市形象、彰显深圳城市品位、突显深圳科技和创新发展的国际顶级特大型科学中心，成为引领光明未来发展变革的新引擎。

荔 枝 林

此时正值盛夏，荔枝树已经挂满了果实。有些还没成熟，青青的；有些已经成熟，红红的。青的红的果实簇拥着躲藏在墨绿的枝叶中，沉甸甸的，把树枝压弯了腰。微风吹过，荔枝像害羞的小姑娘，赶紧扯片绿叶遮住小脸蛋。而从远处看，整座小山坡都是红绿相间的，变成了彩色的山。

"日啖荔枝三百颗，不辞长作岭南人。"苏东坡对于荔枝美味的描写，让人垂涎三尺。光明区被誉为"荔枝之乡"，这里自然条件得天独厚，种植荔枝历史悠久，荔枝品质优良。祖祖辈辈生活在这里的人，不断地对荔枝树培育筛选，给今天的人们留下了绝佳的美味。轻轻剥开一粒正宗光明本地荔枝，果肉晶莹多汁、香甜嫩滑，含在口中，顿感满嘴生津、精神倍增，这是一种何等惬意的享受！荔枝林不远处，就是正在建设中的科学城，这何尝不是当前人们栽下的一颗"果树"呢？前人栽树，后人乘凉。光明科学城这棵"大树"，也必将结出累累硕果，为光明及深圳增添高质量发展的新动能。

工 程 车

建筑工地，工程车辆是少不了的。它们身躯庞大，笨重粗犷，它们能把最重的扛起来，把最沉的全装走，运走土方废料，拉来建材机械，来来回回，少见停歇。它们走在城市的道路上，还可能会被"嫌弃"。因为它们外表丑陋，也可能满身泥水，没有小轿车的干净和奢侈。

其实，它像极了默默工作在一线的建筑工人。每天走在城市的街头，你就会看到一幢幢高楼，这些都出自建筑工人粗糙而灵活的双手。在每座城市，在城市的某个角落，很容易就能看到忙碌的建筑工人。他们工作的地方没有舒适的桌椅和空调，只有钢筋、砖块和混凝土。他们住的地方不是温馨的卧室，而是简单的工棚。他们常常在炎热的太阳下，挥汗如雨。他们没有浮躁不安，只有豁达乐观。集聚高科技元素的科学城，也少不了他们付出智慧与汗水来建设。他们用一双双大手，托起砖头瓦片，托起城市的高楼，成为城市建设不可或缺的支撑力量。

砖 头

工地上，堆放了很多砖头。它们每一块，只是普普通通的砖头，不引人注目。但是许许多多的砖头却能组成无数的雄伟建筑，它们是高楼大厦坚强的基石。它们紧密团结，齐心协力，相互信任和理解，共同承受压力，默默奉献。建设科学城的"拓荒牛"们，正是用这样一种精神，为科学城贡献了自己的一分力量。

我们了解到，仅用了22天，光明科学城启动区项目指挥部就全面完成计划协议签订任务。在需要整备的1.82平方千米的土地上，工作人员累计签订协议527份，比预计时间提前9天，再次展现了"深圳速度"。他们艰苦奋斗的干劲和精神，让人仿佛回到改革开放初期干事创业的年代。我们在这里所看到的，满目都是一片干劲十足的景象，指挥部大厅灯火通明，繁忙一片。单丝不成线，独木不成林。正是因为科学城土整项目指挥部每一位工作人员的齐心协力，全力以赴，才有土整工作的高效推进。凝神聚力谋发展,砥砺前行勇跨越。所有的建设者们都保持着满满信心,从这里,再出发。

老 屋

老屋是一座小楼房,家什已经搬空,它所在的这块地方,将成为科学城的一部分。看得出,老屋主人应该在这里居住了很长的时间。主人在搬离前,应该有多么的不舍。但在国家的发展建设面前,在公共利益面前,他们舍弃"小我",成就"大我",给予了积极配合,给予了支持理解。

老屋很旧了,但人们的思想不旧。很多居民,从小就在光明本地生活。几十年来,他们看着多个重大项目从无到有、从有到优,见证了光明从落后到快速发展的过程。在得知光明区要建造世界一流科学城时,不少人纷纷表示支持科学城土整工作,决心为家乡的发展尽自己的绵薄之力,也期待着家乡的未来越来越好。正是因为业主配合响应,积极支持科学城建设,科学城土整工作才在较短的时间内顺利完成签约。凤凰涅槃,浴火重生。人民群众充分懂得了蜕变才能发展、大拆才能促大建的道理。土地整备工作是一项民生工程,是一项艰辛细致、缜密严谨的群众工作。有了群众的理解、配合和支持,就没有办不成的事。

从泥泞走向美景

雨后的道路很湿滑,简易土路满是泥泞。但我们每一个人都兴致不减,继续前行,不顾黄泥溅满裤脚。因为每一个人都坚信,泥泞之路通向光明的未来。建设区内大型车辆来回穿梭,机器轰鸣,一派热火朝天的繁忙景象。这一切都预示着,光明区的明天一定会更加光明。走过泥泞,必将遇见更美的风景。

科学城的"奇志大兵"

陈 瑛

多年前，湖南有一对走向全国的著名相声小品演员，叫"奇志大兵"。如今，光明科学城的土地整备指挥中心里有一位刚从部队转业来的拼命干事、勇夺第一的第7小组组长张奇志，名字叫"奇志"，身份是"大兵"，还偏巧，也是湖南人。他一个人就占全了"奇志大兵"的名号，让人记忆深刻。

跟随着作协会员到科学城采风活动的脚步，我单独采访了这位带领组员赢得了科学城土地整备攻坚大会战第一名的第7小组组长——张奇志。

张奇志，1973年出生于湖南益阳，按他自己的话说，是一名典型的"乡里份子"。他中等个头，比较壮实，留着短短的平头，站如松、坐如钟、行如风，说话声音洪亮，一双眼睛明亮如炬，带有强烈的部队干部的特征。

他1991年12月参军入伍，在上海成为一名海军战士。经过9个月的专业训练后，来到了浙江舟山群岛守岛。2年后，1994年，他考上南昌陆军学院。1997年分到海南三亚海军某部，2005年调广州，2010年来到位于深圳光明的海军某旅，这时他已经是海军某旅的副政委了。到2018年年底，他转业到地方，来到光明区新湖街道办任副调研员时，他已经在部队里当了整整27个年头的"大兵"。奇志的军旅生涯就是他人生最美好的青春年华与最热血的奋斗历史。

第一天到地方报到，张奇志就被委以一项重要的任务：到光明科学城土地整备中心去攻坚。攻坚，这个词对"奇志大兵"而言，再熟悉不过了。战场上，攻坚意味着难度与高度，也意味着成败在此一举。2018年12

月，张奇志担任了光明科学城启动区项目现场指挥部协商谈判第7小组组长，作为土整工作的新大兵，带领着他的"新兵"，在新的"战场"上开始纵横驰骋。

测量、确权、谈判、签约……新的战场，意味着许多新的内容需要学习与熟悉，但时间紧迫，由不得慢慢来，只有没有白天黑夜地在新战场里"摸爬滚打"，才能赢得胜利。这些环节里，最考验人的莫过于谈判了，而这恰恰是曾做过多年政委的"奇志大兵"最擅长的。

"谈判，就是跟业主做思想工作，要深入细致地做，要设身处地地做，要把群众放在心坎上做！"奇志按照自己的理解和团队其他成员一起从深入了解他们的业主开始攻坚。

陈生，新羌社区原大松园村的村民，是张奇志新团队要谈判与服务的业主之一，他还有一个身份，就是"奇志大兵"从前工作的部队里的绿化工。张奇志还在做政委的时候，几乎天天都会看到陈生夫妻俩在部队勤劳工作的身影。谈判，就从最容易的开始。张奇志找来陈生，跟他说明了情况，宣讲了政策，并描绘了光明科学城未来发展的美好蓝图，可陈生却很长时间沉默不语。张奇志跟他拉家常，细细地问他有什么想法。陈生犹豫了半天，说："我是老实人，算不来，怕被坑，不敢做主签字。"张奇志当即拍胸脯："陈生，你放心，我给你担保，保证没有人坑你！要是你发现有任何地方吃亏了不公平，有任何人坑了你，随时来找我。我现在的办公室在新湖街道办202，永远都向你敞开！"陈生回家把情况跟老婆说了，他们一家人基于对部队领导的信任，想到有部队领导为家里"保驾护航"，就没有什么顾虑了，决定去签字。签字的过程中，张奇志又了解到陈生签字后按要求会搬到周转房去住，夫妻俩工作就比较远，不方便照顾上学的孩子了。于是，他当场打电话给自己的战友，也是区里一家物业公司的老总，请他帮忙支持科学城土整工作，在陈生即将搬去的新家附近找一份绿化工的工作。那位老总听说科学城土整工作需要，二话没说，让陈生夫妇第二天过去填表面试。陈生夫妇喜出望外，没想到过来签字还把工作的困难也解决了，对张奇志更是满怀感激与信任，高兴得不得了，赶紧把字签了。走的时候，夫妻俩一前一后地坐在电动摩托上，抱着签约奖励的米啊油啊，一对朴实醇厚的老实夫妇开心得合不拢嘴，回头说了好多声"谢谢",摩托车才欢快地绝尘而去。望着他们远去的背影,张奇志也忍不住开心地笑了。"现在,陈生和我住得很近,经常会遇到,每次他见到我就要说感谢,说现在生活非常好,住房、工作、孩子上学都很好,每次遇见都说要请我吃饭!"张奇志现在说起,还压抑不住内心的骄傲道:"我们共产党员做事,要的就是群众满意,群众幸福,他们觉得我们是值得信任的,是可以依靠的,我们就成功了!"

如果土整工作面临的业主都和陈生一样,那攻坚也就太容易了。随着陈生这样的业主谈判工作的完成,陆续有几个观望与跟风的也就慢慢签字了。但后面的工作,越来越难做,攻坚的难度,越来越凸现。

黄妹,新羌社区的外来户,父母新中国成立前来到羌下做长工,新中国成立后就留在这里了。父亲去世,母亲是精神病患者,妹妹为二级智障人士,家庭比较困难,但有着宅基地和270平方米的老房子。黄妹没读过什么书,也没有太多主见,但这次土整工作中却牵涉巨大的利益。按照政策,她一家人,可以得到超过1000平方米的回迁房。张奇志一组的工作人员,反复向黄妹做工作,不厌其烦地向她宣讲早签约、早选房、早受益的政策,为她争取利益,帮她厘清关系……

好不容易让她理解了,答应了签字。

第二天,不签了。因为听张三说,签字就吃大亏了。

然后,张奇志又问原因,再解释,再分析,再做工作……

黄妹答应了,准备签字。

第二天,不签了。因为听李四说,后面签字的会有更多利益。

然后,张奇志又问原因,再解释,再分析,再做工作……

黄妹答应了,准备签字。

后来,又不签了。

…………

如此反复,周而复始。张奇志仿佛在和遥不可知的张三、李四、王五们展开了一场艰难的"拉锯战"。

眼看着小组面对的业主们一个个都签字了,只有黄妹一家"搞不掂",张奇志心急如焚;眼看着大家按照"早签约、早选房"的政策规定,都有可能选到好房,而黄妹超过1000平方米的选房机会,很可能就会变得条件

不利了，张奇志心急如焚。利益牵涉者，母亲、妹妹都有病谈不了，唯一可谈的黄妹，左右摇摆，听信谣言。张奇志说："我可算是'秀才遇到兵'了，有理也说不清啊！"这回，"奇志大兵"成了"秀才"。

2019年3月3日，正式签约的第三天，第7小组的业主只有黄妹一家没有签字了。一大早，张奇志带着组员去黄妹家，只有两个小孩在，打她电话，关机。他们边照顾着黄妹的小孩边等黄妹。一直到晚上8点，才等到黄妹回来。说起签约，她说："今天签不了，我老公在东莞凤岗厂里很忙。"张奇志提出："今晚我们陪你和孩子一起去东莞凤岗。"黄妹答应了。当晚，光明一直下着瓢泼大雨，仿佛老天爷也在为攻坚战增加难度。黄妹一家的全部资料都准备齐全后，张奇志带领组员们晚上8:30出发，前往东莞。狂风暴雨中，10:40，张奇志等抵达黄妹老公东莞的厂里。

看到黄妹的老公许先生把生病的老岳母带在身边侍奉，张奇志心有感动，他觉得这家人孝顺，心地善良，应该要好好地帮他们。许先生看到第7小组一行8个工作人员冒着倾盆大雨驱车前来东莞谈判签约，有些不好意思，又是泡茶，又是递烟。满腔热情的张奇志趁热打铁，提出签约的事。不料，黄妹一听他们说房子的事，立马转身就走，进了房间，"砰"地关上房门，再也不出来了。

张奇志有些尴尬地站在客厅里，只好求助于许先生继续谈判，他答："这不是我的房子啊，我管不了啊。"僵局之中，张奇志发现，屋里还有一个外人，男的，据说是黄妹老公的好朋友。善于做思想工作的张奇志敏锐地感觉到这个朋友不一般，于是调整策略，副组长雷春云、郭磊与黄妹老公谈，张奇志和这位朋友谈，打开新一轮"谈判"的"缺口"。

张奇志和这位朋友开始拉家常，了解到这是许先生的发小，多年的知己，是湛江人。湛江是海军南海舰队的总部，张奇志当海军时经常到那里执行任务，对那里的海岸线了如指掌，于是他们从湛江的海聊到湛江的街巷，聊到湛江的风土人情，聊到湛江的人……他们越聊越深入，越聊越开心。后来，这位朋友向张奇志吐露了黄妹一家的顾虑：因为没有文化，担心上当受骗，怕签字后就没法更改，比别人获得的赔偿少。张奇志仔仔细细地把政策解释给这位朋友听，认认真真地分析，并承诺："我们一定是一把尺子量到底，一定会做到公开、公正、公平，绝不会让老实人吃亏！"

他把电话和微信都留给了这位朋友，也告诉了他在光明新湖街道的办公室，又一次说："我在新湖街道办的202办公室，大门永远向你们敞开！如果我说的话有半句骗了你们，随时来找我！"

这位朋友和许先生一起进到了黄妹的房间，一起商量。不久，黄妹打开房门，同意签字。

这时，已到凌晨1点。

拿出文件，签字。第7小组还解决了黄妹最后的疑虑：5个孩子上学的问题。张奇志答应，一定协调好教育部门，请他们安排好孩子们的转学问题，保证绝不耽搁他们上学。他还对黄妹说，早些选好房，家里人口多，选大点的房子，住上好房子，过上好日子！

黄妹签完字放下笔的那一刻，张奇志和他的"战友"们，百感交集。无数的辛劳困苦，总算换回了这场攻坚硬仗的胜利！外面的暴雨还在下，但他们心里，已是激情澎湃，无怨无悔。

凌晨3:00，张奇志带领的协商谈判第7小组回到光明科学城指挥中心，灯火依然辉煌，有人还等在指挥中心迎接他们凯旋。他们成功完成了全部的签约任务，成为精英团队里的第一名。

回望这场攻坚战，张奇志感慨："无论在部队还是在地方，我都是共产党员，拿出全部精力干事创业，为群众办实事、办好事，为人民服务是我们永远的方向。"他说话始终声音洪亮，始终带着部队干部特有的严肃和认真。

光明科学城，是深圳市光明区美好未来里非常重要的部分，她将带给这方水土上的百姓以全新的生活。土整工作，只是开始。未来的路还很长，未来的蓝图也非常美好。我们有理由相信，像"奇志大兵"这样的一批批新光明人和陈生、黄妹这样的老光明人一起，一定都会迎着朝阳，过上更美好的生活！

他们都叫我鸟巢

廖立新

坦率地说，我只是一堆钢筋，不，一堆废钢筋，一堆锈迹斑斑的废钢筋，就这样七扭八拐地团在一起，堆放在这片空地上。

我的这些钢筋兄弟们，出生在不同的年代，来自不同的世家，曾经居留在不同的家庭。这都没得话说，我们的使命就是这样：甭管你什么来历、什么身份，最终的归宿都是工地，都要被工人们拉成条、截成段，绑扎成各种各样的形状，再灌进水泥沙浆，固化成各种立体的造型，浪漫的诗人总爱称之为"凝固的音乐"。

被封闭在水泥里的感觉，并不怎么好受，虽然免除了日晒雨淋之苦，日子却过得不那么踏实。倒不是怕地震把自己的筋骨扯来扯去，而是，你们知道，在深圳这座移民城市，从来都是"白加黑""五加二"。大大小小的工厂自不必说，机器成天在我们身上轰鸣，一直延续到晚上八九点钟，有时候甚至要熬通宵，能不神经衰弱么！迪吧歌厅就更别提了，晚上八九点钟，夜生活才刚刚开始，精力旺盛的型男潮女不折腾到下半夜是断不肯收场的。即便是普通人家，像我的主人家，小孩子把凳子挪来挪去，熬夜写作业也很平常。人都说，来了就是深圳人，这话套用在钢筋界，来了就是深圳的钢筋，咱得习惯这种没日没夜的生活。马爸爸不是说了嘛，能过上996的生活，也是一种福报。我们从深山岩谷里出来，历经烟熏火燎，百炼成钢，不就是为了有朝一日能挺直脊梁，撑起一片天么！

本以为这样的日子可以平平稳稳地过下去，却没想到平地上响起了惊雷，说是政府相中了这块地，要在这里做个大项目，而且动作很快，电视新闻天天播,报纸天天登,公告到处贴,消息日夜在社区穿梭。这不,我主人一家就为这事炸开了锅。女主人时不时拿着计算器,对照拆迁补偿方案,噼里啪啦计数,一会儿长吁短叹,一会儿眉开眼笑。男主人斜靠在沙发上,一如既往地关注着天下大事,一边看着电视新闻里特朗普在起劲挥舞关税大棒,一边气得把手里的华为手机敲得笃笃响。老祖宗则一边抹眼泪,一边絮絮叨叨:"真要是把这楼拆了,可怎么对得起九泉之下的老头子啊!不行,不拆,不搬,谁来说也不行!"只有小祖宗一听"科学城"三个字就像打了鸡血一样,止不住地上蹿下跳,嚷嚷着"奥特曼、奥特曼",摆出科幻动漫里各种各样的古怪 pose。以我在深圳风风雨雨几十年的老经验来看,这事怕是悬了,一哭二闹三上吊,只要被老人家杠上了,多好的事情也十有八九要黄的。

很快,有人来到了主人家。领头的是个梳着马尾辫的大姑娘,模样很俊俏。老祖宗打定主意,要是谁敢跟她提拆迁的事就摔她一个冷脸,逼急了就往地上一躺,看谁横得过谁。没承想,大姑娘一进门就奶奶长奶奶短的,奶奶择菜她也择菜,奶奶扫地她就拖地,奶奶笑她也笑,奶奶哭她也陪着掉眼泪,就是闭口不提签拆迁协议的事。这可把老祖宗整得没脾气。俗话说得好,伸手不打笑脸人,何况这么个懂事疼人的靓妹子!才过了一天,老祖宗自己就沉不住气了,扯了靓妹子坐在老头子遗像前,温言温语地说:"妹妹啊,跟你说句掏心窝子的话。也不是我老太婆老糊涂了,不理解、不支持政府的工作。当年从越南被赶回来,除了一卷铺盖外,啥都没有了。要不是党和政府妥善安置,我这一把老骨头都不知道丢到哪里去了,哪还盖得起这么好的楼房?实在是住久了,住出感情来了,不舍得啊!要是真挺着不拆,怕是到了下面,老头子都不会放过我这个老太婆。"

老祖宗又颤颤巍巍地从抽屉里捧出一大摞发黄的奖状、证书,一张一张摆开:"你看看,这都是老东西留下的。那年头,老东西铆足了劲,事事都要争先进,把身子骨都累垮了!"眼看着老太婆眼泪又要来了,红马甲妹妹赶紧赔着笑脸说:"奶奶,我知道,我知道,爷爷是咱光明农场的大功臣。没有您和爷爷这一辈人的无私奉献、高风亮节,怎么会有光明的今天。"奶奶的脸上浮上一层幸福的红晕,一旁的男主人诡谲地向旁边的马甲哥使了个眼色,马甲哥悄悄把文件夹递了过去。

短短的22天过去了，科学城土地整备工作全部完成，这可大大出乎了我的意料。更让我吃惊的是，搬迁工作进行得非常干净，也非常麻利，施工队很快就进场了。吊机、挖机、炮锤、铲车、泥头车、洒水车，一辆接一辆开进来。炮锤突突突，在墙壁上、楼板上钻出一个个坑洞。挖机伸出长长的铁臂，左扒拉，右扒拉。奇怪的是，我居然没有一点点疼痛的感觉。很快，整座楼房变成了一堆瓦砾，整个社区变成了一片废墟。洒水车工作很勤快，空气中不但没有呛人的扬尘，反而弥漫着一股清新的气息。也许是因为我在水泥块里憋得太久了，有一种挣脱樊笼、回归大自然的快意和新鲜。我大口大口地呼吸着深圳北部带着森林与田园气息的空气，睁开惺忪的双眼打量着这片热火朝天的工地，只见公路北侧的猪婆山已经被劈去大半并安上了美丽的护坡，公路南侧的小厂房、小产权房已经被推平，而整条公常路已经被围蔽成了一个个独立的工区，吊塔林立，车水马龙。这幅场景，与当年"总设计师"巨臂一挥，小渔村华丽蜕变，深圳特区横空出世的情形何其相似！

唯一让我感到失落的是，我和我的弟兄们被挖机拢到一起后，就被晾在山后的这片空地上，日晒雨淋，脏乱不堪。在短暂的新奇与兴奋之后，迎接我们的是漫长的等待和对未来的不可预期。尤其是看见那些崭新的钢条被整车整车地运进工地，被工友们当作宝贝疙瘩一样量来摸去，心里便特别的难受。再怎么说，我们都是为特区建设挑过大梁的角色，怎么能说废了就废了呢？就算我们老了，缺钙了，骨头脆了，反应迟钝了，挑不起大梁了，咱好歹也是响当当的一块钢啊！挑不起大梁了，敲敲边鼓总可以吧？垫个脚，搭个棚，再不成，卖废品也比落在这山窝窝里强啊！卖废品？谁说的？不，咱从来就不是废品，不是，永远都不是！谁再说废品我跟谁急。寂寞的日子是如此的折磨人，我发现我都快有点神神道道了。这样的日子什么时候才是个尽头啊？

…………

6月的最后一天，山道上来了一群采风的人，男男女女，老老少少。领头的是个著名诗人，据说17岁就开始在全国大报发表诗作。他一边急匆匆走着，一边和身旁的另一个名叫刘炜的诗人大声谈论着什么。也许是刚刚听了科学城展厅讲解员的讲解，两个人的神情都十分激动，脸涨得通红。诗人嘛，都比较容易激动，一激动就忘记了世界的存在，这我理解。可他们在高谈阔论的时候，居然都不肯瞧我一眼，这不免让我感到一丝悻悻然。很快，又走过来两位美女，据说也是作家。其中的一位只瞥了我一眼，就惊叫起来："快看，鸟巢，鸟巢！"另一位美女也赶紧看向我这边，啧啧赞叹道："真的呢，还真的像极了鸟巢！"惊叫声引来了一个学写散文的新人，他小心翼翼地靠近我，从各个角度打量着我，似乎我的存在勾起了他的某种回忆、某个念想。采风团里年龄最小的那个孩子，名叫李思琪的，也眯起她的双眼，眼波滑过我粗糙的身躯。

啊，鸟巢，一个多美的名字！我回头打量了自己一眼，这么多的钢筋攒聚在一起，团成一个毛茸茸的球球，有一些粗犷，有一些凌乱，有一些突兀的可爱。这个名字激发了我的想象，激发了我的诗意。是啊，在树上，在枝枝丫丫搭就的温暖的窠巢里，鸟妈妈孵出了可爱的鸟宝宝，诞生了一个美丽的新生命；在北京，用迪士尼巨型网状钢结构搭建的"鸟巢"，成就了建筑界的奇观，收获了无数赞赏的眼光，更孵化了多少体育健儿的奥运梦。而在光明，像我这样的"鸟巢"，又将要托举出鹏城人一个怎样伟大而具有前瞻性的科学梦！一想到这里，我又有一些自责，科学城的建设工作千头万绪，总要分个轻重缓急，我为什么就不可以耐下性子再等一等呢？

作为钢筋家族的一员，虽然我已经无缘再参与这一项史无前例的伟大工程，但是我知道，等到我汇入熔炉的那一刻，我会见证一个新时代的诞生。

光明行

胡笑兰

2019年6月30日,这一天终究赋予我不一样的意义。一辆大巴,一群寄情于文字的人去往深圳"光明科学城",她位于深圳市西北部的光明区,地处粤港澳大湾区和广深港澳科技创新走廊重要节点。一个将来会是中国"硅谷"的地方。

几近7月,南国的夏真正地来了。午后,天空明亮得什么似的,阳光也热烈得一如我们兴奋的心情。斯年,光明区正式命名,她的样貌悄无声息又大张旗鼓地日新月异,变得让人心生欢喜。南国的风情小镇,明净宽敞的道路,绿树婆娑,花影簇簇,美丽的园林公园如天女散花。车窗外,如海潮般的绿在漫卷着,一浪浪地漫过来,先就让你陶醉了。路旁的凤凰花大多开过了,一树高擎的火炬燃烧后是盎然沉静的绿。此刻,如卵的叶片郁郁葱葱,几朵火红的凤凰花藏在浓密的枝叶里,像发簪凤冠妩媚的少妇,在巧笑嫣然。而勒杜鹃是主角,花坛里、天桥上、公路的隔离带到处是她们的身影,粉红魏紫,煞是好看。那些叫得出或叫不出名字的花,四时更迭,轮番上场,妆点出旖旎的风光。

美丽的环境,骄人的GDP,光明人的勃勃雄心,一个我们的国家、深圳市政府论证了又论证的科学城,终于花落光明。2019年1月25日,光明科学城开工仪式拉开了她美丽的序幕。

我两眼忙乱,流盼这看不够的景、养眼的绿。车窗外不知道何时下起了小雨。深圳的天气,宛如青春期的少女,会使小性子,阴阴晴晴,往往缺少应有的铺垫和过渡,说来就来说走就走。我就想,这天气莫非也是应了"深圳速度"，深圳的建设是这样的，深圳的雨也是这样的，好不痛快。

车出公明街道，离"科学城"近了，闯进视野里的又是另一番景象。公常路段四处竖起栅板的墙，路基在往宽处开挖，露出簇新的黄色泥土。挖掘机器伸出一条条橘黄色的巨臂，泥头车来来往往。"哐哐哐"挖掘的声音，"哒哒哒"打桩机器轰轰地响……6月才动工建设的中山大学深圳校区，如火如荼的工地样式在我面前铺展开来。一处被切割的山体，花岗岩依山而砌，显出坚固质感的美，也让校区更广阔起来。楼栋的地基正在夯实，有的已经显出它的轮廓……教育、人才是科学的根本，她是"科学城"浓墨重彩的一笔。

这里将是科学技术的殿堂，是一块巨大的磁场。风景如画的校园，配套先进完美的软硬件，是一块磁铁，一切蕴含铁质的人和物，最聪明最智慧的人，将从世界各个角落，陆陆续续被吸附到这里。他们是"科学城"前赴后继的生力军。

车停了下来。周遭还是工地的样子，新翻的土地，山头被切削的一处，银灰色铝皮镶嵌着茶色玻璃砖，一栋简约大气的建筑兀自伫立着，那便是科学城的展厅了。

宽敞明亮的展厅里，相关负责人接待了我们。沙盘、大屏幕、展板、模型，光明科学城的地理区位、发展定位、总体布局，一切的一切一览无遗。光明科学城总面积99平方千米，以"蓝绿为底、组团镶嵌"为规划原则，以"一心两区、绿环萦绕"为空间格局。

巍峨山下，绿地浓荫，茅洲河款款环系。大科学装置集群、科教融合集群、科技创新集群、光明云谷、光明小镇……花园般的土地上一幢幢伟岸的建筑将拔地而起。光明城站四通八达的铁路交通枢纽穿城而过，未来的三大地铁主干线又连接科学城三大集群。巨大的沙盘，形象立体，站在它的面前，科学城伟岸壮丽的样子仿佛呼之欲出。

首期确定落户光明科学城的大科学装置已有6个，首批脑模拟与脑解析、合成生物研究已于今年1月动工建设，还有材料基因组、空间引力波探测、空间环境与物质作用研究、精准医学影像等大科学装置。小个子精明利落的讲解员语速平缓，娓娓道来。"工地上有个22天的故事，"他说，"你站的那个位置，军前总动员时，我们局长在那里敲响了第一锤。""嘿嘿，我站的位置刚好在沙盘的中心地带。"一行人听得仔细认真，他的风趣让现场气氛愈加活跃。

"业务骨干全员上，将工作细化到每周、每天，倒排工期、挂图作战、责任到人。项目负责人常驻现场，局领导排期现场督导，协调不同专业施工队伍，机械不停、人员倒班，穿插作业。看那视频、灯光、沙盘，技术员们反复修改完善，视频制作到位、灯光调试到位、沙盘调整到位、要素衔接到位。工作人员常常不眠不休，每一样都浸透了汗水与智慧。"他环顾左右，就像看自己的孩子，眼里蕴满感情。

22天，仅仅22天。4月9日展厅正式开放，接待几十批次国家、省、市及区各类参访团体，扩大了光明科学城的影响。

如果说展厅让我们的大脑对科学城有了宏观的样式，那么去野外，去她的建设工地更有不一样的意义。站在大地上，聆听她开放的声音，感悟每一处细节的微妙，会是一种怎样的感动。

车子继续前行。沿途的公路都已经被打破路基，竖起建筑隔板，是一副扩张重修的样子。拐进一条小路，是通往巍峨山了。正是桂圆成熟的时节，一串串丰满圆润的果子，在绿叶里忽忽闪闪，摇摇曳曳。她金灿灿的黄，挨着车窗又飞快地一浪一浪地闪过，由不得让人的眼里也生出了许多贪馋的小手。我对南国水果的热爱，缘于她的一个鲜。站到树下，一手折枝，一手品果，那鲜美香甜，满口生津会让你陶醉。这幸福恐怕贵妃杨玉环也想象不到吧。放眼望去，巍峨山上铺天盖地的绿，古老巨大的龙眼树，擎起绿色的蘑菇云，纠纠缠缠、起起伏伏。那该是片片吉祥之云，我想。

雨早已经住了，太阳的光芒普照原野，热烈而明亮。此刻，万物的声音都在大地上汇集，它们要向我们这些闯入者讲述它们的故事，它们的前世今生。

攀过小山，走过绿道，一路遇见被拆迁的楼屋、厂房。绿树草丛里不时就闪出砖石瓦砾场，一团团盘转的钢筋，更呈现冷峻的铁色、凌乱的线条……新湖派出所前，一家厂房空旷的内院瓦砾被清理得差不多了。残存的围墙，一架葡萄藤纵纵横横，满是无人管顾的缱绻飘逸，半截菠萝蜜树探出枝繁叶茂的身子，熟透的果子兀自清香四溢。这一切都在告诉我们，这是块即将蜕变的土地。

"光明科学城土地整备现场指挥部",要不是这块牌子,眼前这两栋铁皮厂房,丝毫也没有我想象里指挥部该有的高大上。周遭已经被拆得差不多了,不大的院落,办公用具简简单单,起居条件简陋。因为征迁,四野里人迹罕至,越发显出几分寂寥,我想象着工作人员的日常,一种寂寞里的艰难与坚守。

"不为困难找理由,只为成功找方法。"走进位于新羌社区的光明科学城项目指挥部,映入眼帘的首先是这两句醒目的标语。在这间2000多平方米的铁皮厂房里,密密麻麻地摆着数百张桌椅,人们或敲打着键盘,或与邻座交流,或四处走动,屋子里是一片热火朝天的景象。

三个月以前,这里还只是蚌下工业园的厂房,而这就是铁皮指挥部最寻常的日子。

新湖街道位于光明区东北部,是光明区重大项目布局最集中的区域,包括光明科学城、中山大学深圳校区、中大附属第七医院、轨道6号线支线、光明云谷等重大项目。其中,光明科学城的重磅落地,让新湖街道成为各界瞩目的焦点。

新湖街道是光明科学城项目土地整备的主战场。光明科学城启动区土地整备工作涉及的土地权属和物业类型复杂,需要征收13个工业园、5个居民区、两大深埋点,共1205栋房屋。光明科学城启动区土地整备,可谓光明区成立后的第一场硬仗、大仗。新湖街道全体工作人员与区里抽调干部一起组成了26个协商谈判小组,团结协作,全力以赴,成为光明科学城启动区项目土地整备的中坚力量。

2018年5月启动光明科学城项目土地整备工作以来,新湖街道全部工作人员全身心投入至项目土地整备工作当中,完成了大量细致的前期工作。

7月25日上午,光明科学城土地整备项目指挥部揭牌,光明科学城项目开始正式实施。9月10日,新湖街道召开光明科学城项目土地整备动员大会,以结果导向抓落实,强力推进科学城土地整备工作。次日,各小组组长便带领组员到指挥部现场办公室熟悉工作环境和任务,做好人员分工安排。有些组工作热情高涨,甚至在9月11日完成任务分工后,便已在组

内任务的范围进行入户测绘等工作。

9月12日，各协商谈判小组正式开展入户、测绘、清点、权属资料收集工作。按要求，此项工作必须在两周内完成。各小组成员深入居民家中，全面开展入户测绘、信息核查等基础性工作，并细致了解被搬迁人诉求，争取群众理解和支持。

新湖街道设立了现场集中办公点，投入了约500名一线工作人员，引进了10家法律、督导、顾问服务机构。工作人员挨家挨户进门开展测绘、清点、确权等工作，为补偿安置方案的制订和谈判签约等工作打下了坚实基础。

11月10日18:00，光明科学城项目指挥部合计完成收集住宅权属申报表526份，涉及户数513户，测绘面积清点表确认104份；非住宅资料收齐163份，测绘面积清点表确认56份……

同行的工作人员向我们介绍着，一串串繁复枯燥的阿拉伯数字，乍一听来令人如坠云雾。但这却是他们践行的一项项工作，这后面该藏着怎样的辛苦，我们难以想象。

新湖，潮汕人、客家人、本土原生居民居多，他们世世代代繁衍生息，在这里打拼出一份自己的家业。每一个人都有故乡情怀，这里是他们的根，有太多熟悉的刻进生命里的东西了，热土难离。无疑，动迁工作从来不是一件轻轻松松的事情。但科学强国，建科学城泽被后世的伟业深得人心，这些可爱的人们毫无怨言，配合拆迁工作，仅仅10天时间就完成了八成动迁签约。

韩家阿婆的故事让人肃然起敬。

2019年3月7日，风雨交加，协商谈判第4小组的5名工作人员，随行2名懂得客家话、潮汕话"方言专家"，星夜兼程，驱车去往600千米外的揭西农村。此行，他们是去探访102岁的业主韩家老人。

见到风尘仆仆的远方客人，老人都不敢相信自己的眼睛，不敢相信政府人员真的会上门服务，她惊讶、感动得说不出话来。她颤抖着抓住工作人员的手，喃喃地用客家话说："真是有心了，有心了。早应该签……"

老人的家人对到访的工作人员也十分欢迎，在前期与工作人员的多次沟通交流中，他们已经非常熟悉了，也对补偿政策和工作服务很是满意。

"我虽然回到了揭西,但对牛场的感情和回忆不变。"老人曾经长期工作生活在北山牛场,今天说起,眼里流溢着深沉的怀念。当她听说羌下这块地方将建设世界一流科学城时,十分激动地说:"一切都变了,太快了。我见证了牛场变成工厂,希望有生之年还能见证工厂变成科学城。"签约完成后,一边认真听取工作人员介绍科学城规划建设情况,一边要留客人吃饭。工作人员婉谢返程,老人带一家人送客出门,并向科学城方向深鞠一躬,致以遥远的美好祝福。

我感动了,眼眶濡湿。

罗仔坑路,一条婉僻的黄土小路通向幽深。芭蕉树和风生长,肥宽的叶片仿佛朝我们张扬着它的热情,道的两旁草木葳蕤,长满了各色小花。

在灌木丛里,巴西野牡丹植株清秀,脱颖而出。正在写岭南花草的散文家王国华老师津津乐道:"紫蓝色花朵,巴掌大,五瓣儿,平摊着,无任何芥蒂,熠熠生光。同样颜色的花朵中,巴西野牡丹乃最昂扬、最具激情的明朗,相当于充满了正能量吧……"我由是生出喜爱,深以为然。

"红树青山日欲斜,长郊草色绿无涯。""一点红"花后直立,万绿丛中一点红,又是一种昂扬的姿态。

野薄荷发散出清冽的辛辣,路旁不经意间就能发现一蓬……

岭南的花花草草大多有清热解毒、消烦解渴的功效。万物皆有灵性,她们各安天命,又抱团取暖,平衡生态。岭南大地的万物生灵生生不息。

虽然是星期天,依旧有黄土车不时从土路上碾过,一行人继续前行。"嗤嗤、达达、哐哐……"仿佛大地都在这声音的交响里震颤。紧走几步,站在山脚下,仰望眼前的工地,对,唯有仰望才能表达我此时的敬意。两座拱形的隧洞,花岗岩钢筋水泥的垒砌,透着粗粝与力量的美。这里,巍峨山已经被钻出两条隧道,隧道将通向四面八方,打通一个新的世界。半山腰处的几排简易房隐现在草木里,这是施工人员暂时居住的地方。

一群人,橘黄色的安全帽下,是他们和土地一样颜色的皮肤,和家乡田野成熟饱满的麦一样的肌肤。忙忙碌碌而寂寥的工地,往日除了他们外还是他们,日复一日坚持着手上的活计。他们好奇而探究的目光,也友好地看向我们这一群人。

我们打开横幅,蓝天白云,巍峨山下,背后是他们憨厚的笑。"咔嚓"

记下了这一瞬间。哦，原来是作家。是的，我们都是书写者，来到这尚在开发的科学城。所不同的是，他们用手中的机器在这片土地上描画，镂刻着她的肌肤。他们就这样随遇而安，是深圳新一代的"拓荒牛"。

在中国，从来没有一座城市像深圳，在全世界，也没有。在短短的40年，从一个边缘的县城，变成今天的大都会。它的街道与楼宇，每天都在升腾与变化，40年中，它从未有过固定的模样。它以炸裂的速度，以几何级的增长，每秒都在修改着人们对它的认知。而之所以能产生如此巨变，正是因为有他们，一代又一代的深圳"拓荒牛"。

不远处，我们的领队远人老师站在一堆工字钢前，目眺远方。钢的坚硬与他一脸的坚毅自信相得益彰。

是的，一切皆有可能。光明云谷将诞生在这里。中山大学附属第七医院一期投入运营，中山大学附属中学、附属小学以及中大片区专家楼人才房也即将动工建设。

科学集群也在这里。在不久的将来，呈现在我们面前的将会是一座创新共享、产城融合、智慧人文的不一样的科学城。

而我们脚下的这条路，也许用不了多久就会有大的变数。那些树草会被有序移植，她们不再是散漫不羁的样子，会被重新梳妆打扮，蝶变成花园洋房、园林公园曼妙的景致。它还会是一条练带般的公路，抑或是条钢硬的铁轨。光明城站有两条高铁，广深港高铁32分钟到西九龙，赣深高铁在施工；还有两条城际线、五条地铁在规划中。6号线计划2020年8月通车，13号线2020年开工，还有18、29号线……

前面已经没有了路，杂树草木披覆纠缠，无边的绿漫向远方，漫向天际。往西，便是公明水库、光明森林公园，那里将要建成一个风光无限好的"光明小镇"。也许，这处深莞边界的原生态景观，这块尚未开垦的处女地，正是一块重重的砝码，偏移了"科学城"的天平。光明终于栽得梧桐树，引得凤凰来。

光明科学城的落户，不仅提升了光明区在全市乃至全省的发展层级和战略地位，为光明区提供了跨越发展、弯道超车的重要战略机遇；还将使光明区未来成为源头创新策源地和高端创新人才集聚地。

几天后，我一个人驱车至"光明小镇／欢乐田园"，尽管我无数次去过那里，为写光明小镇，我必须再去一趟，站到那里的感觉自是不同。还有周边，那即将要赋予她新概念"光明小镇"的地方，一定有我想要的东西。

我见过向日葵，但却是第一次看见这阵仗。几万株，铺天盖地，齐齐刷刷地看着我，我站在太阳的方向。向日葵金黄色的花瓣，给人一种温暖的感觉，使人内心充满激情。那些面朝太阳而生的花朵，花蕊火红火红，就像一团炽热的火球，而黄色的花瓣就像太阳放射出耀眼的光芒一般。在诗人的眼里，它们一如梵高笔下阳光里的向日葵，多么有雕塑感，耀眼的黄颜色充斥了整个画面，撩拨得人们精神振奋。那花间便有一对对恋人，深情相望，你侬我侬。

百花谷粉白相间的格桑花已经开成了花海；波斯菊一片片地开，肆意地开，透着野性的美；一旁的凤仙花陆陆续续绽开了花苞；荷花池里，荷叶田田，小荷才露尖尖角……在公明水库翠绿大堤的映衬下，2000多亩的花海景观路，美得像一幅画。徜徉在干净整洁的柏油路上，大片大片的花交织交融，显得更加绚烂。花海间，蝴蝶、蜜蜂正在翩翩起舞，颇为惬意。花田分布错落有致，色彩迷人，真个是乱花渐欲迷人眼。

泱泱池塘，水色清亮。再力花转圈地生长，深绿丰润的叶片绿油油的，纤长的杆上粉紫的花蕾在风里摇曳，仿佛清新可人的少女在对镜梳妆。微风吹来，漾起一湖绿波，恰似那一低头的温柔。由不得地令人注目凝望，我见犹怜。

和往日不同的是，挖掘机明黄色的巨臂在艳阳下熠熠生辉，这里多了机器的运转嘈杂与热闹，建筑工人忙碌的身影。几座巨大的桥墩横亘在南北向的花田里，傲然挺立，高架桥的雄姿初现端倪。据说，这里是赣深高铁。

今后花海将处于轮作的状态，四季交替耕作，没有淡季。

春季，油菜花海样的明黄是接天的明艳，紫云英紫色的花海一路蔓延，让人流连。几疑梦回江南，又仿若置身普罗旺斯的浪漫。

夏季，在泥土的芬芳里，稻田与花海交交错错、层层叠叠。灼灼、妖妖、灿灿……令人生发生如夏花的慨叹。

秋季，在秋风拂面中感受"风吹麦浪"。仿佛深圳的天地一如这麦田的宽大、深沉，蓄满希望。

冬季，在暖阳里欣赏碧绿到金黄渐变的稻田，缤纷的花海。南国的冬也是热烈的。

一年四季，不同的花种共奏和谐田园之歌，呈现出一幅最美田园画卷，给市民带来意想不到的欢喜。深圳原本是个快节奏的城市，太需要这样一块闲适之地了。周末假期，约上三五好友，徜徉在花海间，在这大自然的抚摸里，除却繁杂，让快乐的心绪舒缓自在地流淌。这将会是深圳人最美的"花事"。

在深圳，四季的定律仿佛不曾有过。花草树木绽放的姿态，似乎把每一天都注满了色彩，也让人的心充满了向上的力量。

花间田畈，种植采收的农场工人，心无旁骛。更宽广的苗圃菜园子，一垄垄菜畦摇曳着滴翠的绿，又一路铺展。在那里，你满可以体验亲手采摘的快感，享受绿色有机菜的美味。

往东，公明水库青绿的长堤款款入望；往北，不远处中山大学深圳校区的工地历历在目。身畔花海浩瀚，大地辽阔，天高云淡，远处的森林公园青黛如墨……似这一般境地，怎不叫人心旷神怡。

公明水库，它是深圳最大"水缸"，蓄水800多万立方米了。站在2号大坝上，举目望去，群山环抱，偌大的公明水库气势恢宏。风吹拂过我的面颊，也吹皱了一湖清澈的水，阳光里，宽阔的水面波光粼粼。沿湖蓄水也将成景观：一环，环湖游览圈；六园，生态展示园、荔枝纪念园、楼村湖景园、郊野体验园、湿地体验园、湿地观赏园；一岛，生态观光岛。她将以南国的万种风情，呈现给我们一个"深圳的西湖"。

随着总投资300亿的华侨城光明小镇项目开工，一座不起眼的古老村落，正被推向深刻变革的滔滔浪潮面前。

迳口社区，是条简约明净的村街，黄氏宗祠，一幢古老的建筑静静地立在街头。低密度、慢节奏、原生态，位于光明区东部、光明小镇中部的迳口社区，最早历史可以追溯到南宋末年。作为光明小镇范围内四个村落的典型代表，她曾亮相2017年深港城市建筑双城双年展光明分展场，也是2018深圳·迳口微型马拉松比赛的必经之路。她用放慢的镜头，向慕名而来的人们展示着传统与现代、城市与村落交融的景象。

迳口社区地处光明小镇的核心地带，地理位置得天独厚，有古村落，有文化积淀，有越南侨民特色美食文化，适宜打造民宿、特色餐饮、文化创意产业，形成光明小镇乃至科学城的综合配套服务区。

光明小镇绿道串联起小镇其他五个片区，是高规格、高科技的连续慢行系统，将为人们提供舒适的步行、骑行和运动空间。目前绿道一期已经竣工，光明集团已经举办过森林悦跑、光明小镇国际半程马拉松等多场大型活动。而我也欣欣然而往，去一探光明小镇三桥：浮桥、探桥和悬桥的美丽神秘。

浮桥，主题是科技，强调人和树的对话。运用简洁干净的几何形态，设置悬浮步道。三个观景台，最大的直径有50米，最小的有20米，地面采用太阳能板，到了夜晚桥面会自体发光。在这里，主办方印制很多知识小卡片，希望通过小游戏的方式让人们了解绿道和三桥背后的故事。越往上走，未经雕琢的原始之美就越凸显，吸引我不时停下脚步，驻足拍照。

离开浮桥步行大约20分钟，便到达探桥，它的主题是生态，强调人和水的亲近。利用山体地形高差，修建环形栈道，通达低洼处的水潭，形成与众不同的亲水体验。周遭，鸟鸣婉转，低头望去，树将她的绿影投射到湖里，将水映衬得清澈碧绿，宛如一块沁翠的宝石。一阵风乍起，湖水被吹皱，翻起波波涟漪，于是，满湖便蓄满了清丽，满世界是绿色的清丽。而我，此刻暑热顿消，身上漾起丝丝凉爽，周身通泰。

三桥设计很有特色，站在桥上眺望远方，开阔的视野和美景，让人忘却烦恼。大自然是最好的治愈师，山湖绿道将人与自然联结得更为紧密和谐。

森林公园与世隔绝的状态造就了它独特的动植物种群。山上灵长类动物出没，众多的奇花异草和珍稀树木安静地生长在这里，许多连植物学家也叫不上名字。

桉树则是它们当之无愧的代表。桉树林是一个巨大的碳库，据研究，每公顷桉树每年可吸收9吨二氧化碳，同时释放氧气。

郁郁古榕遍南国。"松盖环清韵，榕根架绿荫。"诗人的咏叹里，榕树的姿态与风骨尽现。榕树枝干生气根，气根成"支柱"，"支柱"托支干，支干又分株，根接株连，树冠不断扩展，莽莽苍苍，遮天蔽日。每年金秋时节，榕果成熟，红满枝条，露于绿叶之上，如初春杜鹃蓓蕾，分外娇艳。果味酸甜，百鸟爱吃，因而招来不可胜数的喜鹊、黄莺、麻雀、灰鹤、白鹤在此啄食啼鸣。春夏之交，白鹭南飞，群群白鹭落满枝头，这时的古榕，犹如梨花盛开，生机盎然。美丽的榕树，不仅在绿化、美化方面大有用途，现在还发现它有强大的抗污染能力。高山榕树对二氧化硫、氯气等有害气体有明显的抗性。

还有荔枝树、龙眼树，那一切叫得上叫不上名字的树们……

渐渐地我走远了，可那美妙的意境蔓延在心底最深处，缓缓地回荡、摇摆、沉淀。风，柔柔地吹着，吹皱了那一湖碧水，也吹动了我的心弦。这柔柔的森林公园的风啊！

在这样的一个森林氧吧行走、漫步，凉风习习，一呼一吸这富含负离子的清新空气，能不令人神清气爽、才思敏捷起来么。我想，往后，科学城的学子巨匠们，还有市民，工作之余来这里度假，该是一个多么闲适美好的所在。

光明行，百感交集，科学城的光明正向我们迎面走来……

一个茁壮成长的孩子

陈 华

小时候,记得最喜欢的就是夏天的夜晚,可以去河边捉萤火虫,装在墨水瓶里,坐在一堆金色的苞谷旁,听爷爷讲故事。印象最深的就是从水缸里出水芙蓉般下凡的田螺姑娘,她一会就能做一桌好吃的饭菜,我觉得好神奇。妈妈做一锅粥都要抱柴火,在灶膛里烧半天。尤其是下雨天,柴火湿了,火柴返潮了,点火都点不着,连粥都吃不上,何况是一桌饭菜了。爷爷说我傻,田螺姑娘用的是自熟锅,不要点柴火,用的是电……

电?我记住了这个字,但我不知道电究竟是何物,那时候农村还没电灯……

后来,上了小学,或是初中吧?读了叶永烈的科幻小说,脑子里开始有了会飞的汽车、会飞的船……我那时候是把科幻小说当童话故事读的。心想这些好玩的东西,有一天能梦想成真就好了。

我家的隔壁邻居是大队书记,他有一台半导体收音机,里面有讲故事的、唱样板戏的,甚至还有叽叽喳喳说听不懂的外国话的。有一天我看见他把收音机放在桌子上,在院子里打蚕豆,我偷偷地从他家的后门进屋,想看看里面究竟是些什么样的人,看看能不能倒出白雪公主和七个小矮人……结果被邻居的姐姐逮了个正着,告诉了妈妈,被妈妈用手上纳着的鞋底抽了一顿。

记得当时我咬着牙,没有哭,也没有流泪。但心里默默地发誓,将来我一定也要买一台收音机,把它拆了,看个究竟……并且和邻居姐姐算是结下了梁子,有半年多都没跟她说过一句话。母亲说,这丫头脾气真倔,不知道像谁？我说，谁也不像，像我自己。

记得去镇上读高中时，才知道了爱因斯坦、居里夫人、伽利略……高中毕业时，是1980年，我16岁，家里有了电灯、收音机，后来又有了电视机，爷爷故事里的自熟锅——电饭煲……

对于我来说，这些就是科学，让生活变得特别的简单美好。

而科学城，就像是各种科学的集合部。像水浒里的聚义厅，只是一百零八将的大哥不是宋江，而是神奇的科学。对于科学城我只知道美国的硅谷，至于它们研究什么，我其实真的一无所知。昨夜百度了一下硅谷，早晨又忘了。记得在光明科学城展览厅，整个沙盘好像被一片绿色的荷叶包裹着，我记得有研究人脑的，也有研究基因的，我不知道记忆是属于大脑开发，还是遗传基因，总之如果将来人类能在科学的努力下变得过目不忘，那学习将是一件多么惬意的事呵。不用考试，只有选择，选择你所热爱的和喜欢的即可。就像田螺姑娘的自熟锅一般，三下五除二就把一本书看完了记住了，该是多么神奇的事。在科幻片中一般是给人体植入芯片才能获取这种神奇之力的。

光明科学城沙盘上的各种科学立项、科学集群，就名称而言，已令我眼花缭乱。它们就像是科学出给明天、出给未来、出给宇宙的一个个谜语。当我们走出了展览馆，走在光明科学城神奇的土地上，有一朵蓝色的野菊正在盛开，一只黑色的蝴蝶在树荫下飞行，我知道它不是庄子的梦，而是科学的梦。记得许多年前，我对蝴蝶效应很是着迷。"蝴蝶效应（The Butterfly Effect）是指在一个动力系统中，初始条件下微小的变化能带动整个系统的长期的巨大的连锁反应。这是一种混沌现象。任何事物发展均存在定数与变数，事物在发展过程中其发展轨迹有规律可寻，同时也存在不可测的'变数'，往往还会适得其反，一个微小的变化能影响事物的发展，说明事物的发展具有复杂性。"而科学就是要让这个复杂又混沌的世界变得简单透明，犹如月光、玻璃、水晶，或者荷叶上的一颗露珠。只有透明的事物才能折射出阳光，拥有光亮。甚至比任何被折射的发光体更加耀眼，但却并不会灼伤我们的眼睛。因为那种光亮是我们的眼睛看到的，是我们意识到它们的存在，它们才存在的。在哲学范畴里的唯心与唯物之间，我更愿意选择唯心，就像一个女人在婚姻与爱情之间毫不犹豫地会选

择爱情一般。这或许并不是迷信，而是意识的另一种形式的呈现，是科学。

蝴蝶有很多种美丽，黑色的蝴蝶似乎代表了科学的严谨与审慎。而不是如扑火的蛾，代表的是冲动与盲从。

正在建设中的光明科学城，有它的匆忙与孤寂，和前所未有的蓝图与憧憬。我试图把展览厅里科学城的各种梦想，见缝插针地种下去，然后再把谜底一个个揭开。但这似乎有些异想天开，可我还是愿意试试。科学其实有许多的成果，就是从异想天开开始的。而到了21世纪，许多的科学创造——譬如中国的四大发明，电话、飞机、火车……随着时间的推移，似乎已成了我们生活中的平常之物。科学的皇冠不会是终身制，也不会是世袭制，它永远会朝着新鲜的事物倾斜。科学允许喜新厌旧，鼓励喜新厌旧，只有不断地喜新厌新，才能不断地推陈出新；才能成就科学的创造力和生命力；才能出现引力波、暗物质这些看似莫名其妙，实则真实存在的发现与推测，有待证实与破解，成为造福于人类的科学。光明区是幸运的，光明科学城就是上帝赐予光明区的科学皇冠。

光明科学城占地面积很大，究竟多少，我已记不太清了，所以，我不能随便就给你一个答案。这是不科学的，更不是科学的态度。光明科学城是在推倒了一些老旧建筑的基础上开始建设的，却留下了几乎所有的树木与花草。有小叶榕、杧果树、荔枝树、桂圆树、香蕉树……它与拆迁留下的残砖废瓦、锈迹斑斑的钢筋是有着巨大反差。它们更像是科学对愚昧与死亡的宣战，它们绿得从容而又自信，就像光明人握着科学城这顶皇冠，只要愿意随时随地都可戴在头上，上面写着"光明科学城"五个金色的大字，既美好又好像着上了一层魔幻的色彩，有着无与伦比的想象空间。

在科学城的一棵树上有一个鸟巢，鸟巢里并未见鸟，也许它是只候鸟带着科学城的消息飞去了北方，待它南飞回到光明科学城的秋天，它的鸟巢还在，而光明科学城已有了城的模样，但愿它还能像春天一样，爱着这一片秋天的田园。科学是绿色的，而光明科学城就像是一片巨大的荷叶，包裹着科学城展览厅沙盘上的所有科学梦，恨不得一下子就从沙盘上站起来，眺望着明天，眺望着星空和辽阔的宇宙。

在光明科学城里漫步，说不定你就会被牛顿的苹果砸中了头，与外星人相遇，被机器人热烈地追求……如果走累了可以席地而坐，摘一朵蒲公英花认真赏玩，然后只需轻轻一吹，光明科学城的许多美好的梦，就会悠悠地飞起，你会看到光明科学城长着一双天使的白翅膀……

都说科学是无国界的，但华为的孟晚舟事件、中兴的芯片之痛告诉我们，人是有国界的，科学家是有国界的，科学城是有国界的。光明科学城有人称它是中国的硅谷、光明的硅谷。可硅谷是美国的地名，光明科学城只有一个名字，就叫光明科学城。光明科学城，五个字初听起来也许很普通，并没有什么大的震撼力，但你仔细一想，就不得了，它是在把分门别类的科学努力地装在光明的盘子里，中国的盘子里。也许上帝会拍着它的肩膀说，这孩子，脾气像谁。它一定会如我一般地说，谁也不像，只像光明科学城。

瞧，光明科学城。光明的阳光里这个脾气倔强的孩子，正在茁壮成长着呢！

光明的未来更光明

李凤琳

也许,每一方土地都蕴藏着朴实厚重的过往,不经意之间,一个决策就成就了未来的美好与非凡。光明,一座深圳北部新城,亦如此。在光明西北部这一处青山绿水环绕的地方,一颗文化科技新星冉冉升起,光耀中华。光明科学城,正以骄人的姿态腾飞,问鼎世界科技新领域。

夏天的一场大雨突袭,将光明的天刷洗得更明净澄澈,天空飘逸的云朵更洁白轻盈,连绵群山上的丛林绿得发亮,空气里弥漫着青草的气息,温润、清新。骄阳悬在头顶上,风在路边的木棉树梢摇摆,偶有清凉雨滴由树尖洒落。放眼车窗外,公路两旁绿树成荫,建设中的大厦林立,青山环抱之中,建筑工地的泥头车繁忙出入。

满载光明作协一行 50 多人的大巴,缓缓地停泊在光明科学城。"光明科学城规划展厅"随即跃入我们视线中。意气风发的小曾戴着近视眼镜,他作为光明科学城规划展厅负责人,从科学城内走出来迎接我们,青春的脸上写满激情和活力。科学城规划展厅的大厅内铺陈一个沙盘微模型,将整个光明科学城 99 平方千米的全部规划设置涵盖在内。小曾调整视频播放器的同时,笑着介绍他们创作这一个沙盘模型的相关数字。一群年轻人接到紧急任务后,通宵达旦工作在科学城,衣不解带地连轴转,他本人也投身此工作中。大家用了 22 天时间,消耗了 20 条烟和 16 箱方便面,终于提前交上了一份满分答卷。

随着 LED 屏幕画面的跳转,光明科学城的神秘面纱,在诸多双渴望而期盼的眼睛前缓缓铺展开。一幅令人激动的宏伟蓝图,在我们面前呈现,

以光明中心区、装置集聚区和产业转化区为主轴,整体规划为"一心两区",绿环萦绕,蓝绿为底,组团镶嵌,集生态休闲和科研开发为一体。茅洲河绿廊和周边郊野公园组合成主体建设绿环,中央公园与垂直城市错落有致,形成"乐活城区"。集中建设的大科学装置、研究所、高等院校等,嵌山拥湖,绿荫环绕,成为"科学山林"。以光明科学城为原点,向四周辐射,建设成果转化平台和产业创新平台,培育和布局未来新兴产业,塑造富有生态内涵和科技文化氛围的"共享智谷"。结合光明小镇休闲旅游功能,为科学城提供高品质的生态环境和公共空间。而已经开通的广深港高铁被称为"科技专线",北连深圳北站,南至广州南站,东接深圳机场,半小时内可达香港西九龙,连接粤港澳大湾区及惠州、东莞等地,交通快捷便利。整体规划中,光明科学城建设坚持"科学"与城深度融合,高标准、高质量打造科学城综合配套体系,营造世界一流科技和生活环境。建设中的光明科学城,将以"北林、中城、南谷"一派湖光山色的城市新貌呈现,对此,我们翘首期待。

从科学城规划展示厅出来,小曾握着远人主席的手非常动情地说,我就以此为家了,近两年我将在此日夜忙碌地度过,虽然非常辛苦,但觉得非常值得,人生的意义就在于奋斗和奉献吧。我们谢过这个满怀抱负的小伙子,默默送上真诚的祝福。

前往光明科学城土地整备现场指挥部的途中,我们经过一条通往山里的小路,曲折迂回。沿途的两旁竖立数块宣传广告牌,上写"整体搬迁有期限,真情服务无极限",我们被这两行温馨词语深深地打动。本地居民在短期内完成搬迁,凝聚了多少科学城工作人员的精力和心血,也折射出人民群众对政府的无限信任和支持。

由于不久前下过一次暴雨,红色泥泞被过往的泥头车碾压后,溅散开来,路旁的香蕉树、龙眼树、木瓜树和菠萝蜜树交错茂密生长。一部分果树上硕果累累,沉甸甸的,像是在沉思,背负一方土地上的风雨变迁,满载岁月故事,记录着旧时光的质朴厚重,也将见证新时代的辉煌。

本地居民早已悉数迁离,余下旧屋台基上的断壁残垣,静诉过往历史。时光知道此地经历过怎样的变化,又见证过多少悲喜故事。旧屋基的另一侧,钢构与水泥依次堆积成小山,这些将成为新城的骨骼架构,无数台泥头车来来往往穿梭，隐约可见城市新貌跃然眼前。经过这一条小路，却似乎看到了一条光明大道渐渐延伸到远方。

光明，一座崛起的新城，多元文化如明珠点缀，为新貌更添几许精彩。光明烙画基地，作为光明文化的一张闪亮名片，曾经主办过多场主题宣传与画作展示活动。烙画，是中华民族传统文化，作为非物质文化遗产保护项目，得到各级政府、各界以及全国艺术家的支持和肯定，也吸引各界文化人士来参观和学习。光明烙画基地，是我们光明区作协采风活动之行第三站，光明烙画展示厅负责人张守福先生接待了我们。他简要介绍了烙画文化的起源，同时通过电子显示屏，展示各类烙画作品，内容包含山水、花鸟、动物、人物、人文等，虚实结合，有的反映祖国大好河山，有的反映人民幸福生活，有的反映时代变迁，有的反映祖国繁荣昌盛，具有很强的感染力，不但有艺术价值，还极具视觉观赏性。张守福说，光明烙画基地曾多次组织开展大型烙画艺术交流活动、烙画"走进"活动、烙画实践、烙画公益活动以及烙画衍生品纪念品开发制作，其中有光明烙画基地原创的烙画元素系列证书、奖牌。我对此深有感触，作为在光明区残障领域工作的一名社会工作者，我曾经带领残疾人走进光明烙画基地，亲身体验烙画的学习和创作，带领残疾人参加2019年光明区才艺比赛，并获得烙画创作二等奖的佳绩。在工作人员的引导下，同行的作协会员远美尝试着学习烙画创作，十余分钟后，一株灵动小荷花在画板上诞生，引起一片惊叹，直道这种艺术真是神奇。

下午五点，夕阳西沉，余晖晕染天际，我们踏上返程。车上，大家仍然沉浸在采风活动的兴奋中，互相交流各自所见所思，每一个面孔都充满热情和期待，这是对光明区未来的美好憧憬吧。光明区这片热土，山清水秀、人杰地灵，科技与生活默契呼应，城市品质不断提升。我们生活和工作在这一片土地上，集天时、地利、人和之势，只要心怀热爱和美好，勤于奋斗、勇于奉献，就一定能主宰人生幸福，书写不一般的人生。我相信，光明区的未来必定更光明。

大巴徐徐驶离光明科学城，车窗外，天色向晚，而我的内心却无比灿烂。

山水田园科学城

黄国焕

　　随着改革发展历程的不断推进，深圳已经不再是三四十年前那个鸿蒙初开、野蛮生长的状态。秩序，一种从内部生长的城市文明，正在深刻改变深圳整体的发展格局。各行各业以及从五湖四海来此追梦的人，也正经历着前所未有的考验和思想牵引。一种对标国际一流的文化属性，让深圳自带源源不断的创新基因和发展动能。

　　曾经，光明区是深圳最偏远落后的地区之一。甚至迄今许多人对这个地方的印象，还停留在农场、乳业、乳鸽等标签式认识中。毋庸置疑，这几个标签确实是光明的"金字招牌"，但从今以后，人们在谈论光明的时候，不得不再加上一个重量级的标签：光明科学城。

　　光明科学城不仅仅是光明的项目，它是国家级的战略谋划。光明科学城的横空出世和砰然落地，犹如一颗闪耀的明珠，镶嵌在了广深科技创新走廊的重要节点上，璀璨夺目。在这里，改革开放初期的"深圳速度"再次重现。在这里，火红的年代再次激情燃烧。在这里，光荣和梦想、汗水和担当、情怀和憧憬再次灿烂绽放。在这里，世界一流的大型科学装置和无数的高新企业将陆续落地，与近在咫尺的中山大学深圳校区形成良性互动，产学研的完美聚集，必将碰撞出令人炫目的火花。三十年河东，三十年河西。人们不得不将目光西移，凝视这片土地上日新月异的变化，光明区第一次站在了聚光灯下。

　　时代是出卷人，如何书写这份沉甸甸的答卷，是每一个光明人所面临的挑战和机遇。

那么,你到过光明科学城的建设现场吗?沿着公常路往前走,苍翠的群山之侧,两旁有已经正式开放的中山大学附属第七医院,有正在如火如荼建设的中山大学深圳校区、天安云谷、光明科学城……"别看这个地方不大,有六家央企在施工呢!"一个朋友用手指向前方一片工地说道。他简单的话语里透露这个地方的建设规格和效率。

如果曾经来过科学城,哪怕只是路过,你一定会被这里热火朝天的建设场面所震撼。曾有一张照片在朋友圈里刷屏,照片上所展现的是一个超大办公室,办公室内部没有隔墙,五百人一起办公,而这个办公室是由旧厂房改造而成的。这正是光明科学城土地整备现场指挥部。"在这里,奉献无悔青春。"旧厂房外墙上的红色励志标语,成为光明科学城精神的生动写照。

在一次采访活动中,笔者曾有幸登上卫光生物大厦十层楼的楼顶。从楼顶鸟瞰,无限风光在眼底。远处青山连绵起伏,近处公明水库碧波微漾,地铁六号线蜿蜒其中,千亩花海迎风摇曳……既有迷人的田园风光,又有超前规划的现代化建设,放眼整个深圳,这里都是独一无二的存在。

这是值得欣喜的一幕。

曾几何时,城市建设所向披靡,生态环境被滚滚向前的巨轮碾压,野蛮生长的房子"手握手""嘴亲嘴",都市的繁华衣裳之下,布满了痼疾和疮痍……人类文明的发展之路是曲折的,但总体一定是向前的。深圳的城市发展历程在短短几十年里,经历了密集的改革和反思。反思总是带有滞后性,这是必然的代价。庆幸的是,如今的深圳已然走过而立之年,文明和秩序主导了城市发展的脉搏。

古语曰:后发先至。光明区的后发优势是非常明显的。这就如一张白纸,可任由设计师妙笔生花。光明科学城就是这样,国际一流的规划、设计、施工、科学装置、生活配套……在基本农田和山水森林的环绕中,未来的光明科学城,必定是一个科学、生态与人文和谐共生的美好家园。

智慧光明科学城

王池光

2019年6月的最后一天，夏日炎炎，光明区作家协会一行30多人，顶着炎热，前往光明科学城一睹其雏形风采。这是一次科学与文学的无缝对接。不是夏日海滩，不是风景名胜，不是旅游景区，不是稀奇胜似稀奇，光明科学城就是那么神秘。

曾经有人对科学和文学提出这样的独特见解说，科学是把复杂的事情简单化，文学是把简单的事情复杂化。乍一看，似乎是一种悖论，仔细琢磨，的确是这样。你看科学家总能把烦琐复杂的问题，通过严谨不懈的研究和琢磨，最终总结成一条十分简便而又省时省力，甚至大大降低了成本，看似无须动用许多人力物力，实则非常精准实用的定律。而文学家的生花妙笔，往往能够深刻揭露人性的秘密，揭露社会发展规律，揭露生与死、爱与恨，以及天地自然的秘密。精密的触觉和感受力，以及表达能力是文学家的特性。科学家是揭露某一个局部领域的特殊规律，文学家则是把它们通过自己特有的文字展现出来。这次科学与文学的亲密接触，让置身科学城的作家大开眼界。

光明科学馆是一个以培育创新型人才、提升全民科学素质和科技创新能力为目标的公益性科普教育基础，主要通过常设展馆、短期展览、互动体验区、参与制作等形式，以参与、体验、互动性展品及数字化展示手段，对公众进行科普文化教育，开展科学文化交流。

光明科学馆以创新设计为主，巧妙地将世界最新建筑潮流与中国传统建筑风格结合起来，设计出世界级的跨世纪的经典之作。依据设计方案，该项目总用地面积为 6.6 万平方米，总建筑面积为 10.5 万平方米，是一座集科技展示区、科技影院区、教育活动区、科技交流中心、公众服务区、业务管理区、科学广场区（室外）7 大功能区的世界一流科学馆。总投资达 21 亿元人民币，预计 2023 年 12 月开馆运行。这是光明区历史上浓墨重彩的一页，也是深圳特区一项重大的科技工程。

光明区是粤港澳大湾区和广深港澳科技创新走廊的重要节点，光明科学城将以"科学＋城市＋产业"的理念，以及"一心两区、绿环萦绕"的空间规划，打造竞争力影响力卓著的世界一流科学城和深圳北部中心。科学城是粤港澳大湾区引领科技源头创新、抢占科技制高点的前瞻布局，其把握国际形势、贯彻国家战略、落实深圳要求、突出光明特色，充分发挥光明区的产业基础和创新资源优势，打造出光明发展新亮点。未来将成为集聚世界级大科学装置群、集聚科学研究顶尖人才的特殊城市区域。

光明科学城位于光明中心区与光明大道北段交界处、地铁 6 号线翠湖站西侧，距光明城站 4.8 千米，未来可融入大湾区 1 小时生活圈，半小时可通达香港、广州，交通优势明显，周边聚集科学公园、规模化医院、光明书城、美术馆、大学城、光明小镇等一大批公用设施项目，人文环境优越。创建光明科学城，既是深圳市深入实施文化强市的战略部署，也是增强城市文化软实力的内在要求。

光明区高标准、高质量推动光明科学城规划建设，以争创综合性国家科学中心和竞争力影响力卓著的世界级科学城为目标，以大科学装置群建设为引领，全力打造粤港澳大湾区创新创智、人才培养的重要基地和国际科技创新中心核心区。

据科学馆讲解员透露，光明科学馆将以"世界眼光、国际标准、深圳特色、高点定位"开发建设，打造光明科学城建设发展的新引擎、深圳市科技创新发展的新地标、大湾区顶级特大型文化设施的新标杆。在光明科学城建设工地现场，只见一大片裸露的土地上，分布着一个个形状规则不同的探方，既让人感觉进入了一座规模浩大的科学实验基地，又仿佛进入了一座科学迷宫。

在光明科学城，目睹其雏形风采，总让我浮想联翩：期待有一天，当光明科学城这座科学迷宫工程告竣，正式投入营运的时候，自己能有机会坐在窗明几净的科学实验室，破译人类未知的秘密，探索地球村的神奇伟力，或者再次造访科学城，与其做一次深情的交流，那将会是一种怎样的心情呢？又会感受一种怎样的骄傲和荣耀呢？

不知亲临现场的人们有没有我这种感觉，当你置身于规模浩大的科学城，目睹一座科学迷宫的时候，是否会想到高端科技的原子弹、氢弹、火箭、宇宙飞船等，是在逼仄简陋的房间研制出来的，还是在科研设施齐全的科学楼发明创造出来的呢？其实，毋庸赘言，众所周知，我国自主研发出来的第一颗原子弹、氢弹，就是在国家还处于贫困时期，科学家凭借极其简陋的设施在艰苦的环境下研制出来的。那天，在科学城，我浮想联翩，感觉无比兴奋与难得的颤动……

科学，是人类战胜自然灾害与征服一切困难的武器。没有科学，21世纪的人类将处于一种什么状态呢？在科学城建设工地现场，我思绪万千，心神仿佛进入了一个茫茫空间，偶然存在的喜、怒、忧、愁与形而上、形而下的一切荡然无存。

光明科学城的重点陈列在科技展示厅，科技展示厅分为趣空间、智空间、创空间和魅空间。

大家知道，人类的发展史，就是生产力的发展史。生产力包括三个方面，即人的劳动能力和素质的发展、人的社会关系的发展、人的思维的发展；生产力的发展由人类的发展来体现，不能促进人类发展的生产力就不是真正意义的生产力；人类的发展对生产力的发展具有巨大的能动作用。生产力的发展和人类的发展密不可分，二者相辅相成，相得益彰，统一于人类社会的生产领域。

生产力，也即人类的实践能力，是人们在生产劳动实践中利用自然、改造自然的能力。这是人类与动物的根本区别，生产力体现人类的生产活动，而生产力的发展水平体现人类的发展程度，即体现了人类的科学发展程度。

改革开放的总设计师邓小平指出：教育要面向现代化，面向世界，面向未来。

奇思妙想的"趣"空间

趣空间主要面向 2—10 岁儿童。少年儿童是祖国的未来,少年强则国强。"趣"空间就是满足少年儿童的好奇心;激发少年儿童从小热爱科学,培养他们对科学的浓厚兴趣;鼓励少年儿童在日常生活中主动探索科学;实现少年儿童多元智能的开发。其中包括:欢乐剧场、启蒙书屋,以及探秘身体、安全地带、欢乐海洋、实验、发现、奇思妙想六个展区,给少年儿童一个充分展现聪明才智的空间。

"在寸土寸金的国际大都市深圳,趣空间展示面积达 11000 平方米,目的就是给少年儿童一个发挥聪明才智的场所,培养少年儿童以科学的眼光纵观世界、创造世界的能力。由此可见,国家对少年儿童的关怀和重视……"在讲解员非常自豪地告诉我们这些的同时,我不由得回想起自己的成长过程,感觉新时代的少年儿童是无比幸福的。

于是,我仿佛看见一个个朝气蓬勃的少年儿童,睁着一双双睿智的眼睛,全神贯注地遨游在科学的海洋。我庄严地投去敬佩的目光。的确,少年儿童是新世纪的主人,他们是创建美好未来的中流砥柱和再生力量。

启迪青年智慧的"智"空间

"智"空间,即创智空间。1957 年 11 月 17 日,开国领袖在莫斯科大学面对数千名中国留苏学生和实习生说:"世界是你们的,也是我们的,但是归根结底是你们的。你们青年人朝气蓬勃,正在兴旺时期,好像早晨八九点钟的太阳。希望寄托在你们身上。"创智空间主要面向学生,其目的是让青年学生在这里触摸科学,努力将其打造成馆校结合的科研学习的实践基地,同时让公众走近科学、热爱科学,体会探索与发现的乐趣,启迪奇思妙想的智慧。

服务粤港澳大湾区的"创""魅"空间

"创"空间,以双创群体为主,兼顾普通公众,以深圳市高新技术产业规划为主线,以"新产业、新技术、新业态、新模式"为主要展示内容,服务于粤港澳大湾区国际科技创新中心的建设,成为独具深圳特色的展区,成为深圳的城市客厅与名片。

"魅"空间,将结合科技、创新、人文和艺术要素,坚持以科技为主体,以创新为内核,以人文和艺术为支撑。充分利用公共空间作为展示区域,规划设计"魅"空间,即利用大厅、过道及广场等公共空间作为展示区域,体现科技元素,融入创新理念,展现深圳魅力。

……

不知不觉中数小时已经过去。光明科学城仍有许多奥妙和密码需解,但我们一行最感动的是两个方面:一是一张时间表又一次体现了"深圳速度";二是服从大局、众志成城创建光明科学城。

2018年9月19日,光明区正式挂牌成立,从此,光明迈入跨越发展新时代。

2018年9月23日,广深港高铁全线开通,光明区借助高铁光明城站与香港、广州、深圳原特区内全面融入"1小时都市生活圈"。

2019年3月26日,作为深圳"新十大文化设施"之一,深圳科技馆(新馆)落户光明科学城,项目一直在如火如荼地建设。

2019年4月15日,召开光明科学城建设项目预选址初勘工作协调会。

2019年5月10日,光明科学城现场初勘工作顺利完成。

不可否认,光明科学城的落户,进一步提升了光明区在全市乃至全省甚至全国的发展层级和战略地位,同时为光明区提供了跨越发展、弯道超车的重要战略机遇。因此,光明区底气十足地提出,打造竞争力、影响力卓著的世界一流科学城和深圳北部中心。可喜可贺,令人感动的是,光明区在推进光明科学城规划建设、坚持创新驱动发展、提升城市品质等方面,交出了一张优异的答卷,又一次体现了"深圳速度"。

据悉,光明科学城是全市近年来单体量最大的土整项目,也是主体情况最复杂、涉及面最广的土整项目。需整备土地面积多达1.82平方千米，建筑物1205栋，建筑面积45.03万平方米。因此，清拆是一项艰巨而又繁杂的工作。然而，光明区以党建引领为核心，发扬新时代领导干部的优良作风，凝心聚力拧成一股绳，以势如破竹之势，热火朝天展开科学城的清拆工作。

一方面，成立光明科学城建设指挥部，构建高效市区联动机制，举全区之力打响科学城土地整备攻坚战；另一方面，领导带头深入清拆一线，晓之以理，动之以情，全力以赴推进清拆工作。可歌可泣的是，广大业主深明大义，主动配合党委政府工作，全力支持科学城土地整备，舍小家、顾大家，展现了作为光明人的责任担当；广大党员干部和基层党员率先垂范，在清拆现场和科学城建设过程中涌现出许多感人事迹。

这座集科技展示区、科技影院区、教育活动区、科技交流中心、公众服务区、业务管理区、科学广场区（室外）7大功能区综合设施于一体，深富中华民族文化内涵，融汇西方建筑艺术的智慧型科学城，将成为深圳乃至全国科技实验基地。潮起海天阔，扬帆正当时。光明区以"不忘初心，牢记使命"为宗旨，抢抓历史发展机遇，举上下之力、集各方之智攻坚克难，全力以赴打造美丽光明。

记光明科学城采风之旅

刘储来

六月的一场雨，退去了夏日的一些酷暑，大地上的花草树木，显得格外翠绿。盛夏来临之际，在光明区作家协会的组织下，一群爱好文学的同仁们相聚在光明科学城。这是我第一次参加文学采风活动，带领我们行进的是才华横溢的远人主席，他豁达开朗，富有亲和力。与我们同行的还有三十多个青年才俊以及蕙质兰心的女作家，还有一位中学生李思琪同学，她年纪虽小，但才思敏捷，勤于笔耕，曾获"深圳市模范少年"的称号。光明作协这个大家庭，吸纳了来自五湖四海的文学爱好者。大家的身份和岗位各不相同，但"来了就是光明人"，目标一致，共同参与光明未来的建设与发展。

我们乘巴士抵达光明科学城，首先步入光明科学城的规划展厅，通过观看展厅布置以及有关负责人对科学城的介绍，我们对科学城的建设与发展有了一定的认识。光明科学城位于深圳西北部，地处粤港澳大湾区和广深港澳科技创新走廊重要节点。以世界最先进的设计理念和独具匠心的风格，将科技、农田、公园、休闲、医疗、教育等融为一体，形成"蓝绿为底，绿环萦绕"的空间布局。绘制山水相依、城水相融的城市生态画卷，塑造"北林、中城、南谷"的城市风貌。建一座湖光山色绕城、高端服务汇集和宜研宜产宜居的新一代科学城范例。此地交通便利，高铁、地铁交汇贯通。

走出展厅，我们移步到土地整备现场，观看和了解尚未建设的拆迁基地，基地上已没有什么老房子，一些坑坑洼洼的地方已被砖头砂砾填平，

偶尔见到几堆废弃的钢材,也许是被拆除的建筑留下的。一路上,大家谈笑风生,探讨和挖掘更多有关科学城的故事,沿途也观赏了这一片即将发生蜕变的景象。有些基地上已零乱地长了一些杂草,所经路旁,有一棵枝繁叶茂的大树,散发出一丝丝果香。当我们走到树下,只见果树枝头挂满了大小不一的果子,青色,椭圆形,有几斤重的,也有十几斤重的,看起来好像还没成熟,原来这就是我们平时在超市里所见到的超级大果——菠萝蜜。我第一次亲眼看见了这挂在树上的菠萝蜜,心里特别好奇。站在树下,望着这偌大的果子挂在那细小的枝头上,枝头却没有一点承受不起的感觉,依然与旁边的那棵荔枝树的枝条一样,没有下垂。而荔枝那么小,菠萝蜜这么大,我望着两棵不同的树,结出不同的果实,承重力好似差不多,让我百思不得其解。也许果子是在一天天长大,枝条也在一天天练就承受的能力,所以等果子长大了,它依然有能力去承受。生活中,我们人不也如此吗?

大家继续往前走,不远处有一堵几十米长的老围墙,不知名的藤蔓爬在围墙边的棚架上,吐出一串串赤黄色的线条,好似垂帘,又似渔家姑娘织网的线。有些缠绕在树梢上,还有些缠绕在花草上,微风拂过,它们那修长的身材,摆弄着舞姿,让人眼花缭乱,大家迫不及待地拍照留念。

随着采风队伍的继续行进,我们已走进了一片山林,一条唯一的小道从山腰上穿过,路面被一场雨水打湿,红黄色的泥土却没有被冲走,而是镶嵌在小路的砂砾里,泛出了一层红黄色的泥浆。偶尔与一辆大货车相遇,大家忙跳至路边的草丛里,原来这小路上的泥浆就是这货车的杰作!小路旁的树木枝叶繁茂,太阳难以投射进来,因此经雨水洗刷过的小路泥泞不堪。由于山上正在修建高铁隧道,小路已被封闭,没有再往前延伸。我们在施工路段的山坡上留下了合影,纪念这仿佛回到家乡树林里的时刻,沉醉于泥土的气息和山花的芳香中。

沿途返回,我们离开了光明科学城建设基地,穿越了光明的大街小巷,最后来到了光明烙画展厅。展厅的墙壁上挂满了一幅幅栩栩如生的烙画作品,展厅负责人讲解了烙画的起源和演变过程。烙画艺术起源于河南南阳,始创于战国时期,是国家非物质文化遗产。随着历史的变迁和时代的发展,烙画艺术也在不断地改变和创新。在古时候,烙画的铁笔是用碳火取热控温来进行创作,随着时代的进步和科学的发展,现在的烙画铁笔都是用电来加热,铁笔上还装有控温开关,操作起来也就更简便了。

虽然烙画创作的条件改变了,但艺术家们对古代烙画纯朴和独特的风格追求依然没变。墙上的每一幅作品都传承着一代代艺术家们的智慧。我第一次来到光明烙画艺术展馆,一幅幅烙画作品和那富有灵魂的艺术,让我震撼不已,感慨万千。作协的同仁们也对此赞不绝口,大家纷纷掏出手机在展厅拍照留念。有些同伴在展厅负责人的指导下,还拿起控温笔在木板上涂鸦体验。大家围观欣赏,只见一丝丝青烟伴随着木香味,在控温笔与木板接触的那一瞬间逐渐升起。青烟飘过后,木板上呈现控温笔留下的棕色印记,也就是烙画作品。烙画艺术的创作过程别具特色,值得人们更多地去了解和体验,让它融入我们的生活中去。

时间过得很快,转眼一个下午的采风之旅已接近尾声。夜幕降临,我们踏上了归途。此次采风活动,让我受益匪浅,让我对光明区有了更多的了解,对科学城的建设与发展也有了更多的憧憬。我望向窗外,思绪又被拉到光明科学城建设基地那条泥泞的小路上,若干年后,那里将是另一片天地吧,没有人知道我们曾从那里走过。

崛起的光明科学城

吴延波

2019年6月30日下午，外面骄阳似火，天气闷得让人喘不过气来。光明区作协一行三十多人，在远人主席的带领下，从公明文化馆出发，乘大巴车前往光明科学城，抒怀写意，文笔寄情。

作为光明作协的一员，首次参加此类活动尤为高兴，为此，特邀我先生与作家们一同前往。只见从四面八方赶来的作家们，汗流满面，喜笑颜开，一上车，大家的问候声、笑声、歌声此起彼伏，让我一下子感受了这个集体的温暖。虽然我和他们并不熟悉，但内心并不陌生，因为向往文学的心声早已把我们拉到了一起。

大巴车向前行驶，火辣辣的太阳透过玻璃窗映射到我脸上，我两眼望着窗外，"光明科学城"在我脑海里萦绕。远人主席蓦然站起来的一声问候，把我的注意力一下子拉回了车厢。远人主席四十多岁，瘦高个、圆脸庞，齐肩的长发极富个性；身穿蓝色T恤衫，背挎黑色双肩包，完全一副行者的打扮。记不清他当时是怎样向大家介绍的，只记得他话音未落，车厢里就响起一片笑声和掌声，今天他风趣的谈吐和我们平日里听他课时的一脸严肃形成了鲜明的对比。他是一位资深作家，出版了很多书籍，他的《梵高和燃烧的向日葵》令我爱不释手。这部书，对我影响很大。梵高曾经在比利时博里纳日矿区做一名传教士，在矿区里，除了六七岁以下儿童外，所有的男人都要下井干活，生命时时受到瓦斯和矿难的威胁。梵高来到这里为他们传递上帝福音，使这里的人们受到极大的精神鼓舞，可接二连三的矿难，让梵高对上帝产生怀疑。他认为，他所进行的布道，不过是一场谎言和欺诈,从此便放弃了传教士的工作,全身心投入绘画,最后取得了卓著的成就。看完这部书,不但让我对信仰有了更深层次的认识,也停止了我去教会礼拜的脚步,并深信,一个人只有通过努力才能改变自己。这让我对远人充满了由衷的敬意,将此书传播出去,似乎成了我的责任。

大巴车行驶了大约20分钟,坐在身边的先生打断了我的遐思。他用肩膀推着我说:"快看啊。"我拉开窗帘,哇,车窗外建筑工地恢宏壮观。那一片片被翻开的黄土地、那一堆堆被拆除的建筑物,像放电影似的一幕幕展现在我眼前;那挂在半空中的一台台红色挖掘机,在我耳边隆隆作响;"中山大学深圳校区""光明科学城土地整备现场指挥部"的硕大横幅、标语耀眼夺目。我试图站起来向车头方向望去,可望眼欲穿也望不到边际。看到这些,让我异常兴奋,难道这里就是未来的"光明科学城"?带着感慨、疑惑,我们很快就抵达了第一个采风点——光明科学城展厅。

走进展厅,庄严肃穆,首先呈现在我们眼前的是一幅巨大的屏幕,巨幕上"光明科学城规划展厅欢迎您"巨幅字样一下子跳进了我的视野,屏

幕下一个巨型沙盘就像沙漠上的一片绿洲。沙盘上一条条地铁、高铁线纵横交错,一座座高楼大厦拔地而起,一片片绿化带广阔无垠,一条条河流蜿蜒亮丽,把未来的光明科学城点缀得如此璀璨。作协会员们一边聚精会神地听着讲解员的讲解,一边认真关注播放中的每一张幻灯片,这让我们从中了解了建设光明科学城的重要意义:我们要吸取"无芯"之痛,要加强源头创新,要坐下来踏踏实实搞研究,要科技强国。讲解员20分钟的精彩讲解,给我指点了迷津,来时在路上看到的景象,不就是光明科学城规划中的光明云谷、中山大学深圳校区、科学城智慧公园一期项目吗?这些百年工程,已经破土动工,在不久的将来,这里就会创造出让世界瞩目的成就。参观完展厅,让我精神为之一振,带着深深的感慨与大家在此合影留念。

带着对光明科学城的憧憬,我们将参观今天的第二个采风点,光明科学城启动区项目土地整备现场。下了车,大家一边聊天一边向村口走去。站在村口,放眼望去,村子里一片废墟,唯有挂满了枝条的半面墙,像一位舍不得走的老人,站在那里,等待人们去描绘,作家们带着深深的情意纷纷与之合影留念。走出村口,我们沿着一条泥泞的小路继续向前走,不知不觉间,一股绿草的芳香扑面而来,原来我们已经走进了一片果园。果园里荔枝树、桂圆树、香蕉树见到我们就像久违的老朋友,尽情摇曳着身姿和我们"握手"。果园之中零星的几间空荡老房子更像熟睡中的老者,一条大黄狗还趴在门口守候;厂房、公司已人去楼空,只有门口挂着的牌子提醒我们,这里曾经有过繁华和喧嚣。可是,眼前"光明科学城土地整备现场指挥部"几个红色大字在人内心掀起一阵惊喜的浪花,远方,山脚下一栋栋蓝顶灰身的铁皮房已建起,防洪坡已爬上山腰,泥头车正声势浩然地向山下运载土坯,路的尽头已堆满了钢筋、水泥。我驻足望着四周,仿佛看到昔日里人们在这里采摘果子的身影,仿佛听到昨天这里人们的欢歌笑语,仿佛看到清晨家家户户房顶的缕缕炊烟,仿佛望见工人们上下班时忙碌的身影。可他们为了建设光明科学城,舍小家,为大家,这种舍己为公的奉献精神令我油然而生敬意。据悉,光明区从3月1日启动土地整备签约工作以来,仅用22天便完成全部签约任务。"时间就是金钱,效率就是生命"的奋斗口号在我耳畔响起。我深深感到,光明人这种攻坚克难的拓荒牛精神更值得人们去颂扬和传承。

  参观完光明科学城启动区项目土地整备现场,我们将参观今天采风的最后一站——光明烙画基地。烙画是以经过加热的金属在竹木纸等材料上以不同的温度产生的焦痕作画,是稀有的传统文化,也是非物质文化遗产保护项目,已是光明区一张闪亮的文化名片。展厅四周有风景烙画、人物烙画、动物烙画,一幅幅画像栩栩如生、真切感人,尤其是那张拓荒牛烙画,给我震撼。期待着画家用自己的笔触,将未来的"光明科学城"刻画成惟妙惟肖的、让中国人乃至世界人民都知道的一张唯美的烙画,载入历史史册。

  一个下午的采风在惊喜和感慨中结束,这不但让我了解了光明的现在,更放眼光明的未来。建设光明科学城,正是深圳人"不忘初心,牢记使命"的一大体现。相信,光明科学城在政府及各界人士众志成城的砥砺奋进下,在不久的将来,一定会以崭新的姿态屹立于世界东方,放射出璀璨的光芒。

敢问路在何方

胡 杨

深圳,这是南方,候鸟们成群远道而来,和我一样追逐温暖,而在南方之南,目所不能及之处,还有更暖。我们向往那里,憧憬着有人到过那里,越过边境,翻过层峦,直至大洋彼岸,抵达彼岸的彼岸。

但现在这季节显然不适合正常候鸟"迁徙",伏月初入,天气炎热。我们一行人已离开室内指挥所,正在光明科学城土地整备工地附近游玩采风。徒步路线从深圳之北、光明区之北,走向更北方的山上,去往无名路的尽头。

虽然刚下过一场雨,却如朝露般转瞬即逝,没带来太多凉意,只在路上留下了片片泥泞,为每个人的两支画笔提前研好了墨。可惜世间的情绪并不相通,我没有作画的兴致,只觉得又脏又闷,即使戴着帽子,脸颊额头还是被蒸出层层细汗,身上也是湿漉漉的。深吸一口气,还能尝到淡淡的石灰味道,它藏在灼热的空气里,寒冽冽的一缕缕若隐若现,我的思绪不由得也恍惚了。

石灰的味道,闻得最多的是在祖屋里。在祖屋翻新重做的那个年代,生产建筑材料的砖窑厂工艺普遍简单,大多是开采山石加以烧制。因此,十余年来,祖屋里的石灰味始终浓郁,但由于回家的次数屈指可数,那浓郁的味道我也只依稀记得了。而随着时代进步,在政府调控指导下,传统烧制石灰的砖窑厂逐渐关停,水泥混凝土慢慢占据市场,环保型涂料也越来越受人们青睐,石灰味愈发是茫茫然无处可寻了。然而我也无意主动去寻它,石灰味本不好闻,但当它杂着回忆与感情,便叫人难以忘怀。只是这种难忘万万不可成为本身缺点之掩饰，阻碍对于更美更好味道的追求，而不阻碍也不代表去遗忘，而是去融入回忆、注入感情。

只是这里为什么会有石灰味呢？这里当然会有石灰味。当视线越过围墙，周边一片片如鱼鳞般的碎砖，是科学城清拆的阶段性成果。旧建筑群匍匐在地化作一块块春泥，是在传承生命孕育新生；锈迹斑斑的钢筋缩成一团团整装待发，准备燃尽余热添油加力；道路边的荔枝树、杧果树站成一排排顾盼摇曳，齐挥手呐喊鼓劲；远处穿山隧道里传出轰鸣声，如一颗心脏正在搏动；来往的重型卡车也在按节奏低吼着，它们在合奏一首光明的未来之歌。

我猜测，这些旧建筑和祖屋大概是在差不多的年代建成的，石灰味是将它们联系在一起的纽带，但它们的命运自此刻开始殊途了。未来十年，老家的祖屋破旧矮小、杂草丛生，更是无人问津，而这里将高楼耸立、绿草成茵、车水马龙，吸引各类人才慕名而来，发展成深圳市科创中心、国家级原创高地、世界级综合性科学中心，本是同年代的它们早已没有了可比性。

我对石灰味道情感浓厚，但我更憧憬生活在绿廊郊野环绕的生态圈。正想着，这次采风踏上的旅途，已然到了尽头，由于施工封路，原本畅通的小道现在已无路可走，路边堆放的建筑材料似乎有千言万语想要解释，可我已不去在意了。路怎么会有尽头呢？国家在蓬勃发展，深圳在全面提升，光明区在奋力追赶，我们也还在砥砺前行。都在追求理想，路在脚下，我们大有可为。

我选择在这里仰望太阳

李雨融

一

流动的公路从右侧穿过
你二话不说成为帆
流动的河流从左侧穿过
你一声不响就成为岸

水流向大海,山流向天空
而你,科学城
你流向明天
你是点、线、面的结合体
你是交响乐、定音鼓
你是圆柱、四边形、幻方
作为一个有创造力的引擎
你能浇灌出
钢铁的颜色
灯火的颜色
梦幻的颜色
我选择在这里仰望太阳
就是选择了做一朵
开一万种颜色的花

二

走近你，探访你
就是走在
探访明天的路上

你看，一只蝴蝶
因此打开了翅膀
远山在远处
从容成为风光
你看，那些烦琐
焦灼与挤压
终究以绿
将世界渲染
此刻，你在风雨里
放开自己
成为一股
低伏于天空的
时光旋风

三

多年以后
那些指向天空的楼宇
走到这里
就会遵从人们的意愿住下来
成长为一座城

水泥马路的手臂很长

长得好像没有尽头
长得好像无边无际的天空
把四个季节都深深地
揽入怀中

一万座高楼
在此建立星星的秩序
从此天上只是天上
人间已成人间

月亮走后，星光留了下来
它指引着温暖的方向
像星光穿透云层
我们
把歌唱到苍穹

新湖随想

黄荣东

让我们抓住新的发展机遇吧
在新湖一座名不见经传的山中
一群采风诗人有了深切的感悟
他们无不仰望着一行
深红色的大字　在记忆里
搜索着　有关于新湖的前世今生
久久沉思……

在诗意缺乏的浮躁时代
一幅"光明科学城土地整备现场指挥部"
巨大的指示牌
无异于切入时代发展的核心
这将是一首多么雄大视角的叙事诗篇
足以打动每一位在场诗人
赋予他们更多的创作灵感

拨开疯长的茅草
不管你信不信
历史总在巨大的阵痛中　不断向前迈进
社会每一次重大的变革

都会经过十月怀胎的艰难分娩
而新湖未来的走向
已然吹响奋进的号角
它呈现给世人的不只是眼前的苟且
一座新兴的美丽城市画卷
正徐徐铺展开来……

七月中旬的一夜

项建标

七月中旬的晚上
我坐在窗边
闷沉的热浪不断压进房间
窗外草丛里不时地响起刺耳的虫鸣
路两旁榕树的叶子垂下来
在路灯的照射下
看不到一丝摆动的痕迹

这里将会建一座科学城
附近的工地上
打桩机有节奏地锤击着大地
地面隐约地震动着
一条已经建好框架的轨道
向黑夜延伸着
日子似乎就如同这条轨道一样
在悄无声息之间过去

半月已经悬挂在空中
微薄的光艰难穿透云层
照在一些已经被征收

的断壁残垣上

小的时候
我们最喜欢停电的晚上
整个世界都是漆黑
唯一的光
就是从天上洒下来的银辉
我们就在银辉下打着手电筒
玩捉迷藏
结伴寻找黑夜的背后
现在

照亮这个世界的任务
已经被多彩的霓虹灯和路灯所取代

外面打桩的声音停止了
时间被更深的漆黑覆盖
多年以后
月光还会透过云层洒下来
我还会坐在窗边
等待大地上的虫鸣
再一次响起

科学城·未来

西　宾

刚下了一阵小雨
路面有些泥泞
不远处轰鸣的打桩机和艳阳
令土地有些发烫

转山转水
终于栖身
一个叫光明的地方
年近天命
人生已近谢幕
这里却野心四伏
据说十五年后
将出现一个世界级的科技集群
中国硅谷
将覆盖这九十九平方公里的土地

然后我看到了第二十九号地铁线
远人兄说：估计这条线建成的时候
你我都不在了
我想了想点头认可

但同时知道
在光明的路上
梦想和速度
从来不会缺席

除了高大上的建筑
更重要的是人
我知道
有人会怀抱一块巨大的磁石
穿越每一条街巷与阡陌
一切含有铁质的人和物
将从世界各个角落
陆续抵达

废墟。垃圾。流连撕扯
正在被有序辞退
类似我混沌
荒芜的半生光阴
关于人生
经常会有混乱时刻
关于绝望
有人转身离开
有人在无偿批发
坚忍、才华滚烫和希望
和你一起，吆喝未来

在科学城

刘 炜

光明科学城的蓝图
是绿色的
虽然,我并不懂基因
引力波这些术语
但我迷恋科学城沙盘上的绿
希望它就是科学的底色
就是科学蓬勃的林荫
在科学城的烈日下
我看到了上海建工
中铁十局的工程车
来来往往,溅我一身泥水
就好像在对我说
你见证了科学城的今天
你必将还会见证
科学城的明天
我抬头看了看光明的
蓝天和白云
深圳的蓝天和白云
中国的蓝天和白云
双手合十,我默念着什么

中篇 热土的献辞 / 191

已不再重要
在科学城，雨后的香蕉
花还未落尽，雏果已满枝
小叶榕的帘子，半遮半掩着
一个神话分娩前的阵痛
你说，材料的革命
将产生永不磨损的轮胎
他说，基因的重新编辑
将消灭所有的疾病
秦始皇的长生不老梦
徐福久炼不成的仙丹
明天，在科学城
也许，就如同喝一杯果汁
吃一个苹果一般简单
我说，我现在站着的地方
就是科学城泥泞的小路
也是科学城直抵未来的
时空隧道……
在科学城，我发现了
一棵树的枝丫间
有一个深褐色的鸟巢
而别人都没有发现，他们
在谈论着
科学城还未见雏形
怎样描写它，还是个难题
但我看到了那个鸟巢
就好像对科学城
早已胸有成竹
了然于心
记得湖南人毛泽东说过

一张白纸上
可以画最新最美的图画
在科学城,我看到了光明人
画的蓝图,它是绿色的
他们正在一步步地
以二十二天完成
科学城土地整备的速度
没日没夜地
把绿色的科学城从沙盘
搬到光明的大地上
搬到光明的明天
中国的明天,我们的希冀里
就像小鸟归巢那么自然
又那么神奇
今天我走过了科学城的
光明云谷、光明凤凰城
大科学装置集群
科教融合集群、科技创新集群……
它们就像是科学城的
一个个组诗
将发表在光明
发表在中国,发表在世界
发表在宇宙浩瀚的天际
我自豪,我站在了科学城的
崛起之地
光明的崛起之地
中国的崛起之地……
我的目光突然变得高远
就像下棋,我以前
只能走一步看一步,而现在

我已可以走一步，看十步
我不是科学家
对科学，也许一无所知
但光明已把科学城这步棋
看到了未来的一百步
一千步、一万步
壮哉，科学城
雄哉，科学城
伟哉，科学城……

光明的光

林卫雄

一

光明的光,在光明绿荫的背面
在光明科学城未来的光线里面
它将落下条条线条的指引
引向它的体内,细微光分子内。一时
照亮我的身体。我的每一个毛孔
清澈通透。我的呼吸
带着光的气息。呼出吸入
这光,像氧气。我的心跳
随光线的韵律而动。频率相当
它的音律,随着我的呼吸
而萦绕回旋。我的血液
随着光明科学城的光,流动
传至久远。因为敬仰它的尊贵
就算我已踏出这片土地
一样能感应到它煌煌的存在。它的未来
必然璀璨夺目
于我内心,久久不能释怀

二

光明的光从缝隙间射出
或者说,缝隙是从光中走出
照耀到很远,很远处
像光明人眸子里投出的目光
抛到很远,很远的地方
高楼大厦多高,都是人来建造
人站在它的最高处
它们的缝隙间,贮藏
大片大片的光芒。譬如霓虹灯
演绎成群星闪耀、群星璀璨
我到光明走走
晚上,无意间透过树枝看见远处高楼的灯光
在枝丫上闪烁
像是树枝上装饰的星星
这光,仿佛是大自然植物发出的光芒
也像是人文的光芒映衬着自然的光芒
我不知道自己体内是否有这种光
只知道这光能照亮我的灵魂
致使我带着感动离开

三

以光命名。光明的光,从哪里来?
又到哪里去?
谁能告诉我。我像是寻觅光芒而来的人
于这片土地上,发现了光的踪迹
或许是因为曾经迷茫过

寻找，便显得异常重要
于光明人来说，好似胜过生命
这光，本质又是什么呢？
我并不知道，若求解
得问科学城的巨人
他们好像开始掌握着光
日夜操盘着光，似饥饿般
吸入科学

2019年6月30日：采风

张应芳

一个长发的男人
领着一群男女
到科学城采风
他们淌过了烈日
淌过了暴雨
在原始的泥泞中
欢喜地浸透衣背

不只是桂圆、小狗和鬼针草
奇怪他们的到来
拆掉的钢筋
忙碌的泥头车
以及高空作业的建筑工人
也在狐疑
这群不像驴友的不速之客
此行的目的
在光明的这一角原野
过去与未来尚未交接
他们似乎并不寻找最真的自然
也不悲伤人烟的没落

他们就这样来了
带着诗歌的重量和远方的视野
穿过科学城
就像穿过无数写满历史的典籍一样
深沉而真挚

三联画

鲁　子

一

火红的七月，从这片热土
寻找光明的记忆。一股薄荷香。
记忆穿过街巷，来到山野、荔林，
点亮那里的角角落落、枝枝叶叶；
记忆穿过人行道、斑马线，掠过
坟堆，敲山震土，擦亮祖辈的骸骨：
生者与死者，在同时注视着我们，
我们亦同属于这土地、这时间绳。
耳畔有不知名的鸟，你想将之
命名为光明鸟，它们的语言生涩，
多像粘伏到我们皮肤上的各种方言。
是的，万物都有其识途的触须，
我也想贴着这地皮，借助草根
的耳朵，来听一听它的心跳，
感受它内蕴的力与美。而
我得到的回音，有贫穷时代的
绝望，有田园牧歌的闲适，更多的
则是渴望，土地的渴望，
被卡住了喉咙的土地的渴望。

二

那就结束空谈与瞎想,
请过来见过这张草图:它
是我们给光明区新绘的文身。
你会说,想象比现实更丰满,
那就按下导航仪,随我们
一齐走上这条崭新的开发大道。
你看路边的豆荚,还躺在壳里
悠闲地度夏,你为它新的规划
提着心、吊着胆;而两旁的树木
与石头,为我们让出了一条小路:
这些树,将成为栋梁,成为枕木;
这块石头,或将为科学城,奠基。
请相信,时间不会停留在花瓣上,

更不会停留在我们的脚步下，
那些被派驻在草图上的街区、
楼宇、新装置，必将在赛先生的
魔法阵中，在新人类的资本营里，
逐，一，成，真。
来吧，一起合个影，做个见证吧：
改变土地命运的时刻，已来临！

三

来自法国的梧桐树，在开枝散叶，
一晃就是三十年，草坪仍在开疆拓土，
玻璃幕墙上，反射着自然与工业之光。
我曾十分反感商业与文学的联姻，
主张诗歌在技术面前的无所作为；
今天，我必须用黄金般的语词，
来赞美这焊条的忠诚、铆钉的牢靠。
此时，太阳正在打磨新的时辰，
发射塔的头顶，云朵在为它加冕，
偌大的落地窗，足以容纳整个城市
的野心。透过层层帘幕，从时间的
电光火石中，我们将瞥见实验室、
数据库，甚至一个念头，就是一个
先机，在改写着人类的命运。
只见你，身披七彩衣，操着世界语，
俨然一个装备世界之芯的人工智能；
你鼠标轻点，一根人类的指挥棒，
也是宇宙的能量棒。而
小小地球，只是一张小小的明信片，
邮戳上盖着"光明科学城"。

泥泞

远　人

刚刚下过一场阵雨
这条路充满泥泞
我们前前后后
各自盯着脚下的路
它略微弯曲，不知道
哪里是终点。我走一走
又停一停，两边低矮的
植物吸引了我们的目光
很多我不认识，它们
围住另一片到不了的山地
我认识的芭蕉在一幢
人字形的泥巴房周围摆动
一辆工程车使我们
让出泥泞的主道，浑黄的
泥水在车轮下溅出水花
不知道从哪里
忽然窜出三条家犬
它们好奇地打量我们
看得出，它们在泥水里有点兴奋
我们还是小心地走

旁边的植物逐渐消失
一片废墟推开视野
里面的石头尖锐、瓦片尖锐
不知道什么人在这里住过
也不知他们什么时候离开
没有留下任何活着的气息
空气里弥漫的炎热
躺在每一块石头上
也躺在每片树叶上
我凝望那些废墟很久
想象这里有过的生活
也想象这里将来临的生活
一幢搬空的工厂只剩下围墙
大门敞开着，里面凌乱如经历一场爆炸
我没有进去，只是在门外停了停

一阵恍惚感忽然将我抓住
我什么时候会再来这里
我什么时候会再找不到这条脚下的路
这条路很快就要消失
这里很快会有激烈的变化
我们刚刚看过关于它的蓝图
一些重新栽种的植物，一些建筑
将覆盖我们眼前的一切
我低头看看我的鞋尖
它沾上一块黄色的泥土
它会不会变得贵重，在将永远的消失里
我们此刻看见的与携带的
我们此刻走过的，那些在尽头
终于出现的钢板和石头
它们将垂落的天空铺在身上
在只能远远目睹的那条隧道里
不知会有什么从黑暗里出来
或许不只是泥泞，不只是尖锐
但它们离开黑暗，就进入了光明

过去与未来

刘英姿

二十岁那年
一个扎着马尾
穿着蓝绿相间的运动服
背着深蓝色双肩包
提着红白格布袋
从未跨出省外的姑娘
携着浓厚的乡土气息
来到了这个光听名字就会被吸引的地方
"度假"
我的梦想也在那时
变得明亮起来

三年后
已褪去当初懵懂青涩的我
再次来到这片热土
不想再做短暂的停留
只想留下来发光发热
因为这里曾有特别的农场印象
那是家的味道
故乡的气息

这里还有湖光山色入城
蓝绿活力交织的景象
这里更有巨大的想象空间
惊人的发展速度
与更好的圆梦机会

光明科学城
就是那个让我满怀期待的地方
置身于始建基地之上
眼前呈现的是泥泞蜿蜒的道路
零星的……
忙碌的工人

脑海中联想的是舒展起伏
疏密有度的空间形态

绿色风的田园视野
国际范的文化设施
一流的研发与教育基地
带有浓郁的科技韵味与文化底蕴

熙熙攘攘的人流在我的时光机器中显现
都绽放着自信迷人的笑容
我听着人来人往中谈论的全息影像与柔性显示技术
体验着高端大气上档次的办公环境
享受着街角咖啡店的午后时光
过着闲时慵懒幸福的业余生活
那是最美的电影场景
即将在现实中上映

为一块土地所作的献辞

蒋志武

梦把我带到这里
天刚发白,街道上的人群
开始慢慢聚拢
远处,大博山的树林在祈祷
茅洲河的鱼群跃出水面
而这重新计算的时间
让光明如此静美,充满活力

一个小女孩走在文化馆的路上
她的身后,是成群的孩子
快乐地走向这里
阅读,那朴实的幸福
总带给人光芒
在一切高于诗歌的地方
都有内在的气质,让文字难以修饰

跟着渐行渐远的人群
当他们走进工作的场地后消失不见
光明,我周围那散失的细节里
有鸟飞跃过这里

并在高楼上短暂地停留
不远处的工地，路正向我延伸

一片土地，如果我爱上了她
那天空的蓝和天空中舒缓的气流
那满山的果和那群山之下的灯火
都是我寻找的纯粹
光明，一块崭新的热土
人们共享这土地，建造生活中
幸福的迷宫

太阳雨

颜 波

中巴车与急雨再次巧遇
太阳躲进云层。我斜躺进车厢
喜看绿树与时间赛跑

夏天匍匐的热,一浪胜过一浪。雨
紧贴玻璃窗。我迷失了方向
科学城。那么近,那么远

道路两旁的人流紧随我
一路狂奔。一座座青山
横卧其中。葱绿主宰着世界

下了车。科学城就近在咫尺
我原有的忐忑恢复自由
五彩缤纷的高科技影像
迷乱着眼。仿佛一切潜伏于心

越过浓荫遮盖的小径。雨
抑郁了。太阳将热烈的掌声
送给一路同行的祈祷者。我们期待
科学城以蓬勃的热情再次转身

逝去的

罗 南

不是所有的逝去都有记忆

一条小径在泥泞中蛇行
一群人在林子里搜寻
旧厂房已搬走
门口仅剩一片废墟
有人用手机拍下最后一刻

我不知道这座工厂曾经制造什么
当我们踩在它的肩上
当工程车从它的胸膛碾过
我的心拧成了一块石头
向路旁投去迷茫

我并不是刻意停下脚步
走到了隐秘在树林里的小径尽头
工程车从山洞里穿出
发出撕裂的声音
我们躲避角落揣度它去的方向

前方,路在继续开挖
也许明天,就在明天
这里将会是另一番景象

科学城,科学城

陈才锋

一

给风科学一下,语言
做了冲动的步伐
一不留神,在去科学城的路上
灌足了阳光

我们的笑,有了天气
便种下悬念
像虚拟一个词一样,拒绝
被丰富的
想
让眼睛原谅惯坏的雨
它习惯性不理
也不打报告

你不必要求太过于抒情
它,伸展的空间
都在科学城里

二

在科学城，阳光聪明地山光水影
有五彩落入的动作，理由
变得很简单
飞来了理想，高楼
有了主心骨。开阔剩下快乐
联系一只小鸟，鸟鸣
落在屏幕上
让森林的不小心，变成飘荡的绿
沿着泥路生长、攀爬
梦
同夏天一起喊醒你
阳光正好，科学城偏心了一段小春光
脆脆地拉着双手
不停地跑。跑进数字化的
明天，我就到了

三

有了感动，墙的
仙骨
便留在此地

换了角度，目光
长出远方，蜿蜒
而曲折的今天，一块玻璃
被透明了
时空，可以变化的

表情和说辞
是科学城里，唇线配合远方

我想，它定是装上了芯片
比往事
还意外，忍不住
就光明了

四

是昨天的云，今天
卸下麻烦
我看成了流星
可不可以石头剪刀布，突然一下
风听到了别样的树林
描绘生动了，忽远忽近
科学城
练习科幻，依靠在整个晌午
迷失了的句子
错过了刚好，慢吞吞地
说起一个小镇
像生活
四面八方阳光，奔跑
长满绿叶
回应人间

五

思绪，流动成视线

我屏住呼吸，随风
在科学城里，幻想，或者小梦
眼前与未来，奔跑与追赶，只不过是小城的
一种生活
顺着屏幕进入的远方
总难忘那些赤臂挥汗打铁的人们

你不懂我内心的虔诚
我的远方，被搁浅

告诉我，一座光明小镇的科学城
醒着的绿叶是耳朵
醒着的花朵是眼睛

依稀，依稀。原谅
我曾在此拼搏，原谅我没有坚守
原谅
我只能发出
逝水如斯的忧伤

六

在科学城，与远方结缘
此时，雨，说了一堆情话，顺势
光明了我们
且不说，在科学城
给一个多年未联系的朋友，打电话
这时候，我的嘴唇
在一堵墙边的绿叶下，接住一滴落下的水珠
我说

好甜

电话那头一阵笑声
像珍珠,一颗一颗
落进心涧
我知道这是我有意酿造的
在科学城,纯属
好心情

科学城掠影

李雨欣

　　走在科学城的小路上
　　因为刚下过雨
　　眼前还有点凌乱
　　几只虚构的蚱蜢
　　还没自草丛跳出
　　小草们就已经纷纷
　　低头避让　洒落
　　一地水滴

　　除了我
　　所有人都在操作
　　建设的工具
　　那么专注
　　仿佛他们手里捧着的
　　正是我们的明天

　　而时间就是这样
　　最容易被人们拆散
　　重新组合
　　就像我们从大自然走出

却又总想着　一边与大自然亲近
一边改变着大自然

雨过天晴，阳光
很温暖很明亮
走出很远我回望这里
依稀看到一条彩虹
挂在大山的脖颈

无芯之痛

刘 鸣

一把尖锐钥匙　开启了我们的心扉
拉长了思考和追忆
打动了诗歌卑微的前世今生
叫我们在时间深邃里思考日夜不寐
叫我们在今日洪潮中必须开始再创新

无芯之痛的直白
就是一个人没有心脏或是有假的心肺
就是一辆车没有良好的发动机或是一辆汽车模坯
就是一首诗歌没有主题或是没有诗里外意境
就是一台手提电脑没有CPU　纸画上摆在那里
就是一架航空器没有发动机　摆设参观物品

这种芯　中央枢纽　大脑　计算机系统
化工　生物　电子高端顶尖产品
只有国家综合实力才能做到
我一个匹夫草民　只能奉出微薄之力
还有机会信心能够看到国家成功的那一天黎明
由无芯之痛又想到一穷二白的建国初始
由无芯之痛又联想到两弹一星

大庆油田王进喜　　水稻之王袁隆平

由无芯之痛又想到中国人民的自力更生
自力更生　　艰苦奋斗　　丰衣足食
中国从一穷二白走到了今天的富庶旺盛

由无芯之痛我又联想到中国高速路　　动车组
高速路总长世界第一
都是中国人自力更生的结晶

由无芯之痛我又联想到深圳
圳是深水坑　　水为财　　四十年前
宝安一些小渔村一场改革开放的春风
使这一片神奇的热土倏地变成了今天的辉煌

由无芯之痛我又联想到中国卓越领路人
毛主席　　邓小平忧国忧民的高瞻远瞩
习主席　　党做出今天的决定

中国深圳光明科学城
十多年之后　　我相信你把无芯之痛抹去了治愈了
你的有芯产品
将屹立于世界巅峰

十年再相逢

黄世平

2029年国庆节,
作为粤港澳大湾区智库团成员,
我应邀出席光明区政府国庆招待会。
早上八点从长沙乘坐高铁,
上午十点到光明城站,
刚好按时出席会议。
会议介绍了华星光电的产品已经遍及世界七大洲,
迈瑞医疗每年创造着数以千亿计的产值,
科学城医疗机构的癌症和艾滋病治愈率达到了九成,
科学城已有十位专家获得了诺贝尔奖。

下午来到中山大学深圳附属学校,
看望学校校长我的同学,
他去年身患癌症在中山大学第七附属医院治疗痊愈,
现在身体恢复得像年轻了好几岁,
浑身充满了干劲。
同学住的高端人才保障房小区,
更像是依山傍水的旅游胜地。
为尽地主之谊,
同学当起了导游,

陪我游玩光明小镇，
坐着无人驾驶的汽车，
吮吸着光明森林公园清冽的山泉，
滑草场上空我们的尖叫声像回到了青春时代，
古色古香的村落讲述着光明的前世今生，
活蹦乱跳的鱼儿是在茅洲河垂钓的战利品。

夜晚的科学城辉煌璀璨，
却没有扰人的城市喧嚣，
夜空如水，
明月高悬，
凉风习习，
树影婆娑，
我在科学城酣然入梦。

乡情

赵立梅

有人说　深圳
是粤港澳大湾区
科技创新的引擎
能源的发源地
就是我们光明科学城
输送能量　给予动力
我们肩负着继往开来的使命
科学装置　科技融合
科技创新　三大集群
将在这里　光明科学城
落地　生根　开花　结果
听着　看着　展望着
激动得泪眼蒙眬
自豪得热血沸腾
突然
有个声音在心里
那么温暖　那么坚定
告诉自己　二十年
在这块土地上
同呼吸共成长

他乡亦故乡

那对家乡的情和爱　早已

深深融进了这座城市

生我养我的故乡

给我童年的快乐

给予我成长的营养

工作生活的光明

给我成年的幸福

给予我茁壮的力量

这样的一天

这样的时刻

光明科学城以它的方式

给我那么真诚地诠释了

来了就是深圳人的含义

站在光明科学城

我幸福地找到了

在心里一直深深爱着的

光明　我的第二故乡

祈愿

舟海韵

伽利略去世那年
牛顿诞生了
爱因斯坦降临人间
不久，麦克斯韦仙去了……
科学大师无缝对接，继后承前
这样的巧合，难说偶然
想想古今智慧的盛宴
史上三个著名苹果
哪个不是来自上天

科学让我们腾云遁土，来去如仙
科学把千里之外，呈现于我们眼前
科学让我们误以为
世界就是村庄那么一点点
科学甚至说，人可以没有生死大限

然而，科学虽然给人以超凡体验
却没能给人脱俗的欢颜
人们享受着前所未有的方便
也挣扎于失控的沼泽泥潭

环境、气候、健康,问题日益突显

有多少领域,打开潘多拉魔盒子在上演
有多少专家,做埋头鸵鸟假装看不见
有多少后果
已陷入饮鸩止渴的恶性循环
有多少问题,正潜伏为日后隐患
当未来的太空垃圾落在头上
不会再有人嘲笑杞人忧天
所有的目光短浅,源于只顾眼前
功利熏心的商业利益链

我们不得不思考
为什么科学发展到今天
仍有人刻意拒绝
与科技产品携手并肩
是他们愚顽
还是我们想得不够远
为什么诸葛先智亲手捣烂
自做的战车木牛流马,他能掐会算
到底有什么预见
我们不得不思考
为什么,当科学的金字塔尖
触及月球的那一天
宇航员们发出共同惊叹:
宇宙何等伟大,人类何其渺小
地球看上去,气泡般脆弱不堪
为什么人类越是拓展视野,越发现
真理无尽,奥妙无边
为什么科学越是深入细研

越是断定现实的一切空洞虚幻

作为一个科学的门外汉
我祈愿,横空出世的科学城
智能诞生人造圣贤
而不是人类的"终结者"
我们祈愿,塑料的悲剧不再复衍
所有新材料都有来有去
给它们留出一条回家专线
再没有泛滥成灾之嫌
我们祈愿,理论的创新和重大发现
以及随之而来的技术裂变
都源于对人类命运的责任承担
以及敬畏宇宙秩序的尊严
敬畏自然,敬畏人伦底线
敬畏因果天眼
我们期待科学的神光圣剑
继续为人类未来操盘
斩去被贪婪欲望绑架的锁链
为人世的和谐天青地泰做贡献

所有的出发,都有终点
很多终点,恰恰是走过的开端
时空轮回,已证明不是科幻
万物从无到有再归于零,往复循环
科学,是一个无比神圣的字眼

今天,我再一次仪式感般地仰望

文志红

哦!在光明科学城发展版图上
线条分布如蜘蛛网
普罗米修斯点燃了无尽幽光
大屏山的名字叫了好久好久
叫过了一代又一代生命的轮回
在此,我想叫醒爷爷的爷爷的爷爷
以至无穷代的列祖列宗
哪一位都以沉默作答
把带血呼号归入浩瀚
这是一条血雨腥风
又彷徨苦涩的路
从蓓蕾开放到血气方刚
从行将就木到客死异乡
将一切过往收纳
今天,我的名字叫巍峨山
随着美名的神奇写意
在蔚蓝地球上添上夺目之光
我仪式感极强地向这里的山水凝望
向迁徙的一草一木一砖
致以深情

光明科学城拔地而起
向世界向大地向人类向未来
高昂呼唤

科学技术是第一生产力
腾飞吧
请拾起我随风飘逸的深情

我和我的祖国

刘海云

我们来到了深圳　潮汐是希望
我们来到了光明　原野是疆场
脚下的热土　祖国母亲温暖着我
头顶的蓝天　那光明的万里彩虹
书写着祖国的辉煌　也沉淀着祖国的苦难

无法想象的夜晚　那是怎样的黑暗
母亲冰冷的怀抱　婴儿在嘶哑啼哭
可是　父亲在哪儿
难道不曾看见圆明园的大火
在撕咬祖国的心脏　在焚烧民族的灵魂
父亲呀　我脆弱而伟大的父亲
是你　用鲜血扑灭了圆明园的狂火
是你　用热血保卫了祖国的锦绣河山

即便我有杜甫的文字
也无力真实记录好　祖国那张血污的脸
南京城被洗劫屠戮　居然成了一座死尸
沉睡的村庄　也不幸招来嗜血的豺狼
被焚烧的房子　还残留着狗的哀号

夜间窜动的硕鼠　俨然成了村庄的主人
断壁残垣之上　乌鸦在戒备这死亡的阴森

我的祖辈　屈辱奋争　您是我无上的荣光
1949　我此生铭记　毕生报答
此刻　我的生命迎来新生
1978　我步履如铁　迎风破浪
此刻　我的生命新生力量
2019　我使命为船　独立潮头
此刻　我的生命依然浴血燃烧
我要同我的先人　接力长征
求同抗争　续写中华民族的世界神奇

时间就是金钱　效率就是生命
当热火朝天的口号在深圳响起
中华儿女的每一根神经　每一个细胞都被点燃
写满血泪的祖国历史长卷　我们岂能遗忘？
祖国一直在深切地激励着我们　召唤着我们
培育好一颗强健的中国心

风风雨雨七十年
我们前方的站台　深圳北部中心区光明
科技智能日益聚变　祖国硅谷正在诞生
世界一流学府扎根破土　造就世界一流人才
这里　就是中国芯生长的沃土
这里　就是我们驰骋梦想的疆场
这翠绿的蓝图　让我心情跃动　而你看到了吗？
中华民族伟大复兴的中国梦日益成圆
那云霄之上　正盛开着祖国母亲的笑脸

追梦的翅膀

彭彦冰

这曾是小小的村庄
这曾是旧旧的农场
被岁月犁皱了的脸庞
少不了有迷惘
被风霜熬红了的眼眶
免不了有惆怅

科学城项目落在这片土壤
像一粒种子生长出希望
像一束火焰温暖了心房
像一盏灯塔把未来点亮
像一抹朝阳带来了发展的曙光

一支土地整备队伍斗志高昂
鲜艳的党旗在项目上高高飘扬
在这里，党的光辉闪耀怒放
在这里，无悔的青春迎风歌唱
在这里，党员干部心怀信仰
在这里，团结和拼搏迸发力量

用摩挲的手掌
将这块土地丈量
用热切的目光
将这段历史凝望

把崭新的生活拥入臂膀
用幸福的笑靥迎接向往
跃入欢乐的海洋
美好的明天扬帆启航
张开追梦的翅膀
精彩的未来无限荣光

这里是大草原

李泽宇

大风从天上赶下一群羊
掉到地上全部变成了珍珠
建了一所大房子
就叫科学城
这个房子有多大
你得看它的名字
"科学城"
羊儿们一定很高兴
就像回到了大草原
如果这里是草原
这里一定有一万株草
人们也很高兴
因为这里是大草原
一定会吸引一万只羊

一座新城即将诞生

刘英武

在这里，几乎每天都有新事物诞生
我们习惯了大地上的变化
就像不知不觉把一些事情遗忘
在这里，我们总是脚步匆忙

拆掉一栋建筑很快
筑起一幢新楼很快
起重机越架越高
蜘蛛侠越爬越多
不变的是，废墟倒塌的声音
在轰隆隆的机械碰撞里
有人欢喜，有人感伤

他不是深圳的万象城
也不是光明的正大城
他的名字叫世界一流的科学城
在它诞生前，规划厅已呈现他青春的模样
我们相聚光明城建筑基地
就好似来瞅一眼科学城母亲的容颜
来看看这是怎样的一个母亲

将要孕育出闻名世界的孩子

也许是这个母亲格外幸运
她和别的村庄并无两样
但她脚下埋着宝藏，地势优越
她身在深圳光明
不难让我们想起祖辈渔村变特区的光辉历程
科学城这条巨龙
终将汲取光明山水之灵气
集聚中外贤才之智慧
腾飞于中华大地，屹立于世界科学之巅

怀着对一个巨星孩子的希冀
我们走进光明科学城规划厅
又移步到土地整备局和建筑基地
苍茫的一片，让人望不到尽头
我们沿着一条泥泞的山路往上走
黄土地、挖掘机、废钢筋、大货车
在一片静止里，工人操纵着机器
山路被碾压出一道道车痕

道路两旁是葱郁的林子
抬眼就能望见龙眼、荔枝、菠萝蜜
热带水果散发着甜丝丝的香气
偶尔还有一些屋子，门前搭着棚架
让人仿佛走进了自己的故乡
也让人似乎乘上了时光穿越机
回到了自己的童年

而此时，我们每个人都很明了

载我们回到故乡的这条林荫小道
也将载我们从明天的科学城
回到历史的今天
我们这样行走着,就很好

大湾区的光明

辛立文

作协采风羌下城,
荒地野草乱石坑。
山围故土周遭立,
草入空城寂寞横。
馆长一展蓝图现,
作家八舌大湾风。
科学城内育科学,
光明区外放光明。

采风：七绝和五律

洗 莼

七绝

一

朝起采风高格趣，一时夏雨慰行人。
谁当识得光明貌，多少层楼岁岁新。

二

云开远见光明景，历历昌辉在眼横。
逐队随行科学馆，可曾得句拟专程。

三

人间聚散留难住，协作相逢幸不迟。
始信淡交宜远久，诗中堪忆去年时。

五律

地拥新区势,交通便客流。
云天衔白日,车道夹层楼。
国载光明建,名闻世界筹。
先行先试者,市景倍悠悠。

下篇
都是追梦人

所有的离别都是为了重逢

李志东

阳春三月,大道光明,春天就这样来到了我们身边。伴随着院子外每一天太阳的东升西落,我们祝福科学城启动区现场指挥部的每一位同事都开心顺意、生活丰富。

忘不了现场指挥部的院子。每天院子里播放着《好日子》《走进新时代》,鼓励着我们。墙上挂着三条标语:"从这里,再出发""不为困难找理由,只为成功找方法""早签约,早选房"。过去的大半年里,我们珍惜每一次遇见,珍惜每一次前行。青春年华过而不复,最美的刹那是我们自己跋涉前行的光影。正如同奋力前行与生活搏力的我们,把种种困难隐入背景,把欢欣鼓舞都给了同事。从清晨到夜晚,从山野到书房,五龙出阵的院子就是我们的营地。

忘不了现场指挥部里每一个可爱的人。每个人脸上洋溢着幸福的微笑、坚毅的目光。在指挥部,我们尽量把日常呈现得有趣、好看和情感温暖。每一个看起来风平浪静的日子,都浪漫暗涌、诗意壮阔。梁漱溟晚年的口述,曾结集成了一本书《这个世界会好吗》。而我们写下的,是每一天凡人的英雄梦想,是英雄的平常。这个指挥部,是有心人的世界;这里的每一位,如山间清爽的风,如城中温暖的阳光,都是我们的战友。

忘不了现场指挥部彻夜不熄的灯光。签约的前一天,同事们彻夜未眠,深夜两点多、凌晨五点多都在紧锣密鼓地准备相关资料。茅洲水长,鹿珠山高,物象万千。1205栋楼、115座坟、384个金塔。527份协议,1.82平方千米;466位战友,22天。这些数据应当被铭记。有情怀,有力度，大书特书，让人倍感自豪。这些奖励属于院子里大写的英雄们。

　　过去的大半年里，弥足珍贵的经历让我们难以忘怀，鲜活的名字让我们铭记于心。是时候说再见了，但所有的离别，都是为了重逢。这次的离别不是结束，促使我们变得更好更健壮的，是那些在逝去的时光中，被爱和被感动的每一个瞬间。星光不负赶路人，时光不负有心人。当问候和祝福成了习惯，我们拥有了崭新的世界和春天的从容。

　　闻鸡起舞，日夜兼程。既然选择了远方，便义无反顾地出发。在春暖花开的时刻，在光明区的新湖花海里，咱们院子里每一个平凡平淡的人都有力量。今天的启动区土地整备任务结束了，但新湖街道光明中心区土地整备冲锋的号角声还在我们耳边萦绕。感恩伟大的新时代，让我们收拾行装再出发。祝愿我们身边的朋友们都幸福满满，祝福伟大的祖国继续繁荣昌盛。

攻坚的 22 天

褚 宏

2005年年底，我初次来到光明工作，那时华侨畜牧场体制改革才过去三年，光明地区还是一片农场风貌，科学城项目所在地还是种菜、养猪、养奶牛的地方。

14年一挥间，从光明华侨畜牧场，到全市首个功能区，再到升级成为行政区，光明城高铁站、中山大学深圳校区、华侨城光明小镇、科学城项目纷纷落地，整个光明地区出现了沧桑巨变。特别是2018年4月科学城项目正式落地新湖，我们新湖街道也迎来了前所未有的历史性发展机遇，开启了精彩蝶变的壮阔征程，这片土地上即将出现一座未来之城、科学之城。

回顾科学城土地整备11个月的工作历程，对我个人而言，可以说感受最真、情意最切、体会最深。在2019年2月28日区委区政府召开的签约攻坚动员大会上，我代表现场指挥部做了三点表态：一是进入"战时"状态，连续奋战30天。坚持"早晚例会制"，解决问题不过夜、当天任务当天清，营造"比学赶超、你追我赶"的攻坚氛围。二是成立攻坚团队，逐户攻克难点。统筹一切力量，组建强大的攻坚团队，主动出击，逐户攻克，确保签约工作不漏一户、不落一栋。三是保证公平公正，营造和谐氛围。严格遵守"政策、标准、口径"三统一原则，让每一笔补偿、每一份协议都经得起法律和历史的检验，保证按期完成全部签约任务。

攻坚的22天，我驻守在指挥部，抓现场统筹、抓进度管理，与466名工作人员一起加班加点，日夜奋战，最终提前9天完成了527份签约任务。

我们真心实意帮助群众，不管白天黑夜、距离远近，始终做到主动上门、贴心服务，现场深夜灯火通明，凌晨三四点还在做群众工作，营造出上下一心、干群同心的和谐氛围。

攻坚的22天，我们紧盯任务目标，压实组长责任，通过挂起作战图、进度表，插红旗，现场大屏幕滚动播报进度，倒排名次，每签一户、每交一房都在微信工作群里互相报告、互相点赞，激励现场广大党员干部冲锋在前、攻坚在前。26个协商谈判小组互帮互助、良性竞争，形成了"比学赶超、你追我赶"的火热氛围。

攻坚的22天，我们当好东道主、服务科学城，组织利用所有资源，集中一切力量，保障好科学城土地整备。除了安监部门，街道18名处级干部、35名科级干部全部抽调到协商谈判组，机关饭堂放到指挥部，街道所有会议放到现场，营造了良好的工作环境，让所有干部充满激情、忘我工作，形成了无坚不摧的强大合力。

光明科学城土地整备目标如期达成，是我们新湖街道向区委区政府和全区人民交出的一份漂亮答卷！

我坚信，只要我们党员干部不忘初心、牢记使命，共同努力、忘我奋斗，就一定能攻克一切难关，迈过一切险阻，辖区群众的生活一定会更加美好，世界一流科学城的美好蓝图一定能够实现！

作为一名基层街道的党员干部，能够有幸参与光明科学城项目的建设，为科学城奉献青春、贡献力量，确实感到非常光荣、非常自豪。

谢谢你，在最好的时光相遇

孙娟娟

2018年9月25日，这一天对我来说，是个特别的日子。我离开了工作4年的光明区综合办，来到了区组织人事局（现区委组织部）。报到当天上午，蔡晓锋、朱裕波、王仪等局领导做了工作安排，要求我们新入职的6名职员全脱产到科学城启动区项目现场指挥部，并对我们提出了全情投入工作、遵守职业道德、严守工作纪律等要求。下午我就被分到现场指挥部综合协调组（文秘组），在各级领导的大力支持下，在同事的共同努力下，我们较好地完成了各项工作任务。

首先，我要感谢组织的信任。2018年10月11日，光明区委区政府召开项目攻坚动员大会，会后62名区抽调干部入驻指挥部全脱产开展相关工作。而我作为一名新职员，刚入职就被组织人事局领导派驻到指挥部，参与重大项目土地整备工作，深感荣幸和自豪。在现场指挥部，我被指挥部领导安排到综合协调组（文秘组）这么重要的岗位，又被委任为文秘组组长，全面统筹文秘组各项事务。组织的信任和认可，是我工作的动力和源泉。

其次，我要感谢团队的付出。文秘组既负责会务记录、公务接待、情况汇报等工作，又负责通知、请示、函、领导讲话稿等材料工作，还负责日报、美篇、简报等编辑工作，任务重，压力大。但在团队的共同努力下，我们完成通知、请示、函、领导讲话稿等各类公文材料90余份，梳理上报情况报告55份，编发美篇信息103篇、简报72期，审核发布各协商谈判小组工作成效情况100余份。同时，协助制作光明科学城启动区项目

展板、新湖街道土地整备中心其他项目展板8批次,协助制作宣传标语50余条。

最后,我要感谢家人的支持。光明科学城启动区项目需整备土地面积达1.82平方千米,拆除建筑物1205栋,面积达45.03万平方米,涉及利益主体多,社会牵连广泛,工作难度大。文秘工作任务重,加班加点是常态。我刚来科学城,先生说"能参与是幸事,我想去历练都没资格,你去了就好好干"。2019年3月3日,正式启动签约后的第3天,母亲因病住院10余天,2000千米外的我心里非常挂念,但忠孝不能两全,只能委托表哥代我看望。母亲对我说"你以工作为重,我有你爸照顾就行"。后来,无数个"5+2""白+黑"的日子,婆婆说"你放心工作,孩子我会帮你带好的"。正是家人的大力支持、深切理解、辛苦付出,我才能全身心投入到工作中去。

无悔青春,感谢有你——科学城项目。在这里燃烧激情、绽放青春,为打造世界一流科学城和深圳北部中心贡献力量,我深感骄傲和光荣。我也非常感谢组织对我的认可,给予我"服务之星"的荣誉称号。接下来,我一定会再接再厉,努力做好本职工作。

我们都是追梦人

唐　爽

2018年12月18日,带着紧张和兴奋,我来到了光明科学城启动区项目土地整备现场指挥部,开启了我的"科学城生活"。

所见:忙碌的科学城

旧厂房改造、开放式办公区域,"从这里,再出发""不为困难找理由,只为成功找方法""早签约,早选房"等跃然醒目的标语,不断跳动的进度排名表,忙忙碌碌的身影,彻夜不熄的灯光……这就是科学城指挥部最常见的场景,来自各条战线的466名工作人员投身到这片"科学之城、梦想之都"的土地上,把种种困难隐入背后,把欢欣鼓舞留给群众,提前圆满完成全部计划签约和腾空交房任务,交上了一份沉甸甸的"土整成绩单",创下了深圳新时代的"科学城速度"。

所为:"菜鸟"文秘成长记

在现场指挥部,我是综合协调组的一名文秘,全程跟进指挥部工作会议、公文活动,完成会议纪要(记录),及时报送工作动态和美篇。同时,根据指挥部安排撰写各类文字材料,完成每日推进工作组简报和指挥长每日工作成效表……每一天,我们文秘组的小伙伴在组长的带领下,有条不紊地完成每项工作。作为一个文秘"菜鸟",一下子进入这么重大的项目,

有过吃力，有过抓狂，甚至有过想放弃的念头。记得第一次撰写关于科学城项目党建插花活动的讲话稿，折腾了一两个小时依然完全没有头绪；记得刚开始跟会完全不知道记录要点，会议纪要和美篇无从下笔；记得展板和折页反反复复修改了几十遍依然不能定稿……在领导和同事们耐心的帮助下，我这个"菜鸟"文秘也慢慢成长起来。

所悟：汗水中收获喜悦

这是一支关于"打造世界一流科学城"的交响曲，土地整备是交响曲的第一乐章，我很荣幸既是建设光明科学城伟大梦想的见证者，也是实现这个梦想的参与者。在这里，我见证了一群人齐心协力干大事的力量，见证了从"不可能"到"可能"的奇迹，见证了"舍小家为大家"的情怀，见证了一个又一个感人的"土整故事"，也亲身经历了心智历练、能力提升的蜕变……青春年华过而不复，最美的刹那是我们自己跋山前行的光影。这段激情燃烧的岁月，亦是我难得的人生经历和宝贵的精神财富。

这份感动流动在光明的记忆中

杨 曦

"人生为一大事而来。"在光明科学城土地整备指挥部,很多人都提起过这样一句话,我有幸以记录者的身份,点滴记录,"耳濡目染",参与到光明科学城土地整备这件大事中来,实在是人生中的一件幸事。

往返于办公室与光明科学城土地整备指挥部的这条路,经过美丽的花海、中山大学附属第七医院、中山大学深圳校区施工现场,道路两边绿树

荫翳、河流叮咚，视野开阔、景色宜人。参加光明科学城土地整备宣传报道期间，我曾一次又一次往返在这条路上，一边欣赏景致，一边想象着这里以后的样子。与世世代代生活于此的老光明人不同，我作为新光明人，也对它产生了一份期待，是既保留着都市田园般富足的喘息空间，又集聚着高端、顶级的城市配套，优美、舒适、便捷的理想栖息之地。它曾是深圳的偏远郊区，交通相对落后，也作为后发展区，有着特有的朴实、宁静的一面，更加适合生活。当历史的聚光灯对焦光明，科学城为光明植入了全新的理念，曾经的后发之区即将蝶变成为未来之城，生活、工作于此的人将为之愉悦、自豪。

发展刻不容缓，建设科学城需要腾挪空间，这是一个艰巨的任务，需要集聚全区之力完成。光明土整工作者凝心聚力，铆足干劲，以坚韧不拔、勇于开拓的姿态，全力以赴，最终不负重托，圆满完成任务。甘于奉献的土整工作者、用行动积极支援家乡建设的被搬迁人，不分白天与黑夜，不分距离远近，完成了很多看似完成不了的任务，留下了说不完的感人故事，烙下了不可磨灭的历史印迹。遗憾纸短情长，文字、图片、影像的记录也是有限的，没有办法记录下全部的故事，汗水与真情都无声融入时代发展的滚滚洪流中，流动在光明的记忆里，成为光明的精神，为后人传承、传唱。

心里的致谢

谭敦舫

2019年4月9日,林家新生命降临,科学城项目又添一名"喜宝宝",林家大人们喜气洋洋交房,而我们沾满喜气,完成全部腾空交房工作。我们一路风雨走来,只用一个喜字结束!但我们永远忘不了成就我们辉煌、给予我们荣光、舍小家成大家的林子荣、李桥顺、莫桥生等30位业主朋友!

林叔的笑

我们见到的林叔都是笑呵呵的,他招牌式的笑极富感染力,我们也常被他逗得开心笑起来。

林叔名叫林子荣,70多岁,退休以前在牛场工作。林叔告诉我们,他是20世纪50年代逃荒来农场的,是地地道道的"本地人"。他问我:"我能不能享受原村民的安置政策呢?"当我和他讲清政策,说他虽然是农场的"拓荒牛",但不属"原村民"。林叔还是笑,好像"安慰"我们似的,说:"没事的,我相信你们!"

"没事的",这是林叔的口头禅。整个拆迁谈判,我们几乎没做他什么"思想工作",反而是林叔老来做我们的思想工作,好几次看到我们夜里还在牛场工作,工作受阻,情绪低落,点着烟散步的他就会走过来问,第一句总是"没事的"。我们笑一笑,真的什么也没有了。

有一次,我好奇地问林叔:"您是党员吗?"林叔说他不是,他说,他

们家是逃荒来的，落脚在光明，一辈子工作在农场，从开荒到现在，见证了时代变迁。"生活，在党和政府的领导下一天比一天好，没理由不相信。"我故意问林叔："离开住了几十年的老屋，舍得吗？"林叔笑呵呵的，说："没事的，哪有什么舍不得！"林叔告诉我们，几十年地处偏僻的牛场要动工建设世界一流科学城，想都没想到。"碰到这么好的机会，怎么能不相信共产党呢?!"他说。

我们通知林叔，书记、区长要特别给他送上感谢信，还要请他上主席台。林叔有些"紧张"，说"不要不要"。我们可不能放过他，和社区干部一道做通他的思想工作。第二天，我遇到林叔，见他理了头发，穿了一身新衣裳。我开玩笑说："林叔，您今天真帅！"林叔把书记、区长送的感谢信拿给我们看，我们啧啧称赞，林叔喜滋滋的，笑得更"呵呵"了。

搬进新房后的4月9日，林叔再添了一个小孙子，我想，一贯"没事的"林叔这回可真忙了，整天也一定笑呵呵的。

李姨的泪

李姨说话声音洪亮，总是快人快语，老穿一条孙女穿过的旧校裤，朴素、俭省。

李姨叫李桥顺，从旁边的黄江镇嫁过来，在牛场生活了40年。李姨一生要强，说话做事说一不二，教育培养三个儿女从偏僻的农场考学到深圳，在罗湖等地工作，20多年，儿女们各有各的成就，李姨甚为自豪。

签约时，李姨一家纠结了好久，毕竟从这出生长大的两个儿女，碍于政策的刚性，无法享受到补偿安置指标，心里想不通，所以不痛快。最后，李姨站了起来，极为果断，以毋庸置疑的语气说服几个儿女。

要搬家了，李姨几天前就把房子收拾得干干净净。临交房时，在贴上封条的那一刻，没想到，原本乐呵呵的李姨止不住眼泪，再也忍不住哭了起来，也让我们十分感伤。

一幕幕往事一定闪现在李姨的脑海，反反复复哭了三四次的李姨，不好意思向我们解释说："原本签协议只签名字，没啥感觉，贴了封条才发现有太多舍不得。"

李姨今年 70 多岁，退休以前在牛场工作，在圳美牛场一住就是 40 多年。封条贴到李姨家的出租楼时，她还很平静，贴到她自己住的房屋时，她忍不住啜泣起来，说自己在这里住了一辈子，一砖一瓦都是自己亲手搭建的，而自己早已习惯了这里的一草一木，想到真的要离开了，心中太难受，难以割舍。我想，李姨舍不下的不是一栋建筑物，更不是一间房子，而是她付出一生心血、烙下幸福与欢笑的家。

我们望着哭红了眼睛的李姨，不知道说什么好，只能安慰她说，科学城土地整备项目回迁房将在原地兴建，三四年后还可以重新住回这里，与一流科学城为伴，可以享受到更加舒适的生活环境。李姨点点头，说她相信的。

是啊，没有李姨坚定的信任与难得的割舍，哪有未来一流科学城的建设?!

莫叔的思

莫叔不爱出声，看上去闷闷的，我陪他坐了很久，也没说上几句话。

莫叔叫莫桥生，是参加过对越自卫反击战的老战士，一个真正上过战场经历过生死的人。我初次见到莫叔，是他拿着伤残军人优待证过来找我们，有些腼腆的莫叔，自豪地和我们讲起过去的事，末了，他终于说了要说的话：希望我们能"照顾"，按照"原村民"给予他补偿安置指标。莫叔其实很为难的，他知道政策上不行，听我们解释后也不再说什么，沉默起来。

我问起当年上战场的事，莫叔显得有些激动，话语多了起来。1979 年 2 月间，莫叔和战友一共八人，奉命潜入越南境内侦察地形，返回时遭遇越军，战斗中，一名战友不幸牺牲。莫叔喃喃而语："一个活生生的年轻人就没有了，没有了……"我看到莫叔眼眶里湿湿的，嘴角微微颤动，我心里无比痛惜英雄的牺牲，也更敬佩莫叔他们。我竖起大拇指，这看似无谓且多余的举动，却让莫叔很欣慰，他拉着我的手说："谢谢!"

但，该接受这份谢意的不是我们，恰恰是像莫叔这样的人。无论是过去的为国流血牺牲，还是今日的为国舍家奉献，莫叔他们都是当之无愧的最值得尊敬的人。

　　雨后的科学城上空清新滋润。科学城项目中，有许多如林叔、李姨、莫叔这样的业主，他们无论舍与不舍、欢笑或流泪，心中都有一种对美好未来的期盼，一份执着坚定的信念，所以能默默地支持、实实地付出，他们才是科学城建设最大的功臣。

　　深深地向他们致谢！

青春不老　韶华不负

李梦婷

光明科学城启动区项目是我来到新湖后接触的第一个土整项目，能够参与其中，我倍感珍惜。记得 2018 年 9 月刚踏进现场指挥部大门的时候，两栋大厂房格外吸引眼球，尤其是墙上贴着"不为困难找理由，只为成功找方法"的鲜红标语，特别耀眼。

在综合协调组总是"计划赶不上变化"，有时候晚上 10 点接到第二天早上要开会的消息，只能连夜准备情况汇报、领导讲话等材料，多少个连轴转的日夜，不过是为了保障一个又一个会议的正常召开。但也不乏遇到一切准备就绪，突然接到会议取消的消息。在这几个月高强度、快节奏的攻坚工作中，听得最多的莫不是"坚持'政策、标准、口径'三统一，当好'五员'，落实'五包'"。最受触动的莫不是工作中不分你我的互帮互助，同加班同熬夜，永远不会让你一个人单打独斗。最受感动的莫不是每一位工作人员"5+2""白加黑"，放弃休息时间，无怨无悔，舍小家成大家，以"功成不必在我，功成必定有我"的奉献精神奋战在一线。在这里，大家都朝着同一个目标全力以赴。

2019 年 3 月，项目正式启动签约，现场指挥部一片热火朝天，协商谈判小组捷报频传，历时 22 天便完成了 527 户全部计划签约工作。5 月 9 日，项目总结大会召开。红红火火的同时也恍恍惚惚，"战役"已悄然结束，离别便紧随其后。但是，我相信所有的离别都是为了更好地重逢，来自各条战线的小伙伴，我们江湖上再见。

塘角山下好风光

武玉蕾

2018年10月的一天，那时我刚被抽调参与光明科学城启动区项目。这天午饭后，我跟同事们顺着蜿蜒的绿道登上了附近的塘角山。俯瞰着科学城启动区这片土地，入眼是遍地的厂房和楼宇。厂房低低地趴在地上，像一个个"火柴盒子"，楼宇鳞次栉比，有的并着肩，有的握着手。在光明区待了那么多年，这是见惯了的"风景"。可是，那天的心情却不一样。"全部都要拆。""要为科学城整备好干净的土地。"……办得到吗？这可不像黑板上擦掉的粉笔字迹重新写那么简单。1205栋房子、1.82平方千米，可以办得到吗？我站在山顶的风里，心里画着一个大大的问号。

我自认是带着使命来的。十几年前，我来到光明时，田寮的田湾路上还没有路灯，晚上上街还会面临被抢夺的危险。公明这个地方，贴着"深圳最乱"地方的标签，光明在大家眼里还是个吃乳鸽的偏远农场。后来成立了光明新区，治安慢慢变好了，城市环境逐渐改善，公共基础设施也在慢慢完善，特别是市里出资"村小改造"后，学校一下子穿了新衣服，漂亮了很多。而现在，这是要彻底改变了吗？

是的，是要改变了。先是中山大学深圳校区落户带来了第一缕春的消息，后来是赣深高铁、光明小镇、深圳西湖增添了几分春意，待到行政区正式成立、光明科学城的概念如勃发的朝阳冉冉升起，光明的春天已经非常烂漫了。光明！这宏伟的寓意感召着我，我必须参与这历史的一刻。

我还记得那一天，我们在机关大院后面的会议室里参加了动员大会。当天下午，我这个土地整备的门外汉怀着忐忑的心情到"指挥部"报到，像刚分配岗位的学生。地图上找不到名字，我跟着导航崎岖游走，来到一

个离"五龙出阵"的地名不远的地方。入眼是一面高高飘扬的国旗和两个超大的"火柴盒子"。右边的"火柴盒子"上刻着几行字："不为困难找理由，只为成功找方法"……办公室在左边"火柴盒子"的一个小格子里，墙上挂着项目范围地图、本组任务地图、工作进度表格和小组人员名单。办公室门口有几排长长的办公区，横贯"火柴盒子"中央，那是各个服务机构集中办公的地方。这地方散发的激情燃烧的氛围鼓舞了我，我感到一阵振奋。

我很快就融入了这个团队，专注让我忘记了困难的存在。这里有来自四面八方的人，有区直各部门抽调来的干部，有街道的土整骨干，还有各种服务机构的人。大家天天在一起相处，很快就熟悉起来，空气里弥漫着火热的气氛。

这里有一群想认真干事的人。大家在这里都是为了一个共同的目标——早点完成土地整备。我们认真投入政策宣讲员、一线信息员、拆迁谈判员、征拆工作服务员、矛盾调解员的角色，以签约为中心，"一条龙"包干每一栋建筑物的权属核查、协商谈判、签约补偿、腾空交房等一系列工作。我们聚焦于每个阶段的任务，排解出现的问题，忘我地投入，连吃饭的时候也在讨论问题。2018年10月以来，无论是工作日还是周末，你到这里总是能看到大家忙碌的身影。签约启动以后，这里简直是热火朝天，经常到了半夜三更，仍然灯火通明。

我住在光明还不算辛苦，那些住在市里的人经常急匆匆赶回家睡个觉、看看老婆孩子，又急匆匆赶回来。领导们就更不用说了，简直是把这里当成"家"了，一些棘手的问题交到手里是不能过夜的，一楼展厅会议室每天晚上都充满了讨论问题的声音。

这里有一套完善的机制。来到这里才知道土地整备工作专业性也是很强的，申报、测绘、签约各个环节环环相扣，都要有充分依据和专业支撑。为此，每个小组都配备了专门的测绘、监理、评估、督导、法律人员，还有街道、社区、网格的人员协助联络沟通，各人职责清楚、任务明确。小组办公室的墙壁上挂满了图表，门口后来还增加了几支"温度计"，动态"测量"着各个阶段的进度，时刻提醒大家要再加把劲。各组的排名情况更是遍布各个电子显示屏和简报、刊物，你有没有拖大家的后腿，不

用你说，一目了然。指挥部还专门成立了干部考核组。干部考核组的人员跟我们一样要天天到岗，参与各小组的各个工作环节，近距离、全方位观察大家的表现，为每一个干部"精准画像"。还有各种微信群，像一张张网把大家联结在一起，各组工作进度、工作进展、干部考核表现都会实时在群里通报。在这种环境下，不用扬鞭，大家都奋勇争先了。

这里有一面高高飘扬的党旗。光明区委极具创造性地在指挥部成立了临时党总支部，把这里的每一个党员都纳入临时组织当中。各支部定期开展活动，让大家重温党的誓词、党的宗旨，并在实践中磨砺党员的本领，密切党同群众的血肉联系。在这里，业务与党建是那样自然地融合，鲜艳的党员红马甲和党徽时刻提示着党员的身份与担当。有一天晚上，临时党委全体党员还开展了集体活动，党员代表充满激情地分享了自己的故事，很多人激动得流下了眼泪。

这里有一个公开透明的方案。什么样的人有什么样的指标，什么类型的建筑值多少钱，都通过表格的形式张贴出去。赔偿标准公开、透明，既不夸大许诺，也不藏着掖着，保持一个口径、一碗水端平、一视同仁。申报、测绘清点、方案审批每个步骤都会请被搬迁人签字确认。经过耐心细致的宣讲和解释，许多被搬迁人都意识到科学城项目是对光明未来发展具有决定性意义的大项目，将有力改变当前发展相对落后的局面。

火热的气氛感染了来到这里的每一个人，每天都发生着感人的故事。我特别感动于原本在这片土地上居住的人们。他们有祖祖辈辈耕耘这片土地的原居民，有归侨眷属，也有知青家庭。他们大多不会讲大道理，默默用实际行动支持政府决策，主动配合搬迁。他们有的安土重迁，老泪纵横，但面临拆迁却深明大义，率先签约；有的兄弟交恶几十年，因拆迁"相逢一笑泯恩仇"，再携手……在这里，我看到了悲伤也看到了喜悦，更有感动贯穿其中。当然，在这里我也看到了人性中的丑恶。为了区区利益，拿牛骨头冒充先祖遗骸的，提前加建想博取赔偿的，分配不均亲戚失和的……但人性的光明终于战胜了黑暗，土地整备项目在绝大多数人的支持下顺利开展。

我记得小组签约任务完成的那一天。我们几个人坐在办公室里，彼此都没有出声，连空气中都充满了安静。完成了，完成了，完成了！我想兴奋起来，但内心却无比平静，思绪就好像一个风筝，突然间挣断了背后的线，一下子没有了向下的压力，空落落地游荡着。人活着最大的问题就是太计较自己。当有一天你专心于眼前的事情，忘了自己的存在，你就会获得快乐与自由。

再一次登上塘角山，正是春风浩荡的季节。一场春雨过后，山背后的远处，公明水库的一池春水眼看着日渐丰盈起来。启动区有些房子已经在拆了，炮机、挖机嗒嗒嗒的声音在山间回荡。我仿佛看见，一个崭新的城正在冉冉崛起。那时我将会怀念这段时光，怀念这脚下丈量的每寸土地。

……………
地名五龙出阵，
村号圳美新羌，
塘角山下好风光，
热火朝天气象。
……………

我愿将这似水的流年投入到火热的奋斗中，淬炼出人生的光华，不负此生。

对着蓝图写担当

吴克志

新思想绘就新蓝图，新任务召唤新担当。

2018年9月19日，光明区召开一届一次党代会，会上明确提出了要把光明区"打造成竞争力影响力卓著的世界一流科学城和深圳北部中心"。这个定位，为我们光明区今后的发展描绘了一幅宏伟蓝图，给我们光明的广大党员干部指明了前进的方向。

而要建设好科学城，土地整备必须先行。

在科学城启动区的土整中，有这么一群人，不用去催促，自觉加班加点，"5+2""白加黑"，从深夜一直到清晨，都在为土整工作任务而谋划，都在想方设法做被搬迁人的思想工作。整个办公区彻夜灯火通明的场景，热情干云的工作面貌，多少年来未见，而在科学城启动区土地整备的各个协商谈判小组中见到了。这群人善于做群众工作，热心为群众服务，主动约谈业主，不怕路途遥远，跨地区到业主家里去签协议；他们耐心细致地谈心交心，把冷面相对、恶言相见的被搬迁业主，变成了无话不谈的朋友……这不是奇迹胜似奇迹。

科学城启动区的土整中有一种精神，叫"科学城精神"。光明区的党员干部汇聚新湖街道，同新湖街道的党员干部一道，共466人的精兵强将集结于科学城，秉承着"成功不必在我，功成必定有我"的胸怀，以逢山开路的闯劲，滚石上山的干劲，久久为功的韧劲，抓铁有痕、踏石留印的狠劲，互帮互助，密切协作，不计得失，埋头苦干，为早日完成科学城启动区的土整工作而脚踏实地砥砺前行，不舍昼夜地奉献……

科学城启动区土整中有一种底气叫领导表率。为了科学城的土地整备，各级领导纷纷来到科学城指挥部现场，给大家打气鼓劲，特别是区、街两级领导，更是每天与协商谈判小组的同志们吃在一起、工作在一起，现场办公、靠前指挥，为大家排忧解难。为了让大家有一个良好的身体和精神状态完成土整任务，街道办主任褚宏同志亲自抓伙食，搞后勤保障；周辉副区长深入各组了解情况，要求大家不急不躁，给大家以信心；何奕飞常委为了使大家能够更快、更准确、更全面读懂补偿方案，为大家耐心细致讲解方案，深入浅出，侃侃道来，如数家珍；街道党工委为了科学城的土地整备工作，把整个街道的部门都搬到了科学城指挥部，使科学城启动区有了一个各项业务齐全的全国超大的行政办公大厅（不是办事大厅），这种远见、胆识和大无畏的气概，极大地激发了新湖广大党员干部干事创业的工作激情……

"人生为一大事而来"，这是新湖街道党工委书记李志东同志时常挂在嘴边的一句口头禅。这句话里，蕴含着满满的责任和担当，激励着新湖街道党员干部勇于担当、敢于作为的积极进取的精神风貌。确实，人生就短短那么几十年，能够干事创业的年数就更短了。人活一辈子，能够专心做好一件大事，也就不枉此生了。

从这里,我们向着梦想阔步前进

薛振华

"拼搏科学城,快乐在土整",这是协商谈判第 2 小组在科学城项目土地整备一线的前进口号。一个口号,一个故事,一种见证。回首过去,虽路途艰辛,但硕果累累;展望未来,虽道阻且长,但未来可期。

唯其艰难,方显勇毅;唯其磨砺,始得玉成。我们第 2 小组负责的区域是圳美牛场,涉及 33 栋房屋 30 户业主。在土地整备工作启动之时,尽管我曾做好了遇到困难的准备,但还是出乎想象,尤其是个别业主出于个人利益考虑所制造的重重障碍,致使每一阶段的推进工作甚为不易。小组刚开始测绘时,就遇到过部分业主"门难进,脸难看,事难办",不答应其要求,坚决不让测绘;涉及确权申报时,因产生分歧不惜对工作人员红脸;签约谈判时,对政策认识主观化,对个人的不恰当利益诉求固守不放,相互抱团、彼此观望现象突出……这些难题一次次考验着小组成员。但这也说明,任何成绩的取得向来不是轻而易举的,越是前景光明,越是要毫不退缩,迎难而上。

深入实际,了解群众,依靠群众,为了群众。光明科学城的建设是每一个光明人的梦想,是一项巨大的民心工程。在和业主的每一次谈判沟通中,让我感受深刻的是每一个新湖人是支持科学城建设的,他们在这块土地上生长,这里有他们对美好生活的向往。做好业主的思想工作,既要深入浅出地讲好政策,坚守政策底线,"该有的一分不少,不该给的一分也没有",也要和他们零距离、面对面交心交谈,充分了解业主尤其是生活困难群众的所思所愿,让他们体会到服务的亲切、政策的温度、政府的关

怀。土地整备工作归根结底也是群众工作，群众工作做扎实了，彼此的共识才能不断扩大，问题解决也就有了活力之源。

"不登高山，不知天之高也；不临深溪，不知地之厚也。"对每一个能有幸参加科学城土地整备攻坚战的人来说，唯有大胆去经风雨、壮筋骨、长才干，才能真正经受磨砺、收获成长，练就担当任事的宽厚肩膀；也只有深入基层、深入实际、深入群众，才能葆有永不懈怠的精神状态和一往无前的奋斗姿态，在攻坚克难、服务群众的第一线砥砺品质、提高本领，才能涵养久久为功的心态，锤炼实干苦干的硬功。

不弃微末、不舍寸功，一步一个脚印向前进，如此，在跋涉的路上我们才能行稳致远，增长才干，才能走完天空海阔的征途，成就气象万千的人生。

三代夙愿今朝圆

梁国泰

三代夙愿今朝圆，破泣而笑迎新房。

2019年3月22日，香港同胞刘氏五兄妹在科学城签订了最后一户宅基地协议。他们奔波三代的"祖屋"终于可以取回来了。已到古稀之年的兄妹们非常感激地对工作人员说，他们家为了寻回内地故土的根，用了几十年，耗尽了三代人的心血。他们说，房子没了，可以建；人走了，精神可以传承。但根断了就找不到回家的路了，人生就没有意义了。他们还说，他们的梦能圆，得益于中央以人为本的重要指示精神，得益于党和政府关于粤港澳大湾区共享共荣的发展理念，得益于光明科学城领导办实事、敢担当的工作作风。没有言语能表达他们的谢意，在此，他们向科学城启动区土地整备及其他部门的领导们、兄弟姐妹们鞠上一个深深久久的躬。

其实，刘氏兄弟姐妹共5人，大哥已经去世了，大姐已经70岁，年纪最小的弟弟也已经57岁。20世纪50年代，因历史原因祖屋被没收了，他们的父亲举家迁往香港。80年代国家落实侨务政策，将没收的房屋返还给他们父亲。虽然没有在光明长大，但在父亲的熏陶下，刘氏兄弟姐妹却依然与羌下村有着深深的牵系。20世纪八九十年代，香港的生活水平普遍比深圳强一些的时候，刘氏兄弟姐妹也会给这边的乡里乡亲一些帮助，有谁需要帮忙就积极伸出援手。他们跟羌下的亲戚朋友联系密切，每年清明都会回来。他们牢记父亲的教导："祖辈在光明羌下村，无论什么时候，哪怕不住在那里，也一定要和亲族保持好的关系，常常走动、来往，不要忘记祖先、血缘和亲情。"

签约完成后,刘氏兄弟姐妹向我们协商谈判第12小组送上了锦旗,锦旗上写着"人民公仆,情暖香江"。接过锦旗,我们百感交集,我们深深地感到:群众的微笑与肯定就是我们的满足与成功。

红旗组与红旗户

冼世雄

2019年3月22日,光明科学城启动区项目土地整备工作的最后一份补充协议在科学城的办公区内签署,标志着科学城启动区土整工作告一段落。回想大半年的土整协商谈判工作,笔者在得到提升锻炼的同时,基层经验也更加丰富了,与群众打交道,做群众工作也是感触良多。在半年的时间内,我们协商谈判第12小组遇到了形形色色的业主,有诚恳老实的首签原村民、傲气不减的老领导、令人怜惜的独自支撑一家的中年妇女,还有因历史遗留问题而无法取回祖屋的港籍业主,等等,但令我印象最深刻的当属科学城的两户"红旗户"。

两户"红旗户"分别是羌下山口新村的刘某平与刘某伟。刘某平与刘某伟在科学城启动区项目土整工作开始进场测绘的时候,就"抱在一起",一起在房顶上插红旗,一起宣扬对土整的不满。碰到了如此的情况,我们第12小组人人绷紧了神经,不敢掉以轻心,将该两户列为重点,并制订了详细的计划,适时调整工作思路与方法。通过前期的研判,我的第一步是先争取刘某平的理解、配合与支持。

第一红旗户有一颗向往美好生活的心。

第一红旗户——刘某平个人比较实在,性格圆滑。在项目开始进场测绘后,他们家抵触情绪比较大,例如:妻子向工作人员泼粪,大儿子编造抹黑科学城现场指挥部的信息在互联网上散布,等等。我的第一个想法就是我们的政策宣讲可能不到位,群众对我们不理解。我一边鼓舞组员,一边主动出击,积极主动入户与刘某平沟通谈心。我的工作方式就是先交朋

友再谈工作。随后，我频繁地入户与刘某平一家谈心交友。谈到高兴的时候，忘了饭点，我们就一同去用餐。随着时间的推移，我们的隔阂渐渐消除了，关系也靠近了。

记得有一次，是年底的周末，我们又谈到了傍晚。当时，我就提议一同去欣赏光明小镇的花海，因为花海是由我牵头历时半年打造出来的，那里有迷人的景色。在夕阳下，我与刘某平的家人一同走在花海的小道上。我向刘某平描绘光明区，特别是其家乡羌下村的美好未来，当提到今后完善的居住配置之后，他感触地说：其实你所描绘的就是我所奋斗的。

自此之后，我们的误会消除了，关系融洽了。慢慢地，他家房顶的红旗不见了，他们一直以来的红脸也不见了，变成了一片祥和融洽的欢声笑语。作为一名党员，我是理想的追梦人，我坚信"党性在我心，落实在于行"。

第二个红旗户也是科学城内的第一"慢叔叔"。

刘某伟是科学城项目内的一位名人，在项目中关注度极高。他不仅在自己的房顶上插红旗，更加让人不可理解的是这位刘叔不愿让工作人员进场测绘。而且为了避免和我们第 12 小组工作人员接触，他启动了"躲猫猫"的模式，请保安、邻居做眼线，一看到有工作人员来到他家楼下就赶紧通知他。就算可以接触商谈，也常常会谈着谈着不欢而散。而且刘叔有个特点就是：他的无理诉求被我们拒绝后，就会故意用手捂住胸口，说他压力大胸口痛。

在这种复杂的情况下，我们第 12 小组成员不畏惧，不言退。经多方面深入了解业主的所思所想后，我们才知道刘叔原来是舍不得他的房子，因为这是他凝聚心血、一点一滴努力建成的房子，他已经把房子当作他的孩子了。了解这些情况后，我们小组向这位刘叔表达了最大的诚意，同时也展示了党与政府的最大诚信。记得补偿方案下发还未公布时，为了抢时间，我就将没有盖公章的方案拿给刘叔看，但刘叔不相信，我就立马向他提供一份保证书，让他吃下了定心丸。

我们就这样一点一滴地，用坚持和真情，在各部门的通力合作下，获取了刘叔的信任，实现了从"闭门羹"到"相谈欢"。虽然刘叔是最后一户未测绘业主，但刘叔从入场测绘到完成签约用时仅仅 7 天，最终从科学城"最难业主"变成"最快业主"。

能遇到"红旗户"，是我们第 12 小组的缘分。这是一次考验的机遇，也是一次党性的践行，凭着坚韧的毅力与数不清的日与夜的坚持，我们用真情与温情融化了业主的心，过程虽然艰苦，但结果是甜美的。我们的付出得到了区委常委何奕飞同志的点赞，何常委称赞我们为攻坚克难、坚忍不拔的科学城"红旗组"。

以诚心换真心　把寒风化暖流

张　帆

一、刘叔

"如果你们不把我的化粪池单独标注出来,我是不会在这个表上签字的!"被搬迁人老刘愤愤地说。这让协商谈判第 13 小组的组员很是为难——按照科学城测绘作业的做法,化粪池作为住宅建筑的"标配"附属物是和建筑融为一个整体的,无须单独标注;然而依据深圳市测绘规范标准,也没有写明不得标注。经多方讨论,第 13 小组得出一个结论:标注与否不突破测绘标准,也不影响评估价格。既然不影响评估价格也不突破政策,为了促使被搬迁人在测绘清点表上签字,第 13 小组修改了测绘报告,被搬迁人老刘也高兴地签了字。

"听说了吗,隔壁老刘的化粪池单独标注了,我们家的为什么没写上?""是呀,还是老刘厉害!走,我们一起去要求重新签测绘清点表去。"街坊邻居听闻测绘清点表可以单独标注化粪池后,以为增加此项有可能增加补偿款金额,纷纷提出了"重签"的要求;那些还没签字的业主,也要求增加此项后才肯签字。如果全科学城 300 多栋建筑物的业主全部效仿,那测绘技术服务单位修改报告的任务量将十分巨大。为了不影响其他谈判组工作,第 13 组决定把测绘清点表改回原样,把化粪池从图上删掉。

但是,老刘那边如何交代呢?事情仿佛回到了原点。我们忧心忡忡,害怕这次"反水"也会让老刘"反水"。当我们小心翼翼把这个最终结论告诉老刘时,没想到老刘竟然嘟囔了一句"哎,好吧好吧,那就这样吧"后,在没有标注化粪池的测绘清点表上重新签上了他的名字。

这次的签字是如此爽快，却也是如此的顺理成章。其实，绝大多数诸如老刘这样的被搬迁人，希望要的是在合理合法合情的前提下，得到与之补偿条件匹配的补偿内容，是对其家庭未来美好生活的向往。当老刘看到我们工作人员诚心为他服务，站在他的角度换位思考问题后，虽然没有争取到他想要的结果，但他也心安了——因为政策的天花板就在那，该得到的都不会少，不该得到的也不会有。

有时候，老百姓要的就是一个态度。

二、梅姨

50岁的梅姨真不容易，移居香港后，丈夫过早离世，独自打工抚养三个子女长大。也许是经历了太多生活的磨难，第一次与协商谈判第13小组谈判时，她对我们很是不放心——双手交叉抱在胸前，不肯坐下，一种典型的防卫姿态。虽然我们对她的情况做了充分了解，将其代位继承、港澳台身份等情况进行过细致研究，但将最坏的可能性告诉她时，梅姨狂风暴雨般爆发了，她高声怒喝工作人员，撕毁了相关身份证复印件等资料，怒气冲冲离开了谈判室。

其实梅姨的要求并不过分，她虽不是本地人，但她的丈夫是，她的公公更是20世纪初就在光明出生，可以说其丈夫的家族祖祖辈辈都是本地人，她只希望几个儿女在房子被拆后在这里还能有个家。于情于理，我们都对性格泼辣的梅姨予以支持，但苦于补偿方案尚未正式公布，我们也没法给她一个肯定的答案。

2019年2月25日，补偿方案正式公告。我组紧急召开各专业机构人员，尤其是法律顾问参加的会议，对梅姨的港澳台同胞身份认定问题进行讨论研究。同时结合前期所做的大量细致走访、调研等基础工作，很快便得出了认定结果——代为继承关系成立。当梅姨再次来到谈判室时，起初仍然和上次一样，双手环抱胸前，不肯坐下。我们从产权调换到补偿方案，从搬迁过渡费到奖励明细，一点一点地细心解释。慢慢地，梅姨松开了紧抱的双臂，紧缩的双眉也渐渐舒展。听完补偿方案，梅姨长舒了一口气，她不仅愿意坐下，还将她自己泡在热水壶里的牛蒡茶倒给我们喝，让我们感受到了她温情的一面。

　　梅姨的顺利签约，是科学城补偿方案公平正义的体现；梅姨态度的转变，更是谈判组前期扎实工作的结果。今天她能够顺利签约，我们也真心为她高兴，她给我们的热茶，是我们得到的最开心回报。

心怀梦想勇敢追　昂首迈入新征程

李飞鹏

生于20世纪70年代的人,已经过了做梦的年纪。但作为党员干部,我们肩负着历史的使命与工作的责任,却应有一份逐梦的精神。人生除了养家糊口、吃饱穿暖外,还得有价值追求和家国情怀。在过去的几个月,我和我的组员们投入到光明科学城启动区土地整备谈判工作中,13个日夜奋勇作战,攻克下26栋建筑、3786.17平方米的建筑物、24户被搬迁人的谈判签约任务。"5+2""白+黑",以谈判室为家,工作强度前所未有。说实在的,很忙、很累,但也过得很充实,干得很起劲。正因心中有梦想,行动有力量,奋力追梦的过程激发了我们无穷的潜能。

在科学城启动区这个创造历史的大舞台和培养锻炼干部的练兵场上,我们追逐梦想、实现梦想。在这里,各级领导高度重视,亲自挂帅,靠前指挥部署;在这里,领导做表率,党员争带头,以"钉钉子"的精神攻坚克难;在这里,全区上下一盘棋、一条心,凝聚合力;在这里,全区各方资源汇集,人财物等方面给予最大限度保障;在这里,"全方位协调机制"建立,聚焦重点难点问题,以结果为导向,落实各项任务;在这里,干事创业热情高涨,全组齐心协力,出谋划策,各组你追我赶,奋勇争先。

梦想不是纸上谈兵,需要我们脚踏实地。在谈判攻坚的每一个日夜,我们坚持"问题不过夜,当天问题当天毕"的原则,闻鸡起舞、星夜兼程;我们深入现场,了解每一户被搬迁人基本情况,掌握被搬迁人权属信息;我们提前谋划,细致开展权属信息核查、信息公示、政策解释的工作;我们不畏惧冷嘲热讽,为不理解政策的业主耐心讲解补偿安置方案;

我们设身处地,做好被搬迁人的思想和服务工作,保证每位被搬迁人签约无后顾之忧。

梦想的实现,既需要有担当的宽肩膀,还得有成事的真本领。科学城启动区土整攻坚的磨炼,让我们提升了自身综合素质和工作能力,增加了专业知识,增强了专业能力,锻炼了驾驭各种复杂局面的能力。我们在困难中坚定了决心,在磨砺中收获了成长,在全力以赴中收获了友谊,在团队协作中深刻感受到了自身的价值。

生逢其时,更要不辱使命。回首过往,扎根光明区已十年有余,我亲眼见证光明城市面貌日新月异。如今光明区更迎来大开发、大建设的新契机,我们更要坚定理想信念,坚守共产党员的精神追求,把建功立业的个人梦与祖国的强国梦紧紧相连。在今后的工作中始终保持这份责任感、使命感、荣誉感,以抓铁有痕的精神脚踏实地地干事业,集中精力抓好群众最关心的问题,不断创造佳绩,为中国梦、光明梦、新湖梦的实现贡献自己的力量。

孜孜以求拼搏不息　久久为功追梦不止

彭康雄

"我们都在努力奔跑，我们都是追梦人。"习近平主席在2019年新年贺词中的这句饱含激情和信心的话语，激起亿万人民的共鸣，让无数追梦人更添奔跑的豪情。为了完成努力打造"世界一流科学城和深圳北部中心"这一目标，我们新湖人在追梦的路上不畏艰难、斗志昂扬，在科学城启动区项目土地整备现场流下了辛勤的汗水。

令人振奋的是，我有幸参加了这次科学城启动项目土地整备工作，也成了一名光荣的"追梦人"。追梦路上有苦有甜，我们新湖追梦人的年华，挥洒在那一次次通宵达旦、彻夜不眠和业主谈判的日子里；在那一寸寸我们反复测量、精确核对的土地中；在那一杯杯为了提神醒脑，支撑着自己通宵工作的浓茶中；在那一本本被翻阅了无数次，只为业主寻求最佳补偿方案的政策资料中；也在那一根根熬白了的头发、一对对熬黑了的眼圈当中。

这段为了实现理想而共同奋斗的经历是非常美好而令人难忘的，而其中有件事更是令我印象深刻。那是陈氏兄弟这两户的签约，从4月6日凌晨1点27分我们开始谈判，到了凌晨4点业主仍不为所动。我们的谈判内容包括从政策到人情，从国家大事到社区发展，从个人利益到国家利益，从解决其诉求的途径到工作人员的诚意，等等。终于在谈判进入第三个小时，烟抽完两包，整个谈判室都烟雾缭绕的时候，业主被说服了。他立马开车回家接上早已熟睡的妻儿到指挥部签约，还一直在办公室等待资料审核到凌晨六点多，没有一句怨言。签约完毕后，业主紧紧拉着我们工作人

员的手，不断地说："你们辛苦了，感谢你们！"面对群众这种无条件的信任，我们又怎能不更加设身处地地为他们着想，用尽一切办法为群众排忧解难呢？只有坚定不移地走群众路线，真诚地倾听群众的呼声，用真情关心群众的疾苦，才能够得到群众真心实意的信任和维护。还有就是有两户在签约过程中提出了果树赔偿要求，我们在严守政策红线的基础上，灵活运用政策措施，努力满足合理诉求，严守立场不动摇，回绝了某些不合理要求，做到在积极促进工作开展、维护群众切身利益的同时，又坚定维护了国家法律法规、政策措施。

  这一段时间的工作经历使我收获良多，不光学习到很多有关土地整备的专业知识，还锻炼了与人沟通的能力，增强了业务水平，提高了团队协作能力，更重要的是和群众的关系更近了，这些都离不开领导的悉心培养以及同事们的大力支持。千里之行始于足下，有理想才有奋斗目标，我一定会带着这份工作热情，一步一个脚印地前进，实现自己的人生价值。

在追梦的路上,我们如此认真

贾 扬

22天、1205栋房屋、527户人家、1.82平方千米土地、36万平方米建筑,这一个个惊人的数据一次次刺激着我们的神经,一次次打动着我们、提醒着我们——这就是光明科学城土地整备项目的成绩!

"撸起袖子加油干,踏石留青科学城"是我们协商谈判第24小组的口号,却又不仅是一句口号,这些日子里,我们以此为工作方针,以结果为导向,在科学城项目指挥部挥洒汗水,留下了深刻印记。

还记得2018年10月11日来科学城项目部报到的第一天,来到了可容纳几百人的大通间办公室,这里有两块巨大的显示屏,上面有我们26个协商谈判小组的实时"战绩"排名,按阶段分别对出勤率、签约率、腾空交房率等不同指标进行挂牌作战,形成你追我赶,正面积极的良性竞争。看到这场景,对于从企业选调而来的我,既新奇又感觉到肩上沉甸甸的责任,压力与动力并存,当时的我暗自叮嘱自己,一定要打好这场战役。

转眼已进入2019年4月份,一晃小半年的时间过去了,科学城启动区土地整备项目已进入收官阶段。在这场战役中,我所在的协商谈判第24小组取得了非住宅组第二、厂房组第一的成绩。回顾这小半年,着实庆幸当初主动报名的决定。"不是每个人一辈子里都有机会参加拆除1200多栋房子的项目!"区领导的这句话,时时刻刻在我耳边回响,每当谈判遭遇挫折、每当签约遭遇瓶颈、每当遭遇新的突发状况,它都一次次让我重新充满斗志,重新鼓起勇气,重新爬起来继续作战。

党建引领土整工作,是科学城项目的重要特点之一,带给我极大的震

撼。在党建的引领下，我们为光明区美好未来憧憬而战。作为科学城项目非住宅组临时党支部书记，在正式谈判签约开始前，我带领党支部全体成员前往光明区党群服务中心，参观党的历史，重温入党誓词，不忘初心，时刻牢记自己的身份、自己的角色、自己的任务、自己的目标。

在这片土地上，"5加2""白加黑"，星夜兼程、闻鸡起舞、通宵达旦，已是再平常不过的事；在这片土地上，数百号人为了同一个目标、同一场战役而全力奋斗着；在这片土地上，未来将建成一座影响力卓著的世界一流科学城。

东方欲晓,莫道追梦早

张明诚

从 2018 年 10 月 12 日到 12 月 11 日,"2 个月""60 天",协商谈判第 26 小组(迁坟 1 组)用汗水和辛勤完成了项目红线范围内的全部坟墓签约工作;

从动员第 1 天完全不懂坟墓迁移工作的"一头雾水",到第 2 天迅速成立临时党支部,形成了"以党建统领,党员冲在前"的工作格局统筹工作;

从与其他组不同的启动之初信息采集未到位到迅速利用10月份"重阳节"加班摸底调查和登记,开动"宣传车"进社区广泛宣传;

从对每一户村民一无所知到利用休息日、节假日深入每一户走访,倾听每一户诉求,解决每一户困难,与村民休戚相关;

从一开始村民们对墓园墓位的质疑、无序选墓到充分尊重村民统一迁移的诉求,协调民政部门第一时间落实怀恩墓园B区的统一迁移;

从对待每一家每一户的公开、公平,保护合法权益,到严肃查处涉嫌以假当真、企图博赔的不法行为,我们在"亮灯送暖",我们也在"亮剑立威";

从最初众口戏谑"清人祖坟,有损阴德",到后来群众"喜逐颜开,以安先人"。

50座坟、159个金塔,说难其实很难,说简单也很简单。"东方欲晓,莫道追梦早。夜雨骤寒风正好,千里但为挥毫。"最难的两户签约,刚好遇上最特殊的两次周末细雨微寒,使我深深地体会到工作必须早,追梦更需早。科学城的日日夜夜,科学城的千淘万漉,必将换来郁郁葱葱的新湖和更加美丽宜居的光明。

变土整工作为群众工作

陈玲玲

2019年3月1日，随着光明科学城启动区土地整备项目正式启动签约，我的"土整经历"也就此开始。我几乎每天至少抽出半天的时间，前往由铁皮棚搭建而成的"光明第一大办公室"，了解签约进度，采访签约故事。

在我看来，走得近一点，才能看得更清楚，也才能找到更真实更细微的东西。

而科学城启动区土地整备工作之所以仅用22天就完成了全部计划签约任务，创造了难以置信的速度，根本原因在于科学城指挥部以及各个协商谈判小组前期做了很多深入细致的工作，全面了解群众生活；签约谈判过程中在坚守政策底线和原则的前提下，设身处地帮群众解决难题，工作越是充分，签约就越顺利。

搬迁后有没有地方住、住哪里、环境如何等，是广大业主面临的最实际问题，指挥部创新工作，不仅对临时过渡安置房进行了VR制作，实现用手机看房选房，而且还协调光明区发展和财政局等在指挥部设办公室，以加快补偿安置款划拨速度，让业主安心、放心、省心；了解到因搬迁带来的学区相关问题，是广大被搬迁业主和家长们最为关心的事情，指挥部便协调光明区教育局在现场指挥部设点，就孩子上学相关问题进行集中解答；考虑到有位业主已是102岁的高龄，而且住在揭西，为了方便签约，协商谈判第4小组便派出5名工作人员，驱车600千米，前往揭西农村，探访102岁的阿婆，并完成签约；将回迁房地址等众多群众关心的问题落

实在白纸黑字的补偿协议上，解除群众后顾之忧……如此种种，不胜枚举。

每天，指挥部现场的大屏幕都会滚动播放每个协商谈判组的"战绩"：今天签约多少户，还有多少户未签约，哪些组率先完成签约……实际上这只是土地整备签约率的表象，它的本质是群众对生活状态改变的支持度和满意率。只有他们顾虑的问题得到解决，对未来生活无后顾之忧，才会爽快签下补偿协议。

科学城的土整经验告诉我们，应该前置问题，先群众之忧而忧，特别是将心比心，多站在群众的角度做工作，把问题想得深一点，把工作做得细一点，变"事后群众找上门"为"事先主动去协调"，提前介入，取信于民，继而把任务艰巨的土地整备工作落实为最本质的群众工作。实际上，光明区委区政府的很多其他工作都与土地整备工作类似，都应从群众最根本利益的角度想问题、做工作，唯有如此，才可能变被动为主动，推进土地整备等各项工作顺利进行。

难忘的日子

周楚顺

自 2018 年 10 月至 2019 年 4 月，我参加光明科学城土地整备专项工作，被安排在协商谈判第 2 小组。在光明区委区政府的坚强领导以及光明科学城指挥部的具体指挥下，虽然本组任务重，房屋栋数及业主户数多，业主代表"硬骨头"也多，但全体同志团结一心，迎难而上，奋力攻坚，争当"五员"，做到"五包"，不到 18 天完成谈判签约任务，腾空交房任务也按要求提前完成，并且做到了零投诉零上访。其间，主要开展了以下工作：

一是明确责任。明确本组全体工作人员在科学城土整测绘、权属申报、面积确认、签约、腾空交房等各个阶段的具体任务。

二是加强学习。本人属于土整新兵，第一是向群众学习，深入了解本组业主及其房屋的情况，包括业主家庭情况、诉求情况等，以及可能的补偿方案；第二是学习土整业务、土整政策，特别是认真学习补偿方案，做到在谈判签约的关键阶段胸有成竹，打有准备的仗。

三是有序推进。本组任务共 33 栋房屋 30 户业主，特别是五位业主代表本组就有两位，谈判任务重、压力大。对此，本组对 30 户业主进行分类，判断容易谈的，安排人员按部就班推进；难谈的，召集本组同志以及指挥部和中介机构相关人员研究对策，采取一户一策的办法，有针对性地采取措施破解难题。

四是综合施策。与群众面对面开展谈判，深入细致地了解其诉求，采取针对性的措施，以达成签约。一方面，对业主不合理不合法的过高诉求

坚决否定；另一方面，对群众合理的诉求积极响应和争取，比如为一户没有产权置换并且补偿金也很少的困难业主争取到过渡性安置房。

五是真诚服务。热心、真心、诚心地为群众服务，满足其合理诉求，解决其特殊困难，特别是腾空交房阶段，为业主提供保姆式、工人式服务，组织人员和车辆为业主搬家具，感动业主自觉支持配合党委政府的工作。

"不为困难找理由，只为成功找方法。"这是张贴在科学城土整指挥部的一句口号，也是本组在土整工作中始终坚持、一以贯之的态度和精神。有了这种态度和精神，日夜兼程、午夜狂奔和"五加二""白加黑"都不在话下，都是一种自觉的工作标配；有了这种态度和精神，完成土整任务不在话下；有了这种态度和精神，干好任何工作都不在话下！

回望来时路，砥砺再前行。衷心祝愿光明科学城早日建成世界一流科学城！

科学城经历的"一二三"

郑 宽

科学城是光明区未来发展的全新标签,作为一名基层记者,能参与这一重大项目的土整工作倍感荣幸。从2018年7月开始接触,到今年4月基本完成所有任务,我大概是除了现场工作人员外,最熟悉科学城土整的"编外人士"。回首近一年的科学城土整采访经历,有许多让人难忘的回忆,比如艰苦的工作环境、艰巨的土整任务、惊人的完成速度。在这许多元素里,最让我深记的应该是一个大棚、两位老人、三人小组这"一二三"。

一个大棚

所有人回忆起科学城土整岁月,一定离不开项目指挥部所在的这么一个大棚。这里由破旧厂区改造而成,原先是铁皮厂房,附近环境恶劣,且电线等安装存在安全问题。经过新湖街道的改造,虽然依然条件艰苦,但也不失温馨。在这间两千多平方米的铁皮厂房里,密密麻麻地摆着桌椅,划分出各个谈判组的办公区。

每天,屋子里都是一片热火朝天奋斗的气息,科学城项目绝大多数签约也在此完成。这个大棚所在的区域以后也是科学城启动区一部分,注定也将被拆清,但岁月不会忽略这个大棚经历的科学城土整时光,我们也会想起在这里的奋斗岁月,正如这个大棚外面写着的标语:"从这里,再出发!"

两位老人

在这次科学城采访中,我们采访过无数工作人员和业主。现在回想起来,印象最深刻的应该是两位七旬老人,一位是业主,一位是工作人员,他们都是本地人,都有浓烈的家乡情怀。

70岁的陈植林曾是一名老生产队长,已经退休在家的他,为了科学城土整又出山。2018年9月,全区正式吹响科学城土整集结号,熟悉了解陈植林的楼村社区向组织举荐,请陈植林加入土整工作队伍。在收到组织的邀请后,他没有过多犹豫,爽快地答应加入科学城土整队伍。

陈植林说,多年来看到光明地区从落后到快速发展;盼到中山大学深圳校区、光明科学城等重大项目开始落户家门口,决心为家乡的发展尽自己的绵薄之力。陈植林所属的是迁坟组,五龙出阵山陡峭崎岖,汽车无法直接开上去,每次上山都只能将车开到山底下,然后开始攀爬,每次来回都要超过一小时。尽管道路如此崎岖,他却从未落下,甚至还主动探路、找坟。

新羌老党员胡群就,今年刚好70岁的她出生成长于光明,后因组织安排,调到福田区工作,退休后,她又回到光明。福田和光明她都生活了多年,也最有切身体会。"希望未来的光明能像之前的福田、南山那样,迅猛发展,让百姓也享受到发展成果。"看着眼前的村落和未来的科学城发展蓝图,她的感触让我印象深刻。

三人小组

参加科学城土整是我参加的第三个大规模土整报道了,从红坳到中山大学深圳校区,再到科学城,另外两位同事陈玲玲、杨曦也一起成长。这次,我们三人组成报道小组驻点在科学城指挥部现场,轮流值班采写新闻。这一个多月很辛苦,每天基本就是过着采访、写稿、选图片和编辑交流版面、选题的循环生活,三个人也都不约而同地生了病。

好在整体结果理想,给三人小组的报道画上一个圆满的句号。这也是我们三人最后一次集体参加报道,有一位同事即将离职踏上新的岗位。祝福她,祝福未来,祝福科学城!

都是追梦人

吴柏文

"我们都在努力奔跑，我们都是追梦人。"在2019年新年贺词中，习近平主席深情回望过去一年极不平凡的追梦之旅，热情礼赞每一位奋斗者的艰辛付出，满怀信心寄语亿万人民勇敢踏上追寻梦想的新征程。

回望过去一年，光明区一届一次党代会提出了加快建设"四城两区"，打造竞争力影响力卓著的世界一流科学城和深圳北部中心的奋斗目标，描绘了一幅激动人心、催人奋进的宏伟蓝图。光明区正在经历历史之大变革，风云际会间孕育出无数希望和可能，新的挑战和机遇摆在发展的道路上。一个时代有一个时代的主题，一代人有一代人的使命，我与大家共同投身到科学城土地整备攻坚中来，我们勇于做梦、敢于追梦、勤于圆梦，在新湖这片土地上为加快实现蓝图而耕耘。在科学城土地整备攻坚的日子里，我们过得很充实，走得很坚定。与协商谈判小组的同事一次次奔走在前往权利人家的路上，既是政策宣讲员，也化身家庭恩怨的"调解员"，只为打开权利人的心结，从未感到倦怠还乐在其中，因为我清楚光明科学城项目是"大事、要事"，是"实事、好事"，更是"急事、快事"。虽然前期工作中屡次碰壁，遭遇了许多冷脸和难啃的"硬骨头"，但依然坚持对群众笑脸相迎，用"群言群语"打开权利人的心结，用真情软化"硬钉子"，因为我明白幸福是奋斗出来的，要用知重负重、攻坚克难的实际行动，诠释对党的忠诚、对人民的赤诚。"5+2""白+黑"连续作战，每天扑在一线，用脚丈量民情，已经记不清多久没好好陪陪家人，遭受过爱人的多少次抱怨，我心疼他们，但更深知自身所肩负的奋斗使命，应当坚定

心中的梦想，发挥我们党员干部的先锋堡垒作用，勇于担当，用坚毅的臂膀托举时代的梦想。

展望未来，努力奔跑，继续追梦。科学城土地整备攻坚虽然已告一段落，但是光明区的发展仍未止步，使命仍然在肩，我将继承和发扬科学城土地整备精神，树牢"四个意识"，坚定"四个自信"，当好追梦人，在自己岗位上奋勇拼搏，始终保持永不懈怠的精神状态，以饱满的热情做好各项工作，为加快建成"四城两区"和世界一流科学城贡献自己的一分力量。

我们心怀梦想全速奔跑，在滚滚向前的历史潮流中乘势而上，在奋斗中成就伟业，用实干描绘盛景，我们都是光明追梦人。

人生中的一件大事

李劲章

著名教育家、思想家陶行知先生曾说"人生为一大事而来",我想,对于我个人而言,连续二十多天的科学城土整攻坚经历,必将成为自己人生中的一件大事,我将永远铭记。我负责的协商谈判第11小组面对的全部是住宅类物业,涉及11栋房屋24户业主,面积约1万平方米。众所周知,住宅类的土地整备情况复杂,难度很大。攻坚期间,已经记不清楚多少次跟业主谈心,也忘记多少次被个别业主拒之门外,其中一个业主在我们第17次登门时才肯开门。但我们没有气馁更没有放弃,自始至终,用心跟业主交流,讲政策,拉家常,用真挚的情感与业主交朋友,最终取得业主的理解和支持,提前100%完成签约任务。20多天的攻坚,我们组辗转广东信宜、化州、惠州等地,行程1200多千米,创下了小组谈判距离最长的纪录,我个人感受良多、收获良多。

一是必须坚持党委政府坚强领导和指挥部直接指挥相结合。科学城土地整备工作能够提前顺利完成,得益于国家和省、市的高度重视和高端定位,得益于惠民利民的好政策,更在于光明区委区政府的坚强领导并成为我们坚实的后盾和依靠,在于科学城指挥部强力的靠前指挥和直接指导。指挥部"5+2""白+黑"、问题不过夜的工作精神和机制是我们的强大动力。

二是必须坚持党建引领和发挥党员干部主观能动性相结合。科学城临时党总支在项目上一建,党旗往项目上一插,就有了强大的号召力、凝聚力,发改、财政、住建、土整、维稳、执法等各职能部门积极配合、协同

"作战",链条短,效果好,这就是我们党组织发挥战斗堡垒作用、党员发挥先锋模范作用的有力体现,真正做到了"指挥部吹哨,部门报道"。每个协商谈判小组里的名单牌上,党员的名字前面都贴有党徽,名字、单位、电话全有,平时也都佩戴党徽工作,这就是党员干部敢于亮身份,百姓看到了心里觉得踏实可靠。主题党日活动上8名党员代表分享攻坚经验,很好地促进党员之间学习交流。先完成签约任务的组去后完成的组里帮忙,团结一心,无私奉献,这也是22天攻坚下来的重要原因之一。

三是必须坚持以人民为中心的工作理念和"不为困难找理由,只为成功找方法"的工作态度相结合。征地过程中总会有很多意想不到的困难和阻力,但不论遇到什么样的困难,我们始终坚持"不为困难找理由,只为成功找方法"的工作态度,直面问题,积极化解隐患。2019年3月中旬我带领5名组员到香港天水围和业主协商谈判到凌晨2点半,并在业主家楼下公园打着手机电筒成功签约后又连夜赶回深圳,创下了境外连续奋战12小时完成签约的记录。只要我们坚持以"人民为中心"的工作理念,心中装着业主,想业主之所想,急业主之所急,积极为业主排忧解难,排除他们思想上的顾虑,用心跟搬迁业主交朋友,最终都会得到他们的配合与支持。

四是必须坚持组织考核和自我加压相结合。科学城土整攻坚最大的亮点之一就是设置干部考核组并全程跟踪考察。干部考核组也作为功能组,跟协商谈判组在一起办公,全程监督考核。组织上给的压力在几百号人奋勇争先的工作中,化为强劲的动力,催促着每一个工作组。无形中,每一名参与的党员干部都自我加压,大家不分昼夜,星夜兼程,拧成一股绳,只为将这件大事办成。这种干部监督考核的模式,随着科学城启动区土整任务的完成而得到了检验。

我认为,党建引领充分发挥了作用,党员干部主观能动性强,有没有负责干部考核的同志在场都会一样努力做好工作,这才是这场攻坚战真正能打赢的密码。"百舸争流,奋楫者先;千帆竞发,勇进者胜。"我坚信,在光明区委区政府的坚强领导下,在辖区群众大力支持下,广大党员干部凝心聚力、众志成城、奋发向上,努力落实建设"四城两区"和打造世界一流科学城和深圳北部中心战略部署,光明的明天必将更光明!

迎难而上、砥砺前行，助力光明新发展

张 军

我很荣幸能够以维稳组、攻坚组和协商谈判第16小组组长的身份参与科学城启动区土地整备项目，负责科学城启动区土地整备项目的日常维稳工作，受理处置相关信访事项，开展侨村片区的签约交房工作，并协调推进各个协商谈判组疑难杂症的攻坚工作。

科学城启动区土地整备项目对光明区大发展的重要性不言而喻，我也深知自己肩负的责任重大。

协商谈判第16小组负责的是羌下侨村片区18栋建筑物24户业主的协商谈判工作，总建筑面积为1976.26平方米，土地面积为1152.27平方米。其中11户为有证业主，6户证载权利人已过世，7户家中有残疾人或危重病人，1户涉及历史遗留问题，情况较为复杂。

一、实地走访，详尽掌握被搬迁人情况。在2019年2月份进驻第16小组以来，我先从前期收集数据、组员口述、入户走访等入手尽快掌握梳理被搬迁人的家庭关系网，熟悉第16小组所要面对的每一户业主情况，与组员一起提前预判业主签约难易程度并分类，为下一步协商谈判工作做好准备。

二、穷尽办法，攻克协商谈判难关，确保本组项目顺利高效完成。每天召开小组工作碰头会，对签约细节进一步梳理掌握，分工协作，互相配合，充分调动组员工作积极性，全力以赴攻坚克难。其间，根据本人多年的公安工作经验和刘利、朱寒光两位副组长的专业水准，推理业主诉求背后的心里动机，穷尽各种方法，确保业主明确政府工作的底线和决心。期

间,我们先后搬走了"三座大山":不眠不休,连续9个小时单独劝说梁姓业主,业主被感动,第二天上午便签约;面对陈姓大家族4户争财产逐个商谈,穿针引线诚恳对话,技巧、策略、战术运用得当,最后皆大欢喜顺利解决;政法、工商、税务齐上阵,底线、决心、高压充分展现,终于将最后一户业主送上签约台。

通过全组成员夜以继日攻坚克难,我们组用15天时间完成签约任务(比原计划提前15天),用20天时间完成腾空交房(比原计划提前20天)工作。

三、综合施策,攻坚克难,协助其他工作组顺利完成签约工作。根据协商谈判小组工作进度、遇到的疑难杂症以及指挥部的相关安排,对症下药、综合施策,在接到工作指令后,用一天时间协助第1小组完成7户签约,用两天时间协助第4小组完成5户签约,确保了科学城签约工作的进度和整体推进。

四、多方联动,确保科学城土地整备工作平安稳定。在签约交房及清拆工作前后,按照指挥部的整体部署,我带领维稳组全力以赴,做好信息收集、及时接访、高效处置突发事件等工作,同时在各级领导数十次来科学城调研考察工作中,坚持全程亲自带队做好维稳安保工作,确保无一次事故发生。

科学城启动区的工作经历是我人生中第一次做土地整备项目,不仅让我积累了面对群众的工作经验、提升了自身能力,还让我体会到用我们的真心、诚心和决心换取群众对政府工作信心的喜悦。同时也让我充分感受到,在党委政府的领导下,我们的工作是无坚不摧、必将胜利的。

着眼未来谋发展　党群携手跨时代

吴　鹏

很荣幸，能够亲身参与光明科学城启动区的土地整备工作。作为新湖人，深深感到骄傲和自豪。曾经参与过中山大学深圳校区项目的土地整备工作，对土整工作并不陌生。连续二十多天的科学城土整攻坚经历，将成为我人生中永远铭记的一件大事。土整工作会有很多困难和阻力，有的业主不理解不支持，有的业主家庭有实际困难。但我们没有气馁更没有放弃，自始至终，用真诚跟业主交流，讲政策、谈人生、拉家常，用真挚的情感与业主交朋友，最终取得业主的理解和支持。二十多天的攻坚，对土整工作有了更深的认识，也对新湖未来的大发展有了更深的体会。

一是必须坚持党建统领。科学城土地整备工作能够提前顺利完成，得益于中央、省、市的高度重视和高端定位，得益于惠民利民的好政策，更在于光明区委区政府的坚强领导、靠前指挥，在于科学城指挥部强力的直接指挥和指导。科学城项目土地整备体量之大为深圳近几年之最，面对这样艰巨而光荣的征地任务，区委区政府的坚强领导是我们坚实的后盾和依靠，指挥部"5＋2""白＋黑"、问题不过夜的工作精神和机制是我们的强大动力。特别是指挥部决定在科学城项目设临时党总支，统领各项工作，充分发挥党组织战斗堡垒作用、党员先锋模范作用。"总支吹哨，支部报到"，临时党总支强大的号召力、凝聚力，推动各协商谈判小组快马加鞭地落实好各项工作任务。

二是必须坚持以人民为中心工作理念。征地过程中总会有很多意想不到的困难和阻力，但不论遇到什么样的困难，我们始终坚持"不为困难找理由，只为成功找方法"的工作态度，直面问题，积极化解隐患。只要我们坚持"人民为中心"的工作理念，心中装着群众，装着业主，想群众之所想，急群众之所急，积极为群众排忧解难，排除思想上的顾虑，切实解决群众实际困难，用心跟搬迁业主交朋友，最终都会得到群众的支持。比如我们组的温大妹，一家7口人一起居住，此次征地没有住房指标，如果拆迁，其一家人的基本住房需求都无法保证。针对这种情况，我们主动向指挥部汇报，积极与相关职能部门沟通解决，同时还要做业主的思想工作，问题最终得到解决。

三是必须坚持团队作战。每一个协商谈判小组都有12个来自不同单位、机构的人组成，面对困难和挑战，党员干部必须义不容辞地冲锋在前，主动担当，积极作为。土整工作不仅需要党员干部在前面带头，还需要整个团队步调一致、团结一心，发挥好团队集体的凝聚力、战斗力。作为参与者，我深感骄傲和自豪，经过这次土整攻坚，几十个日日夜夜跟业主在一起谈人生、谈光明未来的发展，更让我感受到一个基层党员干部身上的责任感和使命感。党员和群众之间也是如此，党员主动作为，敢担当，群众信任党员干部，感受到公平正义，就会积极配合支持我们的工作。只有党群同心携手，方能化解危机，推动签约工作和腾空交房工作顺利按期完成。

大美新湖的建设正如火如荼地开展，光明区未来发展的宏伟蓝图已然绘就，作为新湖人、光明人，心中无比骄傲和自豪，特别是这次参与科学城土整攻坚工作，感受到了广大群众对美好生活的向往是那么有力，也感到身上的担子更重了。我坚信，在区委区政府的坚强领导下，在辖区群众大力支持下，广大党员干部凝心聚力、众志成城，认真贯彻落实区委区政府关于加快建设"四城两区"，打造世界一流科学城和深圳北部中心战略部署，光明的明天必将更加辉煌，新湖的明天也必将更加璀璨！

为纪念攻坚的22天经历，我结合自己的感受和体会，赋诗一首，谨此表达自己激动的心情。

七律·科学城土整攻坚记忆

两间旧房几百将,党员干部勇争先。
歌声回荡人人跃,昼夜不停不觉眠。
廿二日同心苦战,新湖速度美名鲜。
凝心聚力蓝图绘,大业千秋世界前。

真情服务　坚守原则

张敏敬

2018年10月，我有幸参与到光明科学城启动区项目土地整备工作中，带领协商谈判第22小组，负责非住宅类14户业主共计117栋房屋的协商谈判签约工作。

非住宅类与住宅类的工作不尽相同，非住宅类的专业、技术要求多且高，如已征转地图斑、土方、介于永久建筑与临时建筑间的定性、特殊设备搬迁费用等问题，以致技术层面因素多，工作量大。但非住宅类的业主或租户，他们（仅一租户除外）综合素质较高，对政策理解支持配合程度较好，各项工作相对较好开展。因此，非住宅类的工作没有像住宅类那样的星夜蹲守、长途跋涉、风雨兼程。

非住宅类工作难点是：关系复杂，有提供土地方、出资建房方、二房东、租户；出资建房方，又可能有多位股东；经济纠纷恩怨多，合作双方或者多方业主、股东间对补偿分成比例难于达成一致，直接消耗协商谈判小组的时间、精力，以至影响工作进度。下面就说说典型的一户，谈谈做法与感想。

经济纠纷起恩怨　服务感动冰融化

起始，两业主协商合作，一业主（下称甲方）把属自己地块的建筑拆除以出地方式投入；另一业主（下称乙方）以出资方式合作建设厂房，约定建六层，分成按三七开。其后仅建成两层，并在旁边道路落差处修筑了

一丁点。

后来，由于乙方没有与甲方协商私自把厂房出租多方面等原因，导致双方关系恶化、矛盾纠纷升级，三年多来两人未再谋面。

组内工作人员七次相约双方，让测绘进场开展工作，均无果。后让工作人员联系双方，相约到甲方处协商，获双方许可。

我与工作人员在约定的时间到达，乙方很快亦到。我先打破沉默："听说两位老板多年没有见面了，今天，因科学城项目终于又见面了，见面首先握个手。"甲方好像根本没有看到乙方出现似的，埋头在泡茶。面对此情此景，我又打破沉默："多年未见，务必见面握手，两位老板都给我一个面子。"随即我两手各抓住甲乙双方的一只手，三人四只手撮合握在一起，开启后续融洽交流，友情重燃寄希望。

利益面前本性现　历尽艰辛协议签

测绘清点顺利进场，甲乙双方一致确认；补偿总额意见可略，分成比例激烈登场。

在补偿分成比例协商中，甲乙双方各持各的观点，面对真金白银，互相无半点退让，针锋相对，矛盾激化再次升级，并又恢复到当初水火不相容的地步。甲方说："让给谁都可以，就是不能让给他。"此后，已没办法再促成甲乙双方坐在一起协商，我们于是奔波于甲乙双方之间，当起传话的"快递哥"，成为缩小彼此期望值的"黏稠剂"。

其间，乙方多次请动各方"神仙"，让我一并参与，与甲方协商，以期获得更高收益。但我始终本着中立、公正的立场，以致乙方说我偏袒甲方。我行正坐端，不怕别人怎么说。

但运用各种方法均无效果。为加快推进，我们早有预案：让他们设立共同账户，交由银行托管补偿款，后走法律程序解决分成比例问题。最终甲乙双方均默认补偿款先由第三方银行托管，但因共管账户设立等问题，此路后来又走不通。于是，再次建议甲乙双方协商解决为佳，彼此减少损失。我亦再次提醒乙方，看看我当初发给他的打油诗：股市有风险，投资需谨慎。合作建厂房，风险更巨大。苗头已显现，务必尽早思。若要损失小，协商唯一路。

重回协商路，双方微让步；甲方到底线，乙方蛮缠要。于是，绝路再现。无奈之下，再次施策：房子，有证的，地随房走；无证的，房随地走。于是，因时限将至，向乙方下最后通牒：若不接受甲方数额要求的话，将直接确权给甲方，补偿给甲方，你们走司法途径解决。

乙方能量真够大，又找了更高的层面。但其得到的答复是：按协商谈判组意见，无法更改。最终在强压之下，乙方答应签约。

在协议条款中，乙方又在打租户的主意，又想在租户的清租款项中捞一把，但这将影响达成的分成比例。我们再次强硬拒绝。

终于，乙方在使尽各种法子、用尽各方资源没能见效的情况下，极不情愿地在补偿方案上签字认可。

业主言语勿当真　坚持原则守本分

甲乙双方三年多因恩怨未谋面，我们促成见面并和谐协商后，乙方就说要感谢我们，说等补偿办理完成后，要送我们一面锦旗。我们都说不用，这是我们应该做的，我们做好服务。其后每次协商后，乙方都会说送锦旗一事。再后来，因我们一直客观公正，言辞正义，秉公办事，锦旗一事，乙方再未提起。现想，若是心存杂念，生怕失去锦旗，要了表面的荣誉，就可能为乙所用，正中其怀，真是后怕。

再有，乙方可能看到我们正直，难以达到其要的目的，于是又使出第二招，说其北京有人。我们知其用意，坦然回应："中央部署的扫黑除恶专项工作，时间跨度3年，今年是第二年，自己看着办。"乙方无言以对。

土整工作仅六月　人事见闻胜五年

六个月，说长亦长，说短亦短。但在光明科学城启动区项目现场指挥部充满激情，充满生机，充满干事创业、担当作为的浓厚氛围中，我仿佛回到了火红的青春岁月，回到了改革开放初期深圳建设的热土，不想走得太快，渴盼能停住，留住时光，留住青春。虽然如此，但在科学城的六个月，所接触的人和事、所见到的情与景，远胜过我过往的任何五年里的见闻、经历，也难以拿任何过往之事来与此比拟。

六个月，我成长了五年，是活到老、学到老最好的写照，也让我变得更加成熟、更加睿智、更加豁达。心胸更加宽广，忍让更加宽容，做事更富冲劲，使命更高必达。

不忘初心　共同追梦

魏　杰

面对千帆竞发、百舸争流的趋势，光明区正迎来发展建设大爆发的新时代。光明科学城作为未来综合性国家科学中心和粤港澳大湾区的核心，有幸能与全区各部门精英共同投身于其土地整备工作中，真有无限的荣誉和骄傲。带着不忘初心的宗旨，在科学城土整工作中一步一步实现梦想。

不忘初心，坚守本色。在"党建＋土整"的模式下，每日身披红马甲，胸带党徽开展工作，时刻提醒自己"为人民服务"是共产党员的初心，必须心系百姓，把老百姓的事情办好。

土地整备是一份看似普通却不平凡的工作，面对业主的诉求，牢记初心，坚守本色，把事情办好、办妥、办出水平，再普通的岗位也能发出耀眼的光芒，也能赢得老百姓的好口碑。

不忘初心，依法履职。清廉正直，坚守法纪底线和道德底线，是每位土整人员的最低行为要求。我所在的科学城启动区协商谈判第23小组负责5个工业园共67栋建筑物的征收补偿工作。面对企业承租户多、特殊设备搬迁体量大、征收期望高、时间紧等重重难题，我们认清形势，并寻求突破口。对涉及拆迁的企业，从产业定位、综合实力、成长性等多方面评估，采取有针对性的政府服务，切实把工作做实做细，在政策和法规允许的范围内满足对方的诉求。同时，树立正确的世界观、权力观，敬畏法纪，不忘初心，用权为民，充分保障项目签约的公开透明。

土整工作是一份责任、一份担当，不忘初心，牢记使命，砥砺奋进，铿锵前行，使得我们在科学城项目中交出了一张张漂亮的"成绩单"。从事土地整备工作多年来,我始终不忘初心,不断提升;不畏将来,始终向前。不说出发,因为我已经前行在路;不说辉煌,因为我的梦想还在远方。

为科学城建设努力"奔跑"

陈润寿

自参加光明科学城启动区项目土地整备协商谈判第 3 小组签约工作以来，本人积极响应组织的安排，努力提升自身的综合素质和工作实践能力，全身心投入到签约工作中，为科学城建设工作努力"奔跑"。

在面临"三多""三最""三难"的签约事实状况下，麦富昌书记组织带领我们秉持脚踏实地、先易后难、不舍昼夜的工作思路，以做好"五员"和"五包"的工作态度，一步一个脚印，主动揽下困难户在兄弟组的申报签约事宜，短短的 16 天时间内完成 30 户的签约，签约率达 107%，为建设"竞争力影响力卓著的世界一流科学城"稍尽绵薄之力。

在此次签约工作中，本人感悟至深。光明科学城启动区项目签约工作虽取得不错的成绩，但离建设成为"竞争力影响力卓著的世界一流科学城"仍有距离，仍需继续努力"奔跑"，所以应该做好以下三方面工作。

（一）坚决拥护党的领导。坚持和加强党的全面领导，是党和国家的根本所在、命脉所在，也是人民群众的利益所在、幸福所在。只有在党的全面领导这个根本原则问题上始终做到在坚持中完善、在完善中坚持，加之以习近平新时代中国特色社会主义思想为指导，科学城项目才能在光明的土壤里生根发芽、开花结果。

（二）孜孜不倦学习政策法规。一是要继续认真研读青干营的培训内容，如《如何加强学习和应变能力》《劳资纠纷处置及应对》及《信访处置及维稳工作》等，做好学习笔记，立足自身岗位，将理论与实际工作结合起来，积极投入到光明科学城建设中。二是继续学习土地整备相关政策

法规,熟练掌握政策法规相关内容,学会融会贯通、举一反三,才能更好地服务于科学城项目,服务于人民群众。本人所在的协调谈判第3小组的科学城签约工作正是在服务群众基础好、政策宣讲到位的情况下,才在较短的时间内超额完成任务。

(三)埋头苦干做好群众工作。习近平总书记指出,我们党来自人民、植根人民、服务人民,党的根基在人民、血脉在人民、力量在人民。失去了人民拥护和支持,党的事业和工作就无从谈起。作为基层的党员,就要立足岗位,履职尽责,真正从群众所思所想出发,埋头苦干做好群众工作,才是真正的坚持走群众路线,真正的全心全意为人民服务。一方面是科学城签约工作要准时依法依规完成,一方面是签约工作任务重且时间短,这就需要充分做好群众工作。签约困难户李侨顺(胡国和)就是生动的例子,多次商谈无果之后,我们改变方法,从他的实际利益角度出发,换位思考,将心比心,设身处地为其着想,为其争取政策允许内的最大利益,最终完满签约,同时也促成了其他工作小组困难户的签约。

我们都是追梦人,我们都在为科学城建设工作努力"奔跑"。当前正值新湖大建设大发展的潮头,只有坚持党的领导,坚持不断学习,脚踏实地做好群众工作,才能够在新的时代、新的征程,开启新湖发展新篇章,为建设"竞争力影响力卓著的世界一流科学城"贡献一分力量。

党建土整齐发力　攻坚奋战科学城

张瑞军

根据组织的安排，本人被分到光明科学城土地整备项目的房屋类协商谈判第5小组工作，担任副组长角色，日常主要负责协助组长、统筹组员收集材料、宣讲政策、测绘评估、协商谈判、签订协议等一系列工作，同时收集反馈期间存在的问题、审核确认提交的各类表格。第5小组的土地整备任务是占地面积5675.03平方米的18栋房屋，涉及23户业主，前期收集宣讲、测绘评估、协商谈判过程中遇到许多纠纷和难题，都被我们一一破解，在全体组员16天的齐心协力和共同努力下，完成了所有签约任务，为房屋腾空、拆除做好充分准备。腾空交房期间，我们组继续秉承服务群众、以理服人的理念，于2019年4月8日顺利协助业主清理腾空完毕所有房屋。

参与科学城土地整备项目是我人生的转折点和里程碑，为了这件大事而来，我倍感荣幸和自豪，我始终以"为党旗添彩心系老百姓，助光明发展奋战科学城"为宗旨，高度重视并认真细致做好各项工作。

这个项目让大家有缘聚到了一起，努力为了一个目标而奋斗，这种经历独一无二、难以忘怀，不仅为光明的发展历程书写了浓墨重彩的一笔，更成为我人生漫漫长路中刻骨铭心的宝贵经验。

（一）党建引领，坚定信念。党是统领一切的。作为党员干部，我在参与土地整备的过程中严格遵守并努力践行党的宗旨，时刻高标准严格要求自己，始终把党和人民的利益放在第一位。一是自身能够加强政治理论学习，积极践行党的先进性理论及实践，稳步提升政治水平及政治站位，

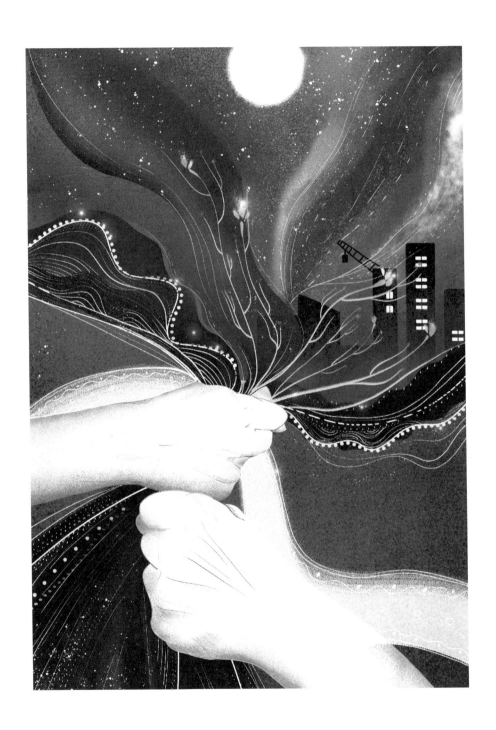

做组员的榜样;二是定期对组员进行党性思想教育,培养组员吃苦耐劳、勇担责任、冲在一线的品质,鼓励组员为科学城建设献计出力。

(二)强化沟通,心系群众。用心服务好业主。科学城土地整备项目涉及广大群众切身利益,在工作推进过程中难免遇到群众的不理解和不支持。我勇于为群众分忧解难,协调好各方关系,让业主在充分了解政策的情况下自愿接受拆迁补偿方案。一是做好政策宣讲,在遇到业主闭门不见、误解谩骂时,我们会主动加强沟通交流,晓之以理、动之以情;二是与业主打成一片,用心为遇到困难的业主解决问题,化解他们心中的误解与心结,取得业主的信任和支持。

(三)坚守底线,公平公正。无规矩不成方圆。土地整备项目是一个综合性极强的工作,涉及测绘、法律、评估、督导等多个领域,工作要求严守规则、细致缜密。我自觉遵守法律法规、党纪党规、规章制度,能够认清工作中存在的风险、隐患,行事有原则、有底线。同时,严格要求每一名组员,严守法律底线,绝不触犯红线,严格按工作流程把握好土地整备工作每个环节,绝不参与、包庇甚至放纵抢建抢种、贪污腐败等违法行为。

(四)攻坚克难,奋战一线。打好土整攻坚战。土地整备项目是一项系统性工程,而科学城项目又是布局光明区的全市重点项目,工作重要性、任务艰巨性不言而喻。我合理安排工作人员和时间,遇到难题及时反馈、积极应对、齐心解决。一是端正工作态度、发挥自身优势,充分认识该项目的重要性,全身心投入到科学城开发建设中;二是抓住每分每秒,创造土整新速度,通过制订方案合理安排组员工作,不定期召开小组会议探讨工作进度及问题,逐步攻破土整难题。

细节决定成败　用心才能如愿

郭　磊

光明科学城土地整备工作意义重大，任务艰巨。2018 年，科学城土地整备工作正式启动，本人很荣幸被抽调到协商谈判第 7 小组，协助开展土地整备工作。通过这次工作，再次让我感受到了我们光明区党员干部热火朝天的干事创业的激情、氛围，也进一步增强了自身服务光明建设的信心、恒心和责任心。回首这段时光，凝聚了艰辛和汗水，也充满了快乐和喜悦，回想业主一次次签约、一个个交房的场景，心中依然充满激动。

抽调以来，本人始终牢记使命，勤奋踏实，严格按照光明区委区政府要求当好"五员"，做好"五包"服务，努力做好交办的工作，较好地完成了工作任务。2019 年 3 月 4 日，第 7 小组第一个完成科学城土地整备签约任务，实现零的突破。回顾既往，有几点经验值得交流。一是熟读方案，做好政策宣传员。作为非土地整备专业人员，知识、经验不足是短板。抽调期间，为提升履职能力，坚持向书本学，在实践中摸索，积极参加指挥部培训 10 余次，潜心研究征地方案、法律法规，做到政策了然于心，谈判有理有据，为谈判顺利完成奠定了基础。二是走访调研，做好一线信息员、征迁工作服务员。第 7 小组担负着大松园片区 12 栋宅基地房屋土地整备的谈判任务，面临着人员情况复杂、征拆难度大的问题。2018 年 10 月抽调以来，根据第 7 小组的工作安排，本着"踏破脚皮、磨破嘴皮"的精神，走访业主 60 余次，及时传达指挥部要求，听取并收集业主诉求，特别是在 2019 年 3 月 1 日签约前，一周内密集、全方位走访业主 10 余次，进行政策宣讲，为业主算清总账，理清思路，做出签约第一天完成 80% 的

成绩。三是齐心协力、攻坚克难，做好拆迁工作的谈判员、矛盾调解员。"门难进、脸难看"是谈判工作面临的首要困难，业主诉求多、抵触心理大。工作过程中讲方法、讲策略，始终以换位思考的态度开展谈判，坚持政策引导、事实说服。面对"钉子户"，做到不气馁、不退缩，特别在最后一户攻坚中，坚定信念，以不达目的不收工的精神，深夜冒雨赶赴东莞，通过不厌其烦地做工作、讲政策、解心结，顺利完成签约工作。四是严于律己，严格执行各项规章制度。工作期间，对业主做到政策透明、标准透明、补偿透明，一视同仁。始终注重自身廉政建设，严格执行相关法律法规，自觉贯彻落实廉政规定，做政治上清醒、经济上干净、工作上进取、道德上诚信的人。

总之，参与科学城土地整备工作以来，在指挥部各位领导和第7小组组长的关怀和帮助下，本人从思想觉悟、理论知识、工作技能等方面都有了不小的提高。回到本职岗位以后，要继续发扬科学城攻坚克难的精神，一步一个脚印，踏踏实实干好本职工作，用实际行动为光明区的发展做出自己的贡献。

用心才能如愿

曾 琳

我一直在基层二线工作,面对最多的不是群众而是账本,我可以和账本对话成本效益,但是和群众对话他们的利益、损失,还是第一次。在这次工作中,我有以下几点体会:

一、吃透政策,突破专业局限。对于新事物,学懂弄通是关键。在土地整备中,我突破专业局限,快速学懂、学透相关土地整备政策,做到心中有数后再与被征收户协谈,在协谈过程中,边学边做,对于新问题、新意见,多沟通、多学习,提出可行方案,争取被征收人的支持和理解。

二、从沟通入手,破除心理障碍。面对形形色色的被征收人,多方了解情况,掌握详尽资料,以沟通、谈心为主,设身处地地考虑被征收人的想法、难处,理解和接受被征收人的责问甚至谩骂,以心平气和的态度对待被征收人,并通过不谈征收而谈征收的方式,相互慢慢熟悉,增进彼此的理解与信任。

三、诚心服务,打破谈判僵局。在协商谈判过程中,每个被征收人都有着不同的困难、遇到不同的困境,都希望我们给予解决。面对他们渴望解决困难时,只要我们拿出真诚,想方设法去处理,能解决的自然会解决的,不能解决的也努力了,被征收人其实是可以理解和接受的。

以上三点,我认为无论在任何工作中都是十分实用的,用心、耐心、细心和责任心是我们做好每一项工作的必备素养,理解、包容的态度使你可以在僵持中坚持,在沟通中发现,在细节中突破,从而获得对方的理解和配合,保证工作的顺利推进。

地；业主既有光明户籍人员也有非光明户籍人员；任务区面积约 0.544 平方千米，占科学城启动区面积 1.82 平方千米的 29.9%；任务区内有房屋 165 栋，且零散分布在圳美牛场和北山牛场职工宿舍区、旧爱华小学、肉联厂、晨龙翔公司等片区；另有果园 4 块、水库 1 座、林地大片。任务区域面积广，被征资产类型多且复杂，业主构成多元。

结合本组实际情况，我们坚持先易后难，集中攻坚思路，先集团物业后集团外物业，先集团员工后非集团员工；先配合度高的业主后配合度低的业主。针对配合度低的业主，我们组员先吃透政策，充分了解业主和房屋基本信息，组长和副组长带队多次到业主家中，耐心宣贯政策，及时解答业主疑虑，帮助业主解决实际困难，争取业主的支持与配合。

在本组工作人员的不懈努力下，白鸽场、晨龙翔公司、羌下猪场、旧爱华小学片区业主终于由不理解、不配合转变为如期权属申报和及时签约。

挂图推进

根据指挥部各阶段的工作任务和工作人员对业主及业务了解程度，每个阶段将任务分解到 3 个小小组，分别由我和两个副组长负责。坚持每天上午开例会，确定各小小组当天的任务；下午开碰头会分析当天各小小组落实工作情况，并将当天工作进度进行统计，制表上墙。经过全组工作人员的努力，第 25 小组如期完成了权属申报、清点测绘与评估、签约及腾空交房工作。

346 / 这22天——走近光明科学城

以身作则聚战力　真诚服务促签约

尹夕阳

自 2018 年 10 月 10 日正式进驻指挥部至今，已 6 个多月。这段时间，大家在共同使命的感召下，为了共同的目标，团结一心，以只争朝夕的精神，热火朝天地投入到工作中。我作为其中的一员，感到无比荣幸，虽然辛苦，但这注定是我人生中非常宝贵的经历和财富。

光明科学城是深圳市委、市政府，乃至国家层面的重大战略布局，意义深远。土地整备是实现科学城宏伟蓝图的第一步，圆满高效完成这项任务，需要光明区委区政府以及指挥部的坚强领导，更需要各位党员领导干部积极发挥作用。

党员的先锋模范作用是完成迁坟工作的保证

科学城的工作人员，都是临时抽调来的。以我们迁坟 2 组为例，17 名工作人员中，11 人来自 7 个不同的政府部门和社区，其余 6 人分别来自 6 个不同的第三方公司。如何在短时间团结队伍，调动组员的积极性，凝聚战斗力，成为摆在我们组面前第一个需要解决的问题。

孔子曰："其身正，不令而行；其身不正，虽令不从。"迁坟组高度重视党组织和党员的先锋示范作用，入驻指挥部的第一天，就成立了临时党支部，明确支委成员分工。接下来，作为支委成员之一，从统筹谋划迁坟工作，到梳理迁坟流程；从印制宣传手册，到发布迁坟公告；从入户谈判，到上山踏勘坟墓；从沟通协调墓位，到对接墓园安放骨灰金塔；从日常工作，到疑难问题研究处置……每一个环节、每一个步骤，我都积极参

不负重托　攻坚克难

丘海珍

本人有幸被抽调参加光明科学城启动区土地整备工作，任协商谈判第25小组组长。在科学城工作期间，严格按照科学城现场指挥部工作部署和要求办事，没有辜负组织的信任和重托，顺利完成了各阶段工作任务。同时，本组无上访业主，实现了和谐搬迁。

严守底线

工作期间，本人能牢固树立"四个意识"、坚定"四个自信"，围绕光明区打造世界一流科学城和深圳北部中心目标，带领第25小组全体工作人员，自觉接受科学城指挥部和业主的监督，实现了廉洁、忠诚、干净、担当。

率先垂范

到岗后，本人能全身心投入科学城工作，严格执行指挥部工作纪律，身体力行，率先垂范，并要求第25小组全体工作人员坚守岗位，勤奋工作，及时向业主宣贯政策，主动帮助业主解决困难，按时完成各阶段工作任务。

集中攻坚

第25小组任务区内，既有住宅类也有非住宅类房屋，还有水库和林与，亲力亲为，率先垂范。

我们组陈植林，我们尊称他陈叔，虽不是党员，但为我们组的迁坟工作立下汗马功劳。他与我朝夕相处，无数次与我和组长等党员一起披荆斩棘，上山勘察坟墓。他说："现在党员干部的作风转变了，我虽然年龄大了，但也要发挥余热，尽力做好迁坟工作。"这句话让我非常感动。

陈叔的话虽然朴实，但表明了党员的先锋模范作用并不是一句空洞的口号，党员领导干部只有以身作则，吃苦在前、冲锋在前，才能以上率下，凝聚人心，凝结战斗力，也才有今天科学城土地整备工作的良好局面。

全心全意为人民服务是迁坟工作的法宝

中国人讲究入土为安，本地人也很重视风水，不轻易迁坟，因此，迁坟工作难点和焦点在于思想和情感。我作为党员干部，又是副组长，在做迁坟工作过程中，与组长和组员一起，本着为人民服务的宗旨，真诚沟通，用心服务，逐步取得群众情感上的理解与信任，进而赢得他们对迁坟工作的支持，万氏祖坟的签约淋漓尽致地体现了这一点。

万氏祖坟距今已有500多年历史，涉及东莞市虎门镇、万江镇、厚街镇等万氏宗亲近万人，坟墓年代之久、涉及人数之多，创科学城迁坟工作之最，指挥部领导高度关注万氏祖坟的签约工作，要求我们组务必做好服务工作。

为此，我们制订了详细的工作方案，并在各个环节提供便利和服务。为回应万氏宗亲代表提出的申请文物保护的诉求，我协助组长麦葵娣协调区文物保护部门，邀请专家对坟墓进行勘察鉴定；为方便万氏宗亲代表协商谈判，我们组全体党员干部带领组员到东莞虎门镇镇口村开展上门协商谈判；为尽快签约，省去万氏宗亲代表来回奔波的辛苦，我带领组员将协议文本送到东莞。

协商谈判过程虽一波三折，但这种真诚沟通、主动服务的精神，赢得了万氏宗亲的理解和支持，签约工作最终圆满完成。

服务大局、勇于担当是攻坚克难的利器

习近平总书记指出,一定要把围绕中心、服务大局作为基本职责。赣深高铁是京九客运专线的重要组成部分,是连接长三角与珠三角的重要通道,赣深高铁土地整备是赣深高铁项目2020年如期完工、通车的前提,是大局。我与组员在完成科学城坟墓签约工作后,按照指挥部的要求,服务大局,承担了赣深高铁圳美社区段的迁坟任务。自2019年1月12日任务正式下派后,便夜以继日、马不停蹄地开展工作,从寻找权利人、权属确认、权属信息公示、协商谈判,到最后一户权利人签约,只用了短短12天时间。

此外,为了争取坟墓尽快迁移,赣深高铁项目(光明段)早日进场施工,我与组长麦葵娣带领组员入户走访。其中一名叫胡某喜的权利人,因为他们已经请人看好了迁坟的日子,对我们劝说她提前迁坟颇为不满,非常抵触,我们就软磨硬泡聊家常。聊天过程中,了解到胡某喜老人是一名86岁高龄、有62年党龄的老党员,从小就参加了东江纵队,还参加过解放战争,我们就聊她以前参加革命的光辉事迹,穿插宣讲赣深高铁项目的重要意义。最终,老人以一位老共产党员的思想觉悟,顾全大局,同意提前迁坟,为赣深高铁项目早日进场建设争取宝贵的时间。

总之,科学城的土地整备工作,离不开党员的先锋模范作用,科学城乃至"四城两区"宏伟蓝图的最终实现,更需要党员本着服务人民、服务大局的意识,以身作则,勇于担当,率先垂范。我将以科学城土地整备工作为新起点,继续发扬党员先锋模范精神,踏踏实实做好本职工作,为美好光明建设添砖加瓦。

人生旅途中的宝贵经历

张建高

在光明区一届一次党代会上,决策者高瞻远瞩,放眼未来,做出加快建设"四城两区"、打造世界一流科学城和深圳北部中心的战略部署,确立了全区今后的主要任务和奋斗目标。我深受鼓舞、倍感振奋,作为光明区的一分子,积极响应区委区政府的号召,自愿报名参加光明科学城土地整备工作,任协商谈判第5小组副组长。在参与红坳村整村搬迁工作之后,有幸参加科学城这个将深刻影响深圳,乃至全国的重大项目的土地整备工作,深感荣幸和自豪。

2018年10月进场以来,在光明区委区政府的坚强领导下,在科学城指挥部的直接指导下,我们第5小组认真贯彻落实区委区政府的决策和部署,落实指挥部各项规定,不负重托,坚定信念,攻坚克难,当好"五员"、狠抓"五包",坚持一把尺子量到底,不畏艰险,直面矛盾和困难,以结果为导向,积极化解不稳定因素,提前完成签约、腾空交房工作,圆满完成了各项工作任务。

一、光明区委区政府的坚强领导是做好科学城土地整备工作的关键。区委区政府高度重视光明科学城土地整备工作,区主要领导亲自挂帅,亲自部署,把科学城土地整备工作作为头等大事来抓,举全区之力,全力以赴推进科学城的工作。王宏彬书记多次强调,高标准规划建设光明科学城,是光明深入贯彻落实创新驱动发展战略,推动光明科技创新水平从"跟跑"向"并跑""领跑"战略性转变的重要举措,是努力在新时期实现新发展的重要抓手,广大干部群众要把思想和行动统一到区委的决策和部

署上来，健全组织领导、精心谋划安排，坚决打赢科学城启动区土地整备攻坚战。刘胜区长提出"五包"工作要求，把土地整备与关心群众的生产生活有机结合，始终把群众的事当作自己的事，切实为群众排忧解难。成立科学城指挥部和推进工作组，靠前指挥，狠抓工作落实。成立科学城党总支，以党建为引领，把党旗插在科学城土地整备一线，实现"党建＋土整"的有机融合，这是光明区首次为重大项目成立党总支，充分发挥了党组织的战斗堡垒和党员的先锋模范作用。区人大、区政协主要领导等各级领导高度重视和大力支持科学城的工作，多次到现场调研、检查指导，现场解决问题和困难，有效促进了工作开展。

二、坚持以人为本，树立和谐理念是做好土地整备工作的基础。在工作中，我们坚持公平、公正、科学、合理的基本理念，深入一线、深入群众、深入每一位业主家庭，设身处地地为群众着想，绝不把业主推向工作的对立面，将协商谈判、拆迁安置作为群众共享改革发展成果，改善群众生产生活环境，提高群众幸福指数的契机，把解决群众的实际困难作为工作的根本。通过细致耐心的工作，将刚开始时抵触、犹豫、质疑，甚至是站在对立面的业主拉到了我们的阵线，有的还结下了友谊，实现了包括"无投诉、无上访"在内的"五包"目标，做到和谐签约、平安交房。

三、强化宣传动员，争取群众支持是做好土地整备工作的前提。在协商谈判中，我们认真做好群众的宣传发动工作，争取群众的理解和支持。按照"五员"的工作要求，利用各种有效途径，多渠道、多层次宣讲征收政策和补偿方案，主动深入社区，了解群众的意愿和诉求，掌握社情民意，化解业主的对立情绪，消除业主的后顾之忧，做到情况明、家底清、政策熟，为协商谈判和腾空交房做好充分准备。

参与科学城土地整备工作，是我人生旅途中非常宝贵的经历和财富，衷心感谢各级领导对我们第5组的关心和指导，衷心感谢组织、领导给了我这次工作、学习的平台和机会。在红坳村整村搬迁、科学城项目土地整备工作中，我都被评为先进个人。在接下来的工作中，我将继续发扬科学城精神、勤勤恳恳、任劳任怨，更加扎实地做好各项工作，为加快建设"四城两区"、打造世界一流科学城和深圳北部中心贡献力量。

未来会更好

周 祚

从 2018 年 10 月起,我就被抽调到光明科学城启动区土整项目干部考核组工作。我们采取全程驻点、贴身考察的方式进行专项工作考核,这是一种新的专项工作考核模式,全组一直在探索和尝试,结合现场实际适时调整,我们也渐渐地摸到了门道,找到了比较符合科学城启动区项目现场实际的工作模式。

在项目后期,我们通过开展与协商谈判小组全体组长、副组长及指挥部其他领导的谈话,以及对现场所有谈判小组工作人员发出的不记名调查问卷得知,目前的考核工作模式效果总体良好,大家对我们的工作比较认可,个人感悟良多。

一是感动。一方面是抽调干部们舍小家为大家,全情投入,处级、科级干部们都怀揣干事创业的激情,直面群众,全力以赴,通宵达旦开展工作,有蹲守业主家二十几小时只为跟业主说上一句话的,有四十多小时不眠不休完成任务的,有带队走遍珠三角给业主送上协议的,有被不理解的业主多次指着鼻子骂的……这些情景我们干部考核组都在第一现场,考核工作从"听广播"变成"看直播",直观地感受到了他们干事创业的激情和辛酸,我们深为感动。

另一方面,去年新招的六名新同事从入职起,就马上到项目现场,他们能自觉严格要求自己,守纪律,听安排,和抽调干部一起到田间地头、到谈判现场,一起加班到凌晨,尤其是从 2019 年过年回来起,我们全组就和项目现场其他同事一起进入了"五加二""白加黑"的工作模式,但他

们没有怕苦怕累、没有一句怨言。年轻同事们的这种吃苦耐劳、和全体抽调干部共同进退的精神也让我很感动。

  二是在项目现场的所见所闻增强了我的信心。一方面，经过这次锻炼，我自己的吃苦能力、学习新工作内容的能力也得到加强，从科学城走出来回到原工作岗位后，我将继续发扬科学城精神，用更饱满的精神和坚定的信心，积极认真地学习新的知识，完成新工作任务。另一方面，我作为光明区本地干部，看到我们光明的干部队伍焕发出来的可敬的精神和优秀的作风，让我对光明的未来充满信心，相信在区委区政府的领导下光明的未来会更好。

怀揣正义　心系光明

陈志钧

很荣幸这次能有机会参加光明科学城土整项目，感谢组织对我的照顾与关怀。这是我一生中的一个重要转折点，能与各位领导、同事一起并肩作战，给我的人生履历添加了一笔浓重的色彩。

作为综合执法组组长，我始终严格要求自己，工作上要以干练踏实的工作作风，勇于奉献的精神，敢于创新的思路，执着追求执法成效。在来到光明区的第三个年头，我曾有幸参加过红坳村的土地整备项目，主要负责配合谈判组有针对性、技巧性地开展综合执法，强化解决各类疑难问题，有力地保障了红坳村整村搬迁工作提前完成补偿协议签订工作，在各级领导的肯定与鼓舞下，我还在总结大会中被评为"光明区红坳村整村搬迁工作优秀工作者"。

2018年12月，当我被告知代表由区科学城土整项目监察局牵头组成综合执法组，参加光明科学城土整项目时，内心无比激动。因为，我很清楚光明科学城是市委市政府的重大战略部署，是实现粤港澳大湾区的重要一环。

尽管科学城土整项目范围广、拆迁体量大、复杂问题多，由各协商谈判小组上报至综合执法组需要查处的擅改商户多达81户，任务十分艰巨。但是我相信，这是对我以及所有组员的一次考验，没有翻不过的山，没有跨不过的河。我下定决心要以最坚定的信念、最旺盛的斗志、最饱满的热情和最充沛的精力投身于科学城土整项目中，为科学城土整项目保驾护航，确保早日圆满完成腾空交房、清退清租等工作。

虽然这段时间的工作非常辛苦，每天都起早贪黑地约谈各种商户。但是对我而言，这次参加科学城土整项目是一个难得的锻炼机会，我觉得自己很幸运，也很感谢组织让我从头到尾参与这个项目。这次工作不仅丰富了自己的工作经验，还学习了如何进行大兵团作战的策略和方法，可谓一举两得，唯一感到愧疚的就是陪老婆和孩子的时间太少了。感谢家人对我的支持，让我能全力以赴地投入到科学城土整工作中。

在实际工作中，我们遇到不少疑难个案和问题商户。在我看来，只有运筹帷幄才能决胜千里，只有自己全程参与了清退、清租方案的制订过程，才能确保有效地解决这些疑难案例，起到点面结合的作用。

专业过硬，合理清租违建商户

山口新村某公司的一名承租户的营业执照不在此次土整项目范围，为异地经营，并不符合擅改商补偿条件。按规定只能补偿2000余元搬迁费，而该商户却开出了6万元的天价，极其不合理。该商户拒绝出面和协商，谈判小组工作人员多次联系无果，遂求助于我们综合执法组。我在接到通知后，立即组织力量调查该商户情况，发现其不仅不符合此次商补条件，而且商铺内还存在违法搭建阁楼居住情况，属于典型的"六小场所"。我迅速组织力量对该商户发布整改通知书并进行约谈。一方面责令该商户整改其违建阁楼，另一方面对该商户科普此次土整项目补偿范围的条例与法规，用专业的知识有效地震慑住了该商户漫天要价的行为。最终，成功完成了此次清租、清退任务。

巧搭协商平台，消除双方分歧，联合执法完成清租任务

位于山口新村某百货店的业主在完成签约后，一边准备搬家，一边开始积极清租商铺，但在他准备清租时却遇到了难题。经了解，原来该百货店的租户对于搬迁的补偿金额要求过高，在搬迁时索要8万元的搬迁费，但是业主只愿按规定补偿其1万元搬迁费。在双方多次协商无果后，我立即组织综合执法组介入调查，发现该租户存在抢注营业执照情况，有涉嫌

"博赔"的嫌疑。

我立即安排综合执法组人员对商铺的业主和租户进行了约谈协调。根据政策法规的相关要求，结合实际，我们客观、公正地给出相关补偿意见。尽管租户对于补偿仍不太满意，甚至在调解过程中还与我们综合执法组人员发生肢体接触。但是，经过执法人员耐心的法律知识教育和其他相关部门的帮助协调，最终，我们成功调解了业主、租户之间的分歧。租户在规定时间内搬离了商铺，业主也按要求将清租款付给了租户。

在联合执法行动中，我们综合执法组还充分当好了"五个角色"，扎实做好稳控工作，及时协调业主和承租户的诉求、矛盾，实现了零投诉、零上访、零诉讼，全面确保了和谐清租交房。

在我看来，我们之所以能获得业主们的信任，实现零投诉，并没有什么特别之处，只是善于走进业主内心，解开他们的心结，并能做到共鸣和共情。工作中若能与业主建立良好的感情，给一些有困难的业主提供一些建设性的意见和帮助，这样不仅清租、清退能水到渠成，还能赢得他们的赞赏。涉及此次清退项目的羌下某股份合作公司董事长就亲自给我们综合执法组各职能部门的工作人员赠送了锦旗，感谢我们综合执法组在腾空交房、清租、清退等工作中的鼎力相助和辛苦付出。

在科学城土整项目工作期间，我还学到许多专业知识，也增强了为人处世的能力。十分感谢一直以来给我帮助及肯定的领导和同事们，在未来的执法工作中，我将继续带着热情，踏踏实实、一步一个脚印地前进，为光明区奉献着我的青春、智慧和汗水，努力实现自我人生价值，履行党和政府赋予我的职责，对党负责，对工作负责，对百姓负责。

真诚服务赢感动　天道酬答有心人

麦葵娣

在光明科学城有这样一个工作组,他们要翻山越岭,去查看坟墓,要带着箩筐、铁铲、金塔,口袋里有时还要装着纸钱帮助群众起坟,要扒开坟墓查看是否有金塔,还要打开金塔查看是否有先人骸骨。我是这个组的一员。其他谈判小组都是和人谈判的,我们组也是和"人"谈判。有人问我做迁坟工作最大的感受是什么?就是很久都不敢喝骨头汤了。

记得有一天,群众定的起坟时间比较早,我们五点多钟就来到科学城。那时候正值冬天,天还没亮,山上吹来的风冷飕飕的,感觉一阵阵阴寒。我想了想,还是回到办公室,拿出党徽戴在胸前。

土地整备工作被称为天下"第一难事",其中迁坟工作涉及民间风俗,讲究多,尤其遇到宗亲脉系旁出、年代久远的祖坟,迁移工作更是难上加难。

万氏祖坟已有500多年历史,子孙后代遍及东莞市虎门镇、万江镇、厚街镇,以及海外等,有宗亲近万人。其年代之久、所涉人数之多,创科学城迁坟工作之最。很多领导和企业家高度关注,如果处理不好,会引发社会不良影响。因意愿不统一,迁移工作一直进展缓慢。为了加快推进,我带着队员前往东莞虎门镇召开商谈会。椭圆形的谈判桌前,万氏宗亲长老们把我围了一圈又一圈,管事长老坐在我正对面,开口就说:"这里你最大?"我说:"我是组长,算是吧。"长老接着说:"女的!"其他长老们开始议论纷纷。这时,我才发现现场只有我一位女同志,那阵势就像在审查一个小媳妇,我心中好不是滋味。

我和他们谈乡愁。我说，我在光明土生土长，我热爱这片土地；也亲历了2003年公明迁坟工作，当时工作难度很大，乡亲们不理解、非常抵触，但为了地方经济发展，为了后辈子孙的未来，乡亲们还是支持迁坟工作。那时候，整条松白公路上都是搬运金塔的乡亲，有的用箩筐挑着，有的用三轮车载着，有的用自行车载着，还有的用摩托车载着……。经过迁坟后公明腾出很多土地，盖起了许多厂房，经济社会得到快速发展，群众的生活也发生了巨大变化。当前光明正处在大发展时期，我们长辈们应该把握发展机遇，造福子孙后代。

这时现场安静了下来。我接着把迁坟政策做了详细讲解，逐渐赢得了他们的信任。经过5个小时的拉锯商谈，终于取得了实质性进展。长老们同意选出理事会，为后续迁移工作顺利开展打下基础。

工作组返程时已是下午2点，长老们热情邀请我们留下吃饭，我们婉言谢绝了。但是临走时，他们还是通过车窗塞进饼干，同时对我说："你这个女同志，这个（竖起大拇指）！"望着手中的饼干，我心中无限感慨，也无限感动。这是群众难能可贵的理解与信任。

自古以来，繁衍生息，血脉相承，祖坟在后代子孙心中占据着重要的位置，是后人用于感恩与缅怀先人的象征。

83岁的陈老先生为了让祖坟早日迁移，一大早从香港赶来光明迁坟。不料起坟工作不太顺利，在旁边已经看了数小时的陈老先生突然大声说："不要再挖了，不要再挖了，我宁愿不要补偿，也不想被认为欺骗政府，你们不要再挖了。"然后坐在坟头号啕大哭。

接到电话后，我赶紧从工作会议中请假，急急忙忙赶到现场。看见现场被挖得凌乱不堪，老人站在坟头老泪纵横，我内心也非常难过。

我轻轻地走到陈老先生跟前，这时工作人员也停止了挖掘。周围静悄悄的，我看到他那苍苍白发、布满皱纹伤心的脸，眼泪也止不住流了下来。我柔声地说："陈伯您放心，我们相信您不会欺骗政府。如果没有把坟请走，您肯定一辈子都不安心，我们大家也不安心。再仔细挖掘，如果还是寻找不到，那一定是年代太久远已经风化了。但祖先安葬在这里，我们也要做个仪式，把祖坟请走，您说好吗？"陈老先生望着我说："你们已经很辛苦了，不想给你们添麻烦。"我说："我们不怕辛苦，会找到的。"

功夫不负有心人，经过更加细心、耐心挖掘，终于发现了已经破碎的金塔。陈老先生顿时转忧为喜，一只手紧紧地拉着我的手，笑着说："你们光明的干部，真是……（竖起大拇指）"当时我也是激动不已，心中悬着的大石头缓缓落下。

光明科学城的工作，磨炼了我的意志，让我更加明白了不怕困难、锲而不舍、用心用情、真诚服务的真谛，成为我人生中的宝贵财富。这也是科学城用心服务、艰苦奋战、攻坚克难的集体精神。"世上无难事，只要肯登攀。"我将带着这种勇于攻坚克难、勇于担当作为的精神，尽力把以后的工作做到这个分上（竖起大拇指）。

把群众的事当自家亲戚的事来办

杨政璋

我们协商谈判第18小组是一个团结而有力量的团队，攻坚任务是侨村12户37栋的"五包"工作。组长是光明区住建局马飞同志，另一名副组长是来自新湖街道的彭康雄同志，还有11名工作人员。侨村片区的群众，对我们小组有两个评价：一个是18小组盛产正点帅哥，妇女业主们公认长得最帅的是马飞同志，那形象那气质，办事还热心肠；还有康雄同志，戴副金丝眼镜，发型每天都是板正、冒油，一口地道的本地话，业主们有事没事都喜欢来我们小组聊聊。另一个就是18小组特别愿办事、特别能办事，办事特别让人温暖。

2018年攻坚刚开始，我们小组有3户不配合入户测绘，有4户反复提出各种无理要求，还有1户业主有间歇性精神疾病，与他们家谈判数十次都没有结果。每天看到大屏幕排名倒数，我们心里也不是个滋味。其他小组势如破竹，捷报频传，有同事就献上一计，你们18小组是土地整备的"梦之队"：老马是管分房的，老杨你是管查违拆房的，还有康雄管后勤，有户业主正好是后勤员工，哪个不配合，康雄先停饭卡警告警告；再不配合，你就强拆几个棚子杀鸡儆猴；还不配合，老马就在分房的房事上做做文章。

组长马飞当场就否掉了这个主意，他说："这样搞，会把与群众的关系搞僵，我们组不仅要完成'五包'，还要争取好的社会效果，咱们还是扎扎实实入户做工作，去结亲戚，以心换心。"

方向已定。18小组立下规矩，不准对业主叫"喂""你过来""那个谁"，年纪小的称兄道弟，年纪大的喊叔叫婶，还为娃娃准备好零食。业主们提出的每一个合理诉求，都记录下来，安排人跟踪落实，从解决房门损坏、路灯不亮等小问题开始，到解答安置补偿政策疑虑，再到帮助解开故土难离的心结，能帮忙的我们都尽心为群众帮忙。正式签协议前，我们累计为业主们解决各类问题 90 余个。

2019 年正月一开工，我们组团到业主家拜年。业主郭亚寿有三兄弟，老大早逝，老二哑巴，他自己患有间歇性精神疾病。三兄弟的媳妇个个都厉害，为了 12 平方米的房产互不相让，到了见面就要打的地步。我们和协商谈判第 16 小组一道，反复做工作 30 多次没有效果。特别是郭亚寿，每到要他签约，他就推说怕老婆，要老婆答应才签。拜年到了他家，我们看到郭亚寿清醒，就和他聊起他父亲在世时条件虽差，但有全家团圆友爱的人间至乐，劝他不要让哑巴老二吃哑巴亏，也跟他算清了按时签约、按时交房、提前选房的经济账。签约那晚，郭亚寿没有怕老婆，手颤抖着拿笔签约，有争议的 12 平方米房产，哑巴老二得 6 平方米，其他两兄弟各得 3 平方米，哑巴最终没有吃哑巴亏。腾空交房那天，郭亚寿的媳妇把我拉到一边，准备把她养了一年多的两只走地鸡送给我们组打边炉。

3 月 5 日下午，我们 18 小组发起签约总攻。那天晚上，电闪雷鸣，雨下得很大。我们第一时间把协议送到躺在中山大学附属第七医院病床上的业主龙增权先生手上，并且让他在第一时间拿到了救命钱。业主陈亚德先生当晚与我们进行了 3 个小时激烈谈判后决定签约，凌晨 4 点他冒着滂沱大雨，把老婆小孩拉到指挥部，他老婆一边签一边骂，等明天不行吗？他说，不要为难 18 小组，他们工作很辛苦，也很到位。在腾空交房阶段，他看好了日子，定在 4 月 10 日接走祖先神位后交房。4 月 1 日那天我去村子里转悠，看到他就讲："陈总您不交房，指挥部就不让我们组长请假回去拜山。"他二话不说，当场就交房贴封条。事后，很多同事觉得不可思议。其实我知道，拜山在群众看来是大事，陈先生也把我们当亲戚了，才会交房让我们回去拜山。

我们把群众的事当自家亲戚的事来办，群众也把我们当自家亲戚来看。我们不会忘记，业主陈永生先生，凌晨一点半来到 18 小组，一直等到 6 点 35 分签约，没有一句抱怨的话；我们不会忘记，业主宋大妹阿姨亲手包了水晶饺，拎了一大兜送到组里来；我们不会忘记，业主梁仕富先生用他的"江湖地位"，主动帮助我们做其他业主工作，促成签约。我们不会忘记，第三方机构通宵达旦配合工作，林壮心小姑娘连续工作42小时，突然嗓子失声说不出话来；陈开心等工作人员，连续工作一天一夜，从半米厚的资料中，凭一台计算器审出了20元钱误差。

在光明区委区政府的坚强领导和科学城指挥部的高超指挥下，协商谈判第18小组和群众齐心协力，上演了一出速度与激情的生动故事。翻开我们的工作日记，2月28日上午9时，18小组拿下了第一单签约；3月6日早晨7时30分，18小组在补偿政策敲定后的18小时内完成了签约；4月1日中午12时，18小组完成腾空交房。签约和交房时间，在侨村片区均是第一名，且没有一例上访。

随着这次土地整备工作的完成，协商谈判第18小组自然会解散，但"把群众的事当自家亲戚的事来办"这一工作方法，我们会带到各自的岗位上去，不忘初心、牢记使命，为建设世界一流科学城和深圳北部中心，努力奉献自己的汗水和力量。

至真至诚光明情

邱苇

我是协商谈判第 10 小组的副组长邱苇,也是马田街道群团工作办公室主任。我出生于国家级贫困县——湖南省隆回县的一个小山村。我是大山的女儿,从小放牛长大。因此,我的性格像大山一般坚韧不拔、永不言弃,也像老牛一样任劳任怨、坚强倔强。

刚加入光明科学城项目时,我就碰到一个态度强硬、极度刁难的业主。我们磨了一上午,他像一尊菩萨一样坐着,一言不发、笑而不语。天不怕地不怕,就怕业主不说话。再后来,他电话不接,人也不见,直接玩起了人间"蒸发"……

即便局面如此艰难,我在奕飞常委面前立下了军令状:哪怕掘地三尺,也要找到业主!功夫不负有心人,终于有一天我们堵到他了,可他老婆一见到我们就破口大骂。我冒着她的唾沫星子迎上去说:"大姐,我不要您签字,我就看看。"

就这样,我一个人进了她的家。上午 10 点进去,下午 3 点出来,聊了整整 5 个小时。我说我从小到大都是学霸,考上大学考研究生,考上研究生考公务员,11 年前又以第一名的成绩考入光明区最好的单位——组织人事局;我说我当过多年的老师,桃李满天下,有学生在中纪委工作;我说我人生中的每一个事件,都被我做成了一个事业!我就是传说中的"励志姐"。我用自己的亲身经历告诉她:事在人为,志在必得,你若不签,我便不走!

果然,她对我佩服得五体投地,她说我伶牙俐齿,工作好、学历高,要送小孩来向我学习;她说我肤白貌美、穿着洋气,是她的梦中女神和心中萝莉;她说她喜欢我的短发、我的耳环、我的裙子、我的包包、我的声音和我的语气……幸福就是来得如此突然。

这位业主是个蜜农,我每次登门拜访时,都会买上几瓶蜂蜜。前前后后加起来我一共买了21瓶,家里蜂蜜泛滥成灾。我还帮他做起了推销,逢人就说他家蜜好。精诚所至,金石为开。后来签约时,这位业主凌晨四点就来了。

我们组最后一个签约的是一个外来户。2019年3月5日凌晨3点,谈判失败,业主驾车准备离开。我一个箭步冲上去,拉开车门,拽住业主林大哥的手,再次苦口婆心地摆事实、讲道理、析利弊、谈感情。

最后,林大哥掏出自己的心窝子:"子女入学是借口,要指标也是借口,我就是想刁难你们,我就是想多要钱!"我仍发自肺腑地坚决拒绝:"大哥,能给的,都给了;不能给的,多一分也给不了!这是底线,也是原则!"就这样,我们在雨中僵持了一个多小时,我活生生地被浇成了落汤鸡。

第二天清晨,林大哥一看到我们,眼圈立刻红了。一个五十多岁的大男人,在我的面前,一边抹泪一边说:"你说的话很绝情,我不爱听。但是,你的感情很真挚,你的态度很诚恳,你拼命的样子震撼到了我的心!昨晚我一夜没睡,我就是舍不得我的房子。你知道,这是我们唯一的家。可是,即便这样,我也不想再为难你们了,我们去签吧。"那一刻,我再也控制不住,感动地失声痛哭:我为他们的通情达理而感激涕零,我为他们的顾大局、识大体而百感交集,我为他们的大仁大义而痛哭流涕。

经过几天几夜的连续奋战,我累到嗓子失声、身心俱疲。即便如此,我们还是与"第一"擦肩而过,留下了人生最大的遗憾。但是,在科学城的日子里,我夙兴夜寐、风雨兼程、全力以赴、以命相搏;我以理服人、以情感人、以诚待人;我凭着三寸不烂之舌,所向披靡,无坚不摧,完成了全组最艰巨的任务;我胸怀爱民体己之心,为民着想、为民谋利,与群众结下了深厚的友谊。

有人说:人生为一大事而来。这件事,对我们来说,就是科学城。在这里,我们不忘初心、砥砺前行,我们挥洒汗水、奉献智慧,我们追逐梦想、绽放青春。我们走过的路，我们受过的苦，我们流过的泪，我们遭过的罪，都将记入册、载入史、永流传、闪光辉。我们用青春和热血，谱写出一曲壮丽的"科学城"之歌；我们用生命和灵魂，铸造出一种"拼搏"的科学城精神。科学城因我们而骄傲，我们因科学城而精彩。

潮涌催人进，风正好扬帆；利为民所谋，情为民所系。如今，在光明区委区政府的坚强领导下，在科学城指挥部的正确指导下，我们光荣地完成了党和政府交给的任务，兄弟姐妹们也即将奔赴新的前程。我坚信，只要科学城精神永驻心中，光明的明天会更美好，光明的未来会更辉煌！

用真心服务赢得信任　靠团结奋斗创造奇迹

党开颖

在光明科学城指挥部工作的几个月，我被那里热火朝天、轰轰烈烈的工作氛围所感动，区领导靠前指挥、坚定有力，指挥部统筹推进、高效有序，各兄弟组不分你我、互帮互助，专业机构全力支持、主动配合，从组长到组员、从社区干部到工作人员，大家废寝忘食、通宵达旦、全力以赴，所有人都是围绕着同一个目标而拼搏奋斗，化解一个又一个症结，克服一个又一个困难，最终得到了政府满意、群众满意的圆满结果。22天527份协议，创造了深圳土地整备新的奇迹。每一份协议都渗透着工作人员的努力与汗水，都有自己的故事。我想跟大家分享我们协商谈判第4小组和张氏父子的故事。

在科学城指挥部，有一个知名度颇高、影响力颇大的拆迁业主，私下里大家叫他"小光头"，他就是张氏父子中的儿子，也是科学城拆迁业主微信群的群主。早期他纠集业主围攻指挥部、号召抵触拆迁，并散播与事实不符的言论，阻挠科学城土地整备工作的开展。初到谈判组的时候，工作人员介绍张家，都说没有办法做工作，他家是油盐不进的钉子户。我记得我们组易绪全组长几次带队去他家，根本不让进门，并拒绝和我们进行任何交流，满脸都是反感和厌恶的表情，对工作人员和测绘人员更是随意破口大骂。情况陷入僵局，必须想办法缓解突破。

我看到"小光头"有两个特别可爱的女儿，到了上幼儿园和早教班的年龄，却整天待在家里，就在门前不大的空地上玩耍，时不时有车来车往，除了个别租户的孩子外也没有其他小伙伴，于是我决定以孩子的教育为突破口做他的工作。我向他解释，科学城建成后他家最大的受益者是小朋友，她们将来一起学习生活的同龄人是中山大学教师的子女、是中山大学附属医院医生的子女、是从事基础科学研究的科学家的子女、是高新产业科研人员的子女。"古代人为了孩子教育，孟母三迁选择好邻居，现在是好邻居主动往你这里聚集，你没有理由拒绝的。征拆工作无论补偿多少房子和钱都是身外之物，但孩子的教育和前途是无价之宝。"通过这个突破口，我得到了他的初步认可。

为了工作方便，也为了更好地联系沟通业主们，我在北山村租了一间宿舍，每天上下班都会路过他家，经常给小朋友带一些图书、小零食等小礼物。后来每天下班两个小姑娘都在门前等着我，有时还会贴心地悄悄给我一颗糖果、一块饼干。逐渐地我和他们一家相处也比较融洽了。随着工作的推进，他们也切实感受到政府将从群众出发、一切为了群众利益的理念落在了实处。易绪全组长和其他组员也不断地做他们的思想工作，经过反复协商谈判，他终于答应签订协议，并保证不再参与和发布不利于土地整备的任何事情和言论。

如果说前期的工作只是得到了他们的理解和配合，那么驱车300千米前往揭西和张家百岁老人的签约，则完全扭转了他们的态度。科学城签约业主中年龄最大的102岁的韩老是张先生的母亲，老人家以前在光明生活，现在年事已高，就在揭西老家养老。记得那天狂风暴雨，麦朝阳副组长开着他的私家车，带着会客家话和潮州话的同事，顶风冒雨几小时来到揭西，来到了一间带小天井的传统民居。一进门，老寿星精神非常好，一直拉着我的手，不时问我们有没有吃饭，不停地说着深圳好、光明好，感谢政府、感谢大家，当时那个情景让我们在场的每个人都很感动。张家父子也为自己以往不当的言行感到很惭愧，表示一定到指挥部向每位领导表示歉意和感谢，同时主动协助我们去做尚未签约业主的工作。

现在回想起来，作为科学城土地整备的工作人员，我最大的满足，莫过于通过真心真情赢得业主的理解和信任。我始终坚信，只要我们真心真情服务群众，就没有解不开的结，没有化不了的冰；只要我们上下一心、团结奋斗，就没有迈不过的坎，没有打不赢的仗，光明建设世界一流科学城的宏伟蓝图一定能实现！

我是光明的一分子

林 鹏

我是从江西省萍乡市来深圳市光明区挂职的干部，为期六个月，挂职刚刚结束，这次是专程回来参加总结会的。2019年2月底，组织上让我参加光明科学城土地整备攻坚工作，担任协商谈判第19小组组长。我深知科学城建设是光明区最重要的项目，是新湖街道的中心工作，能参与其中是我的荣幸。

启动签约后，我们协商谈判第19小组集体加班，两天时间完成了一半签约任务，开局良好。但是，接下来困难重重。原先认为会很快来签约的业主，以各种理由推托，迟迟不来，工作陷入了僵局。而其他小组你追我赶，捷报频传，我们小组逐渐由领先落到了片区最后一名。恰在此时，各级领导不断地到一线看望慰问，为完成签约的小组颁发荣誉证书。

全组同志压力巨大，我们再研究、再动员，我们的真诚打动了部分业主，但是，剩下两个大家庭就是不配合。刘家申报了7个户主，有购房指标、补偿多的早早地签了约、选了房，然后全家老少一起要求解决没有指标、补偿少的姐妹的住房问题，声称解决不了就做钉子户。邓家有5个户主，长期存在矛盾，对遗产分配达不成一致意见，声称宁愿自己不要也不让对方得到。协商谈判第19小组全体同志反复做工作还是没有进展。

为此，第19小组内部出现了不同意见，讨论激烈。我连续两天彻夜未眠，特别地难受，心想业主这么不配合，我刚刚接手能有什么办法，只能请指挥部强拆违建了。原先，我是主动要求参加指挥部的早、晚例会，现在，我感觉被逼着、被催着、被烤着，不好意思去参会、不好意思见领导。我已经有一个多月没有回家了,两个儿子盼着我抱抱他们,父母年迈身体又不太好,家里还有不少事等着我去处理。我非常想回家,不管这些麻烦事了。但是,这不就成临阵脱逃了吗?我暗暗要求自己"不完成签约不回家"。

为了散心,我就在指挥部院子里走来走去。大喇叭里播放着歌曲"世间自有公道,付出就有回报。说到不如做到,要做就做最好";各组进度排行榜设置在指挥部最显眼的位置;墙上挂着标语"不为困难找理由,只为成功找方法""从这里,再出发",这些都在激励着我,激励着每个土整人。确实,我能为垫底找到很多理由,但我没有为签约想尽办法。

全组同志振作精神,统一思想,把剩下的两家人合并考虑。对刘家人,我们向指挥部请示汇报,严守底线,精心操作,终于完成签约。对邓家人,在协商谈判第14小组的主导下,找到了残疾人不宜放弃继承权的法律依据,并请第14小组组长、社区书记、热心群众多方做思想工作,进一步促成了签约。我们终于在半个月内完成了全部签约任务。事后业主还送来了两面锦旗表示感谢。

科学城的经历让我强烈地感受到"不为困难找理由,只为成功找方法"与"从这里,再出发"是一个有机的思想体系,在困难的时候,前者激励着我们攻坚克难;在得意的时候,后者勉励着我们不懈奋斗。深圳40年发展的巨大成就,就得益于一代又一代建设者的拓荒精神,得益于"从这里,再出发"的豪迈气概。

作为江西老区到深圳特区来挂职的干部,从科学城的建设,我能看到深圳的过去,感悟深圳的现在,预见深圳的未来。看到科学城土地整备的工作场景,我就能领略改革开放初期第一代深圳创业者的风采,我仿佛进入了那激情燃烧的岁月和火红的年代。看到科学城土地整备一流的执行力,我能感悟到现在的深圳高效运转的密码。看到科学城以及光明区的世界一流的规划设计,我能预见深圳未来必将独领风骚。我非常羡慕深圳、光明的同志,这里干事创业的平台是全国最好的,是想干事的人梦寐以求的,看到这么好的项目、这么好的同志,我就兴奋。如果科学城这样的项目能落地萍乡,我们不睡觉拼命干心里也愿意。

协商谈判第19小组完成签约后,刘胜区长点赞我,并说"来了就是深圳人，在科学城的战斗洗礼中成为光明的一分子"。我非常的高兴，光明区认可我成了光明的一分子，认可了这片热土上创造的奇迹也有我的一份功劳，也有着我们这些来自五湖四海的建设者的功劳。我们都是光明的一分子，我们都愿意为光明奉献我们的青春和热血。

感谢组织让我来光明挂职锻炼，我一定将在光明的收获带回萍乡，造福萍乡。我非常珍惜与光明同志的情谊，欢迎大家到萍乡做客。我也一定会带着我儿子甚至孙子再来光明，来看看我们光明人创造的一个又一个奇迹。